未名湖畔的青春

朱家雄 著

时代出版传媒股份有限公司
安徽教育出版社

图书在版编目（CIP）数据

未名湖畔的青春 / 朱家雄著.—合肥：安徽教育出版社，2013.6
（品尚书系）
ISBN 978-7-5336-7566-0

Ⅰ.①未… Ⅱ.①朱… Ⅲ.①中国文学－当代文学－作品综合集 Ⅳ.①I217.2

中国版本图书馆CIP数据核字（2013）第123529号

书名：**未名湖畔的青春**	作者：朱家雄
出版人：郑　可　　策划编辑：张　利	责任编辑：陈彩霞
责任印制：王　琳	装帧设计：阮　娟

出版发行：时代出版传媒股份有限公司　http://www.press-mart.com
　　　　　安徽教育出版社　http://www.ahep.com.cn
　　　　　（合肥市繁华大道西路398号，邮编：230601）
　　　　　营销部电话：(0551)63683008，63683011，63683015
排　　版：安徽创艺彩色制版有限责任公司
印　　刷：安徽省瑞隆印务有限公司　电话：(0551)65302198
（如发现印装质量问题，影响阅读，请与印刷厂商联系调换）

开本：880×1230　1/32　　印张：11　　字数：265千字
版次：2013年8月第1版　　2013年8月第1次印刷

ISBN 978-7-5336-7566-0　　　　　　　　　　　定价：29.80元

版权所有，侵权必究

目 录

北大校园的风景

- 001　自序：有关青春的总结陈词
- 003　我认识名人，名人不认识我
- 009　我瞳孔中的名人
- 017　迎面而来，叫你目不转睛
- 025　思想的北大先贤
- 028　"北大精神"今安在
- 035　未名湖畔访季老
- 038　敬悼张岱年
- 046　悼别邵华将军
- 050　往前走就是一切
- 054　我在边缘看名人
- 059　北大寻梦族

067		生存在北大流域的流浪部落
073		北大书屋：锁定在燕园的美丽中
077		北大学生辩论队：穿过辉煌后的沉静
083		谈笑皆鸿儒，往来群英无庸举
087		校园歌坛俊采星驰
092		"北大题材"出版为何热了十年
097		"北大情爱三部曲"的意义
100		百年辉煌　世纪沧桑

成长路上的感悟

109		境　界
113		理想和现实
117		保持距离
121		让生命顶风而行
124		月饼里的故乡
127		我曾在三间大学读书
130		名牌时代里的名人文化
136		寻找诗意
139		关于名人
141		没有时间
144		青春有余痕
146		齐秦：在九个太阳下歌唱
150		周游首都文坛
156		外面的世界很精彩

以梦为马的旅程

163 大师的境界

167 文学:并不悲壮的坚守

171 写作的个性化问题

175 年轻作家莫浮躁

178 为谁写·写什么·怎么写

182 "美男作家"可以休矣

187 网络:文学孵化器与出版掠夺者

191 博客可以做得更好

195 不要迷信博客点击率

198 写作的质量与数量

201 缺乏经典的当代文学

204 小说写作与我的传统文化情结

诗歌与青春同在

211 血或水:从诗歌写作中拧出的体液

215 海子:来自乡村的歌手

222 诗人的道路

226 点击《北大情诗》

231 北大与中国新诗

235 "梨花体"事件:问题在于新诗本身

240 特殊时期的中国诗歌

漫卷书香的光阴

- 247 《红楼梦》怎么就成了中国第一名著
- 253 史诗气度
- 256 感觉王蒙
- 260 倾听成长的声音
- 263 溪岸边的一丛花
- 266 学术路上的虔敬之心
- 272 想说忘记不容易
- 279 "哈佛题材"走俏之谜
- 284 张胜友:出版界的一条好汉

两代新锐的崛起

- 291 新一代作家群的命名问题
- 294 "80后":又一代人崛起了
- 298 韩寒的文学史焦虑
- 301 从张悦然的两本书谈及"80后"写作
- 306 "80后"的成名及泡沫
- 310 新生代写作的优势和局限
- 316 不幸的"70后"
- 320 关注"70后"
- 323 "70后"能打破沉默吗
- 327 "70后":期待迟到的荣誉和市场

- 331 附录:为同代人留下见证和表述
- 340 后记:回顾与感谢

自序:有关青春的总结陈词

从20世纪90年代初到21世纪的今天,这么多年,竟然像翻一本书,转眼之间,说合就合上了。我不能相信,一个人最为宝贵的成长岁月,最为美好的年轻时代,竟已悉数封存在文学道路上,竟已如云烟一般飘逝在脑海中了。但这却是事实,随着新世纪的大踏步挺进,过去的光阴已经消散成永远的记忆,且渐行渐远了。

我是在北京度过我的青春时代的——如果说出生于20世纪70年代的这一代人,身体和生理方面的成长基本是在20世纪80年代完成,那么,精神和思想层面的成长,则主要是在20世纪90年代完成。至于新世纪的这十来年,却是各有各的精彩，各有各的失意——作为其中之一的我，自然也不例外。总之，我的青春时代在我个体的生命中留下的印迹是至为深刻的。

青年时代无疑是人生中具有特殊意义的阶段。五四时期青年人之卓越导师陈独秀曾在他的一篇题为《新青年》的文章里写道："一切未来之责任，毕生之光荣，又皆于此数十寒暑中之青年时代十数寒暑间植其大本。"读到此话，又联想到自己这许多年来的种种境况，我心里竟情不自禁生出许多惭愧来。曾经以"默而识之，学而不厌"、"博学于文，约之以礼"一类的话来激励自己好好学习、天天上进，也曾经希望自己以"笨鸟先飞早入林"的姿态博一个早日登堂入室，但实际的结果非是"勤能补拙"，而是像大多数"70后"作家那样，付出了很多，回报却少得可怜，处境莫名尴尬。悲哀之余，我也想照《道德经》所说的"见素抱朴，少私寡欲，绝学无忧"去做，但我又做不到，"至虚极，守静笃"可不是闹着玩的。

儒家的入世和道家的出世，我都不能成功践行。惭愧之余，觉得就只剩下回顾和整理这一个亡羊补牢的法子了，并且觉得，如果能借机把20年来所写的多少反映了一点自己各个阶段的糟糕状态的部分文章结集出版，则我的总结青春之举大约就能取得较好的效果了。毕竟这种方式还可以起到一点安慰自己的作用，毕竟我对一无所有的自己竟然还没有感到完全绝望，甚至还希望自己以后的路能走得稍微靠谱一点点。

没错，已经过去的这许多年，说是难忘的旅程也罢，说是漫长的跋涉也罢，注定了都是我生命中不可替代的一大段艰难岁月。恰恰在这些年间，我不知不觉就从一个也还有些朝气的文学小青年变成了一个莫名其妙的苦行僧。此时此刻,当我回首来时路,想到曾经撒下的那些足迹与汗水,想到曾经遭遇的无数曲折与坎坷,想到灯下桌前的许多勤奋,想到恍惚间虚度的无限光阴,心里便不免生出多达 N 种的复杂感慨。但感慨归感慨,生活却还是毫不怜悯、毫不停歇地在向前奔腾着。也许世界上的许多梦想都是这样的别无选择,再艰难,再失意,再落寞,都只能奋力扛住,都只能继续顶着风沙往前走。

墨翟先生不是说过吗?"为其所难者,必得其所欲焉",意思就是成功很难,但坚持就是胜利!我只能叮嘱自己,无论如何,都不能半途而废,而应当继续在这长征般的文学道路上一直走下去!并且我又适时地从《论语》上找到了慰籍自己的名言:"士不可以不弘毅,任重而道远。"——哪怕自己实际上并不能做到,但以此来鼓励鼓励自己总还是可以的吧。

许多年前,我把自己献给北京的第一串脚印歪歪斜斜地写在美丽的未名湖畔。记得那时,我对自己的未来无限好奇,也无限憧憬。许多年后的今天,我忽然感到了命运对我的嘲弄。我发现自己这么多年虽然一直在奋力地闯呀闯、冲呀冲,但无论怎样挣扎,却终是两手空空、一无所有。一方面,我为自己的极度困窘而倍觉惭愧,甚至产生了强烈的无地自容感;另一方面,这繁华的世界如此辽阔,可我东奔西突这么多年,却郁闷地发现,这地球上凡有立锥之地的物理空间,竟然都莫名其妙地向我关闭着。我多么想像海子所希望的那样,"从明天起,做一个幸福的人/喂马,劈柴,周游世界/从明天起,关心粮食和蔬菜"。

无可奈何地转了一大圈后,我疲顿的青春竟然有意无意地又转回到起点来了！我拍着在别处被击伤的翅膀，穿过阴霾蔽天、雨幕淋漓的低空，一路滑翔着，然后就啪嗒一声，无力地跌落下来。还好，不幸中之万幸，我竟然正好就被未名湖畔的一蓬荒草给接着了。于是我就在这老地方休养疗伤，并长久地反思自己。很希望有一天，我还能振作起来，我还能再次飞起来，飞到这世界上可为无比渺小的我提供大约一平方厘米立锥之地的某个角落去。

北大校园的风景

我认识名人,名人不认识我

——小人物视野里的风景之一

大街上人潮滚滚,摩肩接踵,使人一下子就产生了茫茫人海的感觉。芸芸众生,凡人居绝大多数,名人是极少数;名人广为人知,凡人为亲友知,这是最正常的事了。而且我们对名人的认识往往是表面功夫,如果我们不仅仅局限于表面的认识,而是深入到他们成功的背后,做深一层的认识,那我们的收益就会明显起来。

魏巍

北大确实是个好地方,连各种名家都愿意来此一游,来一展风采,因此生活在北大,不用往外跑,守株待兔就能见到很多著名人物。这不,三角地又张贴了醒目的广告:从《谁是最可爱的人》到《地球上的红飘带》——著名作家魏巍来校演讲。

魏巍是1991年12月11日来的。他的知名度高,电教报告厅里黑压压一片人,坐的坐,站的站,大多是以文学爱好者的心态等着老作家来谈谈文学。不想,魏巍没谈他的报告文学,他把《东方》、《地球上的红飘带》也全部抛在一边不提,他说的是国际形势。老作家身体很好,脸庞红润泛光,看上去比实际年龄年轻得多,说起话来声音也是少有的洪亮。魏巍谈苏联的局势、中国的形势,把世界当一盘棋,自己纵横于棋盘上空。老作家情感浓烈,立场鲜明,让人清晰地触摸到了他一贯的革命性和坚定的党性。在激情中他不时抛出几句放光的句子。记得他说了一句给大家印象很深的话:"不管国际风云如何变幻,我们坚持社会主义方向的决心绝不动摇,只有社会主义才能救中国,只有中国才能救社会主义。"

掷地有声的话语,也不知道他是代表军方说话还是只是他个人的观点,但大家的逆反心理,北大的"嘘"声在老作家这里全无踪影。魏巍讲得有激情,有气势,所引的事实又有力地论证了他的观点,因而作家语落处,就响起一阵阵哗哗滚动的掌声。他头脑清醒,逻辑性强,没有讲稿,顺口谈来,却是气势雄健,颇能激励人。听众都不出声,大厅上下很安静,大家明白,这是一种对真诚的尊敬。

魏巍痛斥了戈尔巴乔夫,认为是他把苏联搞垮了;他说东欧的社会主义国家全乱了,苏联也不行了,现在,只有中国依然稳稳地矗立在世界的东方,这是社会主义的希望,中国是社会主义的坚强阵地……以前大家只在中学课本里读到他那篇著名的富有激情的报告文学，不想这位老作家还有如此出色的演讲，如此富于鼓动性。

演讲完毕，大家依旧是一拥而上扎推签名，任何一位名家制造的场面最后都是这样。

姚雪垠

那一次见到的不只是老作家姚雪垠，还有李准、朱子奇、陈明几位，他们是一起来的。

1992年5月12日，北大中文系举行了庆祝《在延安文艺座谈会上的讲话》问世五十周年的座谈会。1942年亲自参加了毛泽东主持的延安文艺座谈会的一些老作家，比如姚雪垠、刘白羽、李准等受到了邀请。刘白羽因故未来，到会的是姚、李、朱、陈四位作家。五十年前，他们风华正茂，五十年后，已是白发老人。

我坐在会场里，像所有的人一样等候。门口一阵喧哗，一群人在握手寒暄，老作家们来了！落座之后，不少人次第起立致辞，欢迎的掌声一阵接一阵，厚厚的著作是一行一行写出来的，不佩服不行。作家们从下午两点半一直谈到六点，意犹未尽，师生们也兴致盎然。他们回忆四十年代，说起五六十年代，发表对当前文学现状的看法，展望未来的文学前景，但中心问题都在《讲话》上。他们都对《讲话》作了很高的评价。事实上，1942年的讲话对他们的思想影响很大，他们由此改变了创作的方向。《讲话》有一种俯瞰全局的壮阔气势，他们都佩服那篇为无产阶级文学定方向的长文。他们都和毛泽东本人有一些接触，谈到毛泽东本人，都无比敬佩这位世纪的伟人、民族的伟人。

姚雪垠八十二岁高龄了，走路需学生搀扶，可谈话的气势却很足。李准很健壮，笑声和句子一齐从声音里飞泻出来，给人谈笑风生的印象。朱子奇、陈明不像前两位那样又高又壮，却极精神。他们有说不完的话，只因时间的关系，都把讲话做了压缩。他们的语言穿过烽烟四起的战争年代，那逝去的往事又浮出了记忆的水面，从《李自成》到丁玲其人，从《黄河东流去》到解放区的诗歌艺术。他们谈文学时多是整体的把握、宏观的看法，是从几十年文学生涯里提炼出来的体会、心得。

这些老作家因为年事已高，参加活动公开露面的机会很少，所以见一次不容易，我们感到非常荣幸。

谢冕

谢冕，北大教授，当代文学专业的博士生导师，著名诗评家。

最初知道这个名字，是在一本本诗集的序言里。作为诗歌理论家，他与李元洛、朱先树、吕进等名字一样为诗歌界所熟知。见到他，自然是在北大校园。有一次，我骑车经过勺园北边的荷塘，他正沉思着从对面走来，待我发觉，诗评家已经到了身后。还有一次是在中文系的一个办公室，我正和一位老师说话，里面有人背向而坐。我说了一阵话，走到坐者侧面，猛然发现坐者竟是谢冕老师。当然，他并不认识我，只是我认识他。我还是没有主动和他说话，我不知道自己当时是怎样的心态。

谢冕以诗评家的身份引人注目是在1980年。那年5月7日的《光明日报》发表了他的文章《在新的崛起面前》。此文旗帜鲜明地为一群青年诗人的崭新诗风呐喊助威,从而引发了八十年代初那场关于"朦胧诗"的争论。后来,谢冕还在《文艺报》等报刊上发表了《通往成熟的道路》、《失去了平静以后》等诗歌理论文章,态度坚定地为朦胧诗撑腰,结果导致了一连串的批驳文章、商榷文章,比如丁力发表了《古怪诗论质疑》、宋垒发表了《诗歌评论要进行真理标准的补课》、张恩和发表了《深深植根于民族的土壤》等。一系列的文章针锋相对,争论的结果是朦胧诗得到了承认,地位空前,谢冕为朦胧诗立下了汗马功劳。他还写了不少新诗理论方面的著作,在诗评界占据了很重要的位置。

谢冕老师的课我听过一回,是1992年6月27日,在中文系的《新时期文学专题》一课上。这门课是当代文学教研室的老师们轮流讲授的,谢冕就讲了这一次。他讲的是《五十年代到九十年代中国新诗概略》,谈到五十年代新诗向格律诗的转化,谈到新民歌诗体、四十年诗歌史。对此他一一展开,谈到新诗潮、后新诗潮。他说:"新的诗人们想为'群'代言,但是群不理解他们,把他们视为异端,他们感到孤独;想代'时代'发言,但时代视他们为弃儿,他们感到孤独。"到底是著名的诗评家。

大大小小有些名气的人很多,光北大就有不少,比如青年评论家黄子平、张颐武;学者就更多了,比如孙玉石、钱理群、陈平原,比如乐黛云、王宁,比如季羡林、张岱年等。这些知名人士在某些时候掠过我们的视野，给人以难忘的印象，只是因为他们飞掠时的速度，我无力一一捕捉他们光彩照人的形象。但他们的演讲，总能使听众受益匪浅，记住这一点也许是最重要的。

出了文化圈，又想到曾经亲见的刘欢、葛优、英若诚、杭天棋等，想到见过的厉以宁、吴树青、陈章良，想到企业界人士如四通总裁段永基、方正总裁等，各行各业都有自己的杰出人物。

情况往往是名人在台上，凡人在台下，这很正常。小人物见到名人，聆听他们，感觉他们，就知道每个人都有一种风格，每个人都有一片天空，经过他们风景地带的人，必然会或多或少拥有一份新质。我认识名人，名人不认识我。也许有一天，名人认识了你，而你，可能也是名人了，你又成了除你之外其他小人物视野里的风景。

本文刊于《大学生》杂志1993年第6期，该杂志现名为《中国大学生》。

我瞳孔中的名人

——小人物视野里的风景之二

刚到北京时,十分兴奋,因为毕竟是从湘楚之地初栖京城。古都名胜万千,我的观光欲喷薄而出,于是马不停蹄,一鼓作气览尽京城风光。

其实,这座旅游名城还有另一张面孔,另一种风景。作为全国文化中心的首都,这里聚集了政界、科技界、影视界、文化界、工商界等各领域里的很多知名人士。在京城几年,我多多少少见到了一些比之普通人是大角色的人物。我想,他们也是首都的一种名胜——生动而独特的名胜。我不会画画,所以多年来那么多美丽的自然风光从我眼前流逝,我没有画家的遗憾而是坦然处之。唯独这片大人物风景激起了我做风景速写的欲望,扼制不住,信手"画"来。

莫言

见到过两次,第一次是1992年11月18日,是莫言到北大来演讲。几天前三角地就贴出了广告:从《红高粱》到《酒国》——著名作家莫言来北大演讲。到了那天黄昏,天下起了小雨,室外一片蒙蒙细雨。但大家都不在乎,冒雨跑来,电教楼的报告厅里,黑压压地挤满了学生。莫言来了!欢迎的掌声从人群里响起。

莫言说,小的时候就渴望到北大学习,一直未能如愿,这么多年过去,终于来北大了,不过多年前没有料到,来北大是上讲台,坐在这里真是荣幸之至云云。莫言好谦虚,北大学生的掌声好热烈,娇宠惯了的北大人最爱听这种开场白。人群创出了一个好氛围,莫言兴致亦佳,他用洪亮的声音侃侃而谈,从山东高密的乡村说起,说到军队的生活、作家的生活;从文学上的起步说起,说到《透明的红萝卜》、《红高粱》、《红高粱家族》,说到刚写完的长篇小说《酒国》。说到佳境,作家的灵感临空闪耀,照亮了台下台侧人群的视野。于是掌声如潮,一波一波次第拍向讲台。后半部分时间作家用来回答大家的提问,于是不断有人站起来朗声请教,不断有人霍然而起质问责难。莫言好身手,三言两语皆击中要害,冰释了疑问,避开了矛锋。那些递纸条提问的更多,从后排向前排传递的纸片纷纷扬扬,像流水上漂荡的无数落花,蔚为壮观、优美。不一会儿,莫言桌前多了一小堆纸条,莫言一张一张展开,当众念题,当众游刃破题。我坐在台下,递上纸条也提了几个问题,比如:您对海明威的作品怎么看? 莫言答:海明威自然是大作家,语言简洁有力,并获了1954年的诺贝尔奖,但我并不喜欢,我喜欢的作家是福克纳、马尔克斯。莫言的作品深受福、马两位的影响,又自成风格,中篇小说《红高粱》的绚烂辉煌给人们留下了深刻印象,一如《喧哗与骚动》《百年孤独》一样广为人知,难怪有学者做过莫言与福克纳等人的比较研究。

莫言的演讲获得了很大的成功,最后大家纷纷涌了上去,要求签名者蜂群般把莫言连同讲台围了个密密匝匝。我也挤近了要签名,但见众手穿空,汹涌张扬,题字本的扉页敞开,将落作家墨宝的空白暴露无遗。我忽然退出人丛,不签了,到楼外清凉的空气中去。莫言牺牲了一个晚上的写作时间,却也值得,他给几百学生留下了一个精彩的夜晚。我在微雨中漫步,回味着作家的演讲。

第二次见到莫言,是1993年3月14日。听教文学的老师在课堂上说,王府井新华书店这天有著名作家签名售书。我在这天上午赶到书店,一进门,就见左侧坐着三位作家:莫言、刘毅然、刘恒。王朔本来说好来的,却缺了席,令一些王朔的读者颇感遗憾。书店在卖长篇丛书,四位作家的作品分别是:《酒国》《欲念军规》《逍遥颂》《千万别把我当人》。莫言坐在那里,神情平淡,不时给购其作品的读者签名留念。我也买了一本《酒国》,他写下"炽风"(我的笔名)两字,写下一个冒号,问我:"你想写句什么话?"我说随便,于是见到这样一句:酒不醉人人自醉! 后面是其大名和日期。我试着和作家攀谈。

莫言老师,您去年到北大来演讲一回,我去听了,很精彩的。您没忘吧?

对,是有这么回事,快半年了。你是学生?

我是中文系的学生,很喜欢您的作品,尤其是《红高粱》,印象很深。对了,北大中文系的曹文轩老师您还有印象吗?

忘不了,他到军艺讲过课,我在军艺文学系学习时听过他的课。好多年没见面了。

只聊了一会,后面要求签名的读者就涌了上来,我只好闪开,在一边的书架前翻书。我不时向那排作家望几眼:刘恒戴着一顶学者帽,很有风度,微笑着给人签名,轻声交谈;刘毅然也是,只是不笑,但面色诚恳,人少时,不时用有穿透力的眼神环视店内。

汪国真

汪国真热了一阵子,又被批评界骂倒了。不少人说,汪国真保持着他的纯洁,我在人格上同情他,但在文学上、诗歌上我不同情。倒汪派战胜了保汪派。正在这时,台湾却出版了汪国真的诗集,情形不错。

不管怎样,汪国真的名字是广为人知了。在批评界倒汪之前,我见过汪国真本人。(从日记上我得知,是在 1990 年的 11 月 18 日,比见莫言正好早两年,一种巧合。)

那是一个很好的秋天,在海淀青龙桥一处会议室里,坐着七八十位诗歌爱好者。上午九点,汪国真来了,主持人石先生为大家做了精彩的介绍,大家用掌声表示欢迎。汪国真的讲座题目是:我的诗,我的路。他从自己的起步谈起。汪国真说:1985 年第 10 期湖南的《年轻人》杂志发表了我的诗《我微笑着走向生活》，然后《青年博览》转载，中央人民广播电台也播出了这首诗；1987年写下《热爱生命》一诗，发表于1988年的《追求》杂志；后来《叠纸船的小女孩》、《旅程》、《默默的情怀》等作品先后发表；之后，1990年出版了第一本诗集《年轻的潮》……汪国真一派书生形象，说话平和，语言朴实、通俗，他谈起自己的家、自己的成长经历、自己的种种情感。听众来自北京各处，有不少高校的学生，还有上班的人，大家饶有兴趣地听着。汪国真不时朗诵着他的诗作："既然选择了远方/便只顾风雨兼程"；"既然目标是地平线/留给世界的只能是背影"(《热爱生命》中的诗句)。平平淡淡的诗，充满人生哲理。又比如《我微笑着走向生活》一诗："我微笑着走向生活/无论生活以什么方式回敬我"；"什么也改变不了我对生命的热爱/我微笑着走向生活"。这是他比较满意的作品，表达了诗人进取向上的人生态度。听得出来，爱情诗中他对《叠纸船的小女孩》、《默默的情怀》两首很满意。在讲座上，汪国真为听众回忆了写诗的情境，叙述了诗作表现的生活细节。

　　中午大家合影，不少人抢着与汪国真合影，一时间诗人应接不暇。下午，座谈开始，大家提问，汪解答。有人攻势凌厉，气氛很是活跃。我把早琢磨好的一段话说了出来："我认为诗歌是一种宗教，广大诗歌爱好者就是他的众多信徒，因此，推广诗歌艺术就是扩大一种宗教的影响。诗歌能训练思维，陶冶心灵，可也能使人痴迷疯狂。你以为诗歌艺术是否会影响人们对现实生活的理智面对？"两年多了，当时汪先生是怎样回答的我已不能记起。其实，那时我的主要心思在于自己的提出，而不在于听取回答，也难怪忘了。那时我已写过几行"诗",便拿了一首请他评点指正。汪国真看了,说:"时间这柄锤子/很容易使东西变形"一句不错,诗的缺点在于写得太绕,还可以直接些。我听了,觉得像是那么回事,诗人言之成理。

后来,汪国真日渐火了起来,诗集不断地出,有关磁带、贺卡之类也不断上市。我第二次见到汪国真是他在首都各高校演讲的那一次,他在北大二教演讲,讲题照旧。我去得晚,人很多,教室门口也站满了人。我探头往里一看,诗人正在讲台上侃侃而谈,只这一眼,我就抽身出来,向校园走去,因为讲题一样,而我已经听过。

西川

西川是一位青年诗人,1985年自北大英语系毕业,听说当年在北大校园是与海子、骆一禾并列的"北大诗坛三剑客",颇有才华。他在《环球》杂志工作,地点在北京,因此有机会常来北大,而我也就有机会见到诗人先后达四五次之多。

第一次,西川给了我很深的印象。那是1990年12月18日晚,西川回母校演讲,其时海子、骆一禾的遗作《土地》、《世界的血》两部诗集刚刚出版。老实说,西川颇具诗人风度,从内到外,都是挺有分量的诗。我在此前对诗人应该有怎样的外观形象这个问题一直茫然,见了西川之后,心里想:原来诗人是这种模样。西川一进二教的教室,大家就被吸引住了,长发、胡子,很粗犷,脸型开阔、目光深远,显得雄放而深沉,着装是一派现代诗人的随意。西川很有诗人的魅力,还没有开口,大家的情绪就已高涨。西川开口了,声音浑厚旷远,苍凉的气息扑面而来，讲的内容又具有强烈的震撼力，大家不由得屏息聆听，几百人的教室鸦雀无声。其实，听众的内心声响巨大。西川很动情，海子与一禾都是他的好友，却先后在1989年3月、5月去世，痛失朋友的人怎么能够平静？面对海子以身殉诗的惊世之举，面对一禾用脑过度被死神叼走的壮烈，诗人西川回母校演讲是凭着一腔沸血为诗招魂，他苍劲的声音回荡着，敲打着每一位听者的心灵。我在台下静听，只觉得火焰沿着血管向全身燃烧，一种献身火海的英雄主义使我的灵魂飘扬起来。西川回忆起海子、骆一禾生前的一些细节、事迹，说起海子辉煌的天才，说起他在政法大学昌平分部贫困的物质生活和冲击极限的创作；说起骆一禾的创造才华、为人处世。这一切都如图画般浮现在听众的眼前。西川说起他们用生命创造诗歌，用冲刺结束生命，听众感到，那血红的悲壮感滚滚而来。西川朗诵着他们的诗篇："我要做远方的忠诚的儿子/和物质的短暂情人/和所有以梦为马的诗人一样/我不得不和烈士和小丑走在同一道路上""在这个春天你为何回忆起人类/你为何突然想起了人类，神圣而孤单的一生"（以上为海子诗句）；"这是大地的力量/大雨从秋天下来/冲刷着庄稼和钢/人生在回想/树叶在哭泣/公园里流着淙淙的黄叶和动物"（以上为骆一禾诗句）。西川的诗朗诵很出色，又饱含激情，听者为之动容。这一晚西川让人佩服。诗人的演讲具有巨大的震撼力，使台下纯粹的掌声和纯粹的安静轮流笼罩着。演讲结束后，西川带来的两大捆诗集，海子的《土地》、骆一禾的《世界的血》，立即被抢购一空。

西川后来还来过北大几次，一次是为未名湖诗歌朗诵会做评委，一次是与五四文学社社员座谈,还有一次是参加戈麦诗歌讨论会。这些活动我都参加了,因而得见。

我以为,最好不要把汪国真的诗和海子、西川等人的诗放在一起比较。汪诗好读,这是其长;要论诗艺,当然是圈内的海子等人为高。汪诗清新秀丽,但意象过于传统而显陈旧,创新不多,缺少一种大气;而海子等人的诗则是大换了血的、全新的异质感,沉甸甸的很有分量,诗中跳动着血、激情、生命!他们的诗层次不一样,接受的范围大小不同,相比较而言,我更欣赏后者。

本文刊于《大学生》杂志1993年第7期,该杂志现名为《中国大学生》。

迎面而来，叫你目不转睛

——小人物视野里的风景之三

忙碌的作家们不可能每所大学都去亮相，他们只能有选择地去，我敢说，北大是他们的首选之地。

许多高校（尤其是外地高校）有兴趣"瞻仰"文学界名人的学子们恐怕不会有这么多机会吧。我觉得自己应该留心，把见闻写下来，就像电视转播一样，通过《大学生》这个"电视台"，把作家们在北大的活动转播开去，那样或许就能看到更多人放光的眼神。

1993年5月4日，是北大95周年校庆日，中文系也举办了庆祝活动，其中最引人注目的是邀请了几位系友作家来校畅谈创作体会。

汪曾祺

5月10日晚7点,应邀而来的老作家出现在会议室门口。中文系主任、现代诗研究专家孙玉石教授与汪老手拉手,在众人的掌声里,像兄弟一样步入会场。

老作家汪曾祺七十三岁了,作品以中篇小说《大淖纪事》、《受戒》最为著名。1939年到1943年他在西南联大中文系学习,算来该是抗战时期的北大人。

"我是怎样成为一个作家的?"汪老开始说这个话题,"我有一个特点:上课不做笔记,愿意看什么就看什么,不愿意看就不看。搞理论的必须系统地学习,当作家不一定要按部就班。"汪老顿了一会儿,"看和自己的气质接近的作家的作品比较容易形成自己的风格。"他说到自己,"《离骚》伟大,但我读《九歌》。"(《离骚》整篇情感炽烈、文采绚烂、结构宏丽,《九歌》诸篇主要是风格清新优美的抒情诗,汪老喜读与自己性情相投的作品)汪老还说了一些自己喜欢的作家,比如都德。他设问:"好好的一个人怎么成作家了?"汪老说自己,"爱东张西望,看各种事物,小时候的街巷现在都记得清清楚楚。那时候看得细呀,别人用竹子做耙、银匠做银器,我都很有兴致地细心地看。"老作家说了句题外话,"现在记忆力不行了,比如今天的会,差点就记成是明天了。"众人庆幸地笑。

汪老说自己写的小说很多是十九岁以前记忆中的题材。他说,"对生活要观察、感受,但更重要的是对生活的思考。作品很重要的是要有思想,一些青年作家认为思想性就是政治性,我不同意。思想性是作家对生活的独特的收获,要有一个长期的反复的思索过程。一部作品最为重要的是思想,其次是语言。世界上没有没有语言的思想,也没有没有思想的语言。一个作家的作品里语言的质量反映了一个作家全部的文化积淀或者说是文化素养。所以作家必须读书,要下笔有神,就要破万卷。"

老作家谈到作品的具体作法时说:"第一句很重要。要处理好句与句之间的关系,句与句之间的顾盼之情。"他对作品的结构持随便态度,主张有意不重视结构或不太看重结构。汪老崇尚散淡人生,谈话间也是一派散散淡淡的风味。他说自己,"以一千至一万字的小说为长,长篇没写过,长篇是另外一种思维方式,我还不熟悉。苏童很有名吧,说实话,他的小说我还没读过。"好坦率!

他表白:"我是个乐观主义者,不赞成现在年轻人的孤独感、失落感。"汪老最后说到王朔,"与王朔在一起并没有觉得他是有些人说的那么糟糕,尽管有时说些狂妄的话。年轻时不说什么时候说?狂妄是年轻人的特权!""今晚就到这里吧。"他没忘了幽默一下,"家住12楼,回家晚了电梯会停电,爬楼我是不能胜任了。"

陈建功

5月17日,中文系的这位故人应邀返校,照例是孙主任接待。听众们看见作家棱角方刚,头发又黑又直,又听见作家说起"北京市民与小说"这个话题。陈建功是77级的学生,毕业12年了,代表作有

《飘逝的花头巾》、《辘轳把儿胡同九号》、《找乐》等。

陈建功说起自己的经历:第一首诗歌《欢乐》发表于1973年,很不像样;曾被推荐为南京大学工农兵学员,但终没去成。那些世事给作家带来了内心痛苦,甚至感到了人格的扭曲,往事使他感到沧桑。在上北大前他曾经挖了十年煤,他说,"北大是我人生道路的一个转机",他对北大一往情深,"北大所给予我的,终生难忘""北大使我的文学创作有所突破"。

陈建功说到了小说,"现在,小说这么失落、凄清,我以为有多种原因,比如文化消费的多样化、经济的发展等等。但有没有小说家自己的原因、小说自身的原因呢?为什么我们的通俗小说通俗作品有市场,而严肃文学却失去了大群读者呢?"作家说到了自己的作品,"《皇城根》是通俗的,顺着老百姓的思路走、价值观走,悬念也牵着人走,但电视拍坏了,玩深沉,表现人性恶,这不是由通俗作品表现的。不过,电视也有一部分拍得比小说高明。非通俗类作品恰恰是要为读者重新筑造一个世界,比如《红楼梦》。贾宝玉并不是个好少年,不好好读书,吃胭脂,其实这个人物凝聚着作家对这个世界的看法,是他重新塑造的一个世界。"(陈建功与赵大年合作写有长篇小说《皇城根》,还拍成了电视)

陈建功说到作家情感的敏感带的问题时,举了些例子:"张洁写《爱是不能忘记的》,这正是张洁,写别的爱情就不是张洁了。张弦写爱情的苦果,也因此成了张弦。每个作家都有自己情感的敏感带。王蒙的敏感带是痛苦,他是真正经过了很多痛苦的。""每一个人的气质、性格、经历不同,都有自己的独特世界。比如刘震云的《官人》,人与人之间的钩心斗角写得惊心动魄,这就是刘震云的世界。""纯文学一定要有颠覆力,在审美上给读者以颠覆力。日本人屠杀中国人,杀了就完了,莫言就不,耳朵割下来了还蹦蹦跳跳,强调感觉。有一些作家没把握好这个度,颠覆力过大……"

陈建功说:"写作得注意挖掘汉语言的潜力,比如莫言、刘恒、苏童等等,都有很好的小说主题、立意和很好的语言。"他认为,"每一个地域都有自己的特点,民间艺术中充满了许多可以借鉴的形式,这就是我为什么要研究平民北京这个问题。"陈建功说到北京市民的特点:四合院的温情、封闭式的思维方式、中庸平和的哲学、爱面子的心理、自嘲中的优越感。作家在最后亮出了他的思考,又加上一个论据:"在莎士比亚的身后,有整整一个民族合唱队在合唱。"

刘震云

北大中文系邀请的第三位作家是八十年代初毕业于本系的刘震云,这位新写实小说最为中坚的人物目前名气很大,代表作有《新兵连》《一地鸡毛》《官人》《官场》《故乡天下黄花》等。我盼望已久,但那天既没在三角地见到广告,也没听人说起,预约了来但终于没有来,刘震云这家伙忙什么去了?我本打算让汪、陈、刘三位北大毕业的作家占满一篇题为《北大把硕果摆在文坛》的文章,但刘震云没有来,他打乱了我的"部署",这个设想就变成了读者您正在读的这篇文章的这个模样。

刘震云没见到,不过照片早见到了:《青年文学》(1993.1)封面上有刘震云16开的半身像,气质凝静深沉,一种洞察人情世态的睿智感融合在坚毅的神色里,风骨不凡。见了这封面,就算见到他本人了吧。

但是后来,刘震云还是来了,尽管姗姗来迟,毕竟消解了这一遗憾,也许,这是注定了的面缘。

他是6月24日来的。刘震云轻松自若,谈笑风生,回忆了当年在北大的生活,说自己那时是一个安安静静的孩子,不大爱说话。作家还回忆了故乡的人与事、四年部队生活的逸闻趣事,笑料不少。当年的刘震云并不打眼,这一次回到母校,他已是名满文坛的著名作家了。他的演讲幽默机智,近三个小时的时间里溢满了听众们舒爽的笑声,给人留下了难忘的印象。

刘毅然

刘毅然是1993年5月24日来的北大,这位作家近年以小说创作渐渐出名,主要作品有《摇滚青年》《金属灵魂》《欲念军规》等,自己也上了《青年文学》封面。我在王府井新华书店见过他一回,那么这回是第二次见到他了。

他是一个面孔白皙、相貌英俊的作家,这次的感觉与上回不一样,我觉得他有明显的书生味。他的讲座分为四个标题:一、欲望与想象;二、虚构与真实;三、痛苦与孤独;四、偏颇与极致。刘毅然对"生活是创作的唯一源泉"这个观点不以为然,还说了一些自己的看法,说自己小说里的不是自己的真实生活,而是完全虚构的。他强调虚构的重要性,因此想象、虚构等也是创作的源泉。另外,我还记住了作家的一句感叹:"我始终认为,我们这一代作家还是没出息的一代。"

王朔

原以为有些作家无缘见面了,比如王朔,不料在5月19日见到了。

中文系的计老师开了门《城市文学专题》的课,我跑去旁听了几次,于是有缘见到了王朔。

教室里人很多,坐不下了,于是换了一个大教室。进门时,我看见讲台边站着一个30多岁的人,脸上带着微笑。

王朔不知说什么主题好,他问大家,大家并没有给他出主意。说实话,现场的反响不是太热烈。于是王朔就自个说了,谈自己怎么写小说:"刚在道上混时,好像什么都没有了,好的全给别人占了,剩下的没什么好的了,心里恨恨的,只好写小说。当然我觉得自己没什么仇恨,我希望社会稳定、长治久安。"王朔说,"空虚是一种高尚的感情,人的感觉在空虚中变得非常敏锐。"王朔对知识分子的印象不好,在小说里总是施之以挖苦调侃。他说:"知识分子给了我一种不好的感觉,中学的老师都没有什么魅力,印象不大好。"他回忆起当兵的生活,"我们那部队特松散,像民团,没怎么出海,船都在海港里趴着,士兵们整天吃饱了饭上青岛市玩去。我是卫生员,每天擦擦药打打针、站个队走走步就完了。"

王朔是在漫谈,谈话没有中心,也没有线索,只是很随意地想到哪就说到哪。王朔又谈到写作体会,"快乐只是在写作过程中和刚写完时,接受者的反馈过来时,已没什么好高兴的了,早在关心下一件事了。"王朔表示要少写点剧本，专心写小说，他表示了向言情小说发展的想法。他还认为写作不能当终身职业，过几年要做商人去。尽管王朔想法很多，但他觉得，"我最成功的事情还是写作。如果没有作品、至少是表面上有一定魅力的作品，光在街上空嚷嚷恐怕也不行。"王朔认为，"小说的操作方式是一种比较沉闷的操作方式。"他说："写长篇小说时，产生了很多想法、灵感，但不可能一天写完，一天只能写一天的量，这样就难免会流失不少灵感。"他觉得，"任何一个作品的影响跟当时读者的情绪很有关系"，又说，"农村小说作为鉴赏品，挺好，但读者并不多，小说读者大都为城市青年。像莫言、贾平凹都是挺好的农村小说的代表作家，我想以后的趋势是城市题材小说，将来我也是比较重要的城市小说作家了。"王朔有他自己对文学前景的预测，看上去还挺自信。

王朔的漫谈进行了两个小时，各种各样的问题错落不羁，各种各样的观点随意而出，自自然然的。他说的最后一句话是："我认为一个聪明人能以较少的代价换得较大的名誉。"

报上有人倡议，采访名人写的稿子发表以后，作者应付给名人一笔采访费。我不怕。首先，我没采访过任何一位作家，这都是他们自己"送货上门"来北大，让我给撞上了。其次，我若不在这些文章里写一写，诸名人在北大的光辉言行恐怕就不会广为人知了。

你是不是看到许多名人一个接一个，风度十足地向你的瞳孔走来？这就是我试图制造的效果。

本文刊于《大学生》杂志1993年第8期，该杂志现名为《中国大学生》。

思想的北大先贤

去年编了一本叫《北大文章》的书,出版了,就想写几句。收入该书的文章乃是北大数十位先贤毕生所写文字的一部分。这些先辈英才是我们所要记住的,他们的文字也是要永远地流传下去的。

被早年毛泽东赞为"思想界的明星"的陈独秀,在20世纪初期的辛亥革命、五四运动和第一次大革命的历史上都留下了巨大的足迹。无论是摧毁封建文化还是倡导新文化运动,无论是揭露蒋介石的叛变还是为抗战鼓与呼,他始终都保持着高昂的斗志,以雷霆般的文字扫荡着愚昧落后然而顽固的旧文化、旧势力。他摧枯拉朽的坚定和无畏是一个时代的丰碑。

中国最早传播马克思主义的先驱者、中国共产党主要创始人之一的李大钊,其雄健、青春而激越的文字为后人铸造了一座战斗者的铜像。

近代民主革命家、教育家蔡元培从清王朝的腹地走来,他是进士,是翰林,是大儒,但他并没有沉没其中,而是自觉地跳将出来,站到了革命者的行列中,并且立志以教育作为自己毕生的事业。他力图以教育来推动国民的前进,并且身体力行,在言论和书写上应当说也获得了空前的成功。

1912年曾担任北大校长的严复,曾经是北洋水师学堂总教习,目睹和经历了北洋水师的惨败和覆亡,他心中的哀痛何其深重。于是他在愤懑中奋笔写下了《原强》、《救亡决论》等政论力作,其"怒其不争"的情怀足以穿透历史的隔断直抵今日,直抵我们的胸膛。

鲁迅,中国现代文学的旗手,在动荡沉重的年月中始终保持着一个批判者的坚定和愤怒。他以"我以我血荐轩辕"的悲壮情怀冲锋陷阵,他的投枪与匕首如密集的箭矢穿梭在鬼魅遍野的阵地之上,他的文字是这样沉毅苍劲。

著名散文家、诗人朱自清留给我们的印象是轻逸而超拔的,他从外表到内里,都有着古代文人一般的形象与风范,而他也以真切的文字记录了暴行与沦陷。他展望着中国的新生,他抗议侵略者的轰炸,他为青年指出前方的道路,毫无疑问,他的这些文字都使他的形象变得更为丰满、全面。

生命里长期被沉郁和落寞所缠绕的现代才子郁达夫,他坦诚直露、无遮无拦而又才华横溢的文字是我们所熟悉的。可他还有另外一面,他关心时政,以笔奋战且不屈不挠,在流亡东南亚的岁月里撰写了大量的时评与政论,把对日本侵略者的恨和对祖国的爱统统倾泻在这些战斗的文字中。他在抗战胜利的时候牺牲了,可是他的热血文字将永远流传。

浪漫多情的诗坛才子徐志摩,一边写着他的情诗,倾诉着他热烈的爱情,一边却也在为灵魂而写作。他对内心深处的探索与检讨使我们得以提高警惕,他对生活的热爱、对美的向往与追求都足以引领我们向上起飞。

刘半农,一个语言学家、文学家,该出手时就出手,在新文化运动的关口上跃出战壕奋力拼杀,他的无畏与胆识为他赢得了新文化斗士的美誉。可以说,他的性格也表现在他所有的文字当中。

钱玄同,一位主治音韵学的学者,当他对封建文化发起进攻时,他的攻击目标是明确的,并且他打得准,打得狠。他是提倡民主、科学的最勇敢的战士之一,他的功劳直到今天我们也能清楚地感觉得到。

傅斯年,这位五四运动中的学生领袖、《新潮》杂志的实际主编,在学生时代就以激扬的心参与了历史的书写。这样的人,不用读他太多的文字,相信我们也能感知他的拳拳赤子之心。

丁文江,一位杰出的地质学家,20世纪30年代曾任教于北大,在抗日战争中固然仍潜心于他的科学事业,可他的爱国精神还是在他的文字中喷涌出来了。也许我们可以说,这是北大的血质在起作用。

本文刊于2004年《中华读书报》。

"北大精神"今安在

北大实在太有名了,未名湖畔任何的一点风吹草动,几乎都能成为报纸上的新闻。尤其近几年,有关北大的"负面新闻"莫名其妙地多了起来——也不知是有人故意挑北大的刺,还是北大确实并不完美,存在若干需要解决、克服的问题和弊端。总之,久在高处的北大颇有些正逐渐被请下神坛的危机——于是倍感受到莫名挑剔的北大人就有了"北大无小事"的自嘲,并且颇显出了些严阵以待的警惕性。但这似乎并不能避开和击退人们对北大的质疑和责难。

因为北大在历史上的辉煌和伟岸,因为北大对20世纪的中国颇有唤醒、感召乃至引领之功劳，又因为人们对现实世相种种招摇的丑陋的不满，所以人们对北大有高的期待、严的要求，乃至因爱之深而责之切。分析起来，这些可能"有损"北大形象的形形色色的所谓"发难"恐怕绝大多数其实并非是人们故意要为难北大，而只是人们褒赞真善美、弘扬公道与正义、实践社会理想和普世价值的真诚愿望，借议论发生于北大的各种"小事"，得以细节化、具象化地表现出来。缭乱喧腾中的人们，其实是在变相地表达着对"北大精神"的怀念和追思，乃至是在高声呼唤"北大精神"的归来！

果真如此吗？姑且让我们来做些具体的分析。

比如说北大不允许旁听生随意进课堂听讲了；又比如说北大规定凡进北大者须持有效证件登记后方予放行；还比如说，因暑假来北大参观的学生旅游团过多，北大拟限额接待甚至决计闭门谢客不再接待之云云——媒体对这类事件的报道和渲染通常都表现得很是卖力，而不无尖锐的评论者则通常借此抨击北大变得保守、封闭、自恋了，并质问北大为什么不能像蔡元培时代那样放下架子、敞开胸怀、时刻以自由平等的心态和理念治校和处世？

有关北大的负面新闻还有不少，比如堂堂教授竟然抄袭外国学者的论著充作自己的学术成果，比如北大把在国际刊物上发表论文的数量作为衡量北大教师水准的最高标准，还比如说北大在引进海外人才的事情上似乎有弄虚作假之嫌等等——媒体的报道显然引起了公众对这些问题的关注，评论者则尖锐地抨击了北大的"堕落"、"僵化"和"撒谎"云云。

这样的"曝光"也好，那样的"呵斥"乃至"发难"也罢，挨批的感觉当然不会很好，但我以为，北大又何妨以"有则改之，无则加勉"的态度来认真面对。而且，只要这些媒体和评论者并非是有意想要抹黑、妖魔化北大，则北大就应该虚心听取这样那样的声音。在我看来，这些声音大抵于骨子里应当都是在呼唤"北大精神"的回归的。那么，"北大精神"究竟又是什么呢？

著名学者、北大教授钱理群说得好，"一百个人心中就有一百个北大"——同样的道理，一百个人心中也就有一百种对"北大精神"的理解。尽管如此，我以为"北大精神"也当有一些核心的内涵是相对确定的。所谓的"北大精神"，我们既可以从北大师生在新文化运动、五四运动等历次重大历史事件中的表现体会出来，也可以从各位北大先贤的有关言论中或多或少地把握到若干。

所谓的"北大精神"，我以为第一重要的内涵恐怕非蔡元培所提倡的"思想自由、兼容并包"莫属，然后是陈独秀所特别欢迎的"民主"和"科学"两位先生，再就是胡适格外注重的"独立"品格、李大钊所身体力行的革命气魄，还有鲁迅所指出的"北大是常为新的、改进的运动的先锋"、马寅初所表现出来的勇于直言的不屈不挠的抗争与坚韧、张岱年所提的"直道而行"的信念、王选身上所展现出来的开拓创新的心劲和智慧，以及汤用彤、冯友兰、朱光潜、王力、季羡林等一大批学术大师一直强调和实践的为做出学术贡献而甘于长期坐冷板凳的努力钻研的劲头儿……当然，也有在新文化运动中北大人所表现出来的革新激情和思想锋芒，也有在五四运动中北大学生所表现出来的勇敢无畏和强烈的爱国主义精神，也有西南联大时期北大人所表现出来的勤奋顽强和刚毅坚卓……或许，所谓的"北大精神"，在根本上其实与一切美好事物都有天然的密切联系,她应该饱蘸和浸淫着创新、民主、自由、爱国、进步、科学、平等、包容、多元、真理、求知、实践、发展等思想元素,或者也应当涵盖有理想主义、人文精神、浪漫情怀以及自信、勇敢、无畏、拼搏、高尚、正直、奉献等人世间最富感召力的词汇——或许,北大精神应当就是能够对个人的完善与社会的进步乃至整个民族的思想及素质的提升产生正面作用的那种东西。

如此说来,"北大精神"就绝不仅仅只是北大这么一所大学的私有财产,而应当属于全社会,属于一切中国人乃至全人类——联合国前秘书长安南不是说过这么一句话吗——"北大是人类繁荣的希望之源"(这句话里的"北大"显然指的就是"北大精神")。如此说来,"北大精神"也就可以当之无愧地自诩为中华民族最为宝贵的精神财富之一,乃至是中华民族各种宝贵精神财富的高度提炼和集中体现!不是吗?二十世纪初期的中国知识分子大多注重在学养上打通中西,而发展于那一时期的前身为京师大学堂乃至可以上溯到国子监的北京大学,也就天然地建立起了两种传统:一是来自近现代西方的思想文化传统,包括民主、自由、科学等理念;一是源自中国古代的思想文化传统,包括仁、义、礼、智、信等核心价值观。既能对中、西两种思想文化传统兼收并蓄,又能在守正的基础上时刻保持创新的精神,与时俱进、永远站在高处而不是自甘堕落于庸俗、市侩乃至污淖当中——这大致应当就是北大对自己的要求,乃至是全体中国人对北大的期待。有这样的"北大精神"在,也难怪北大在国人眼里的形象会是那样巍峨,也难怪人们容不得北大出任何一点瑕疵,否则就要跳起来指摘之、纠偏之。

遗憾的是，这样的指摘往往并不是空穴来风，而是言之成理，且往往都是一语中的，直击问题的关键。这年头，似乎没有谁知道北大究竟是咋了，竟然这么经不起大家的打量！

我想，"苍蝇不叮无缝的蛋"这话大多数时候还是很有些道理的罢——但我又以为，许多时候我们与其说北大又出了什么问题，倒不如说是因为长久以来北大都在不断地丧失着继承与发扬"北大精神"的热情和劲头，更不如说是我们这个社会（而非仅仅是北大这样一所大学）已然在欲望的迷乱和某些莫名的困顿中丢失了最可宝贵的"北大精神"。

难道不是吗？其实，只要稍稍留意一下我们周围的人群和事物，特别是那日日流转不息的种种不堪的世间百态，我们就能很容易地搜索到这种无奈的丧失，也就是"北大精神"在社会生活中的广泛缺位。

许多传统美德包括做人的基本准则为什么在这个时代经常被抛到九霄云外？利欲熏心、把道义放两旁的人为什么经常过得如鱼得水，而做好人好事、举报坏人坏事的人往往遭到嘲笑乃至打击？今日之世界，为什么重义轻利、凭良知做事，能够挺身而出与正义同行的人越来越少了？难道众多体制外的生存者就注定了要被所谓的主流社会冷眼相看、弃若敝屣吗？某些先富起来的人和部分社会既得利益集团所得到的一切真的是干净和问心无愧的吗？高门槛的房地产行业获得的普遍的暴利难道是极其正常的吗？难道没有把全民共同创造的社会财富不合理地集中到"土地财政"和极少数人手里的嫌疑吗？国有大型企业和集团公司的老总们在公款消费多多的情况下还拿着比普通员工高几十倍上百倍的多达几百万甚至几千万的年薪,这样的不知由谁设定的高工资真的合理吗?为什么有民本立场的知识分子越来越少而充当既得利益集团代言人似的走狗越来越多?是因为能够分得一杯羹吗?还是因为畏惧或心已死或良心已然泯灭了?"狡兔死,走狗烹;飞鸟尽,良弓藏"的封建政治遗毒和人治悲剧为什么在今天的许多领域,包括民营企业也屡屡闪现它的幽灵?

这样的追问或许有点过于激动了,但种种不良的社会现象不能不让人感到失望和愤怒,于是一些人就通过某个事端把这种失望和愤怒发泄到北大身上——北大委屈吗?我以为是既委屈,又不委屈——说北大不委屈,那是因为北大在某些具体的事情上确实存在其需要解决的问题;说北大委屈,是因为若把暴露于全社会各个角落的问题全交给北大来扛也确实有失厚道和公正。

毋庸讳言,北大在许多方面做得并不好,在微观、具体的层面上如此,就宏观而言,恐怕也没有尽到其作为"精神领袖"所应尽的责任。在许多这样那样的丑恶现象面前,北大经常是睁一只眼闭一只眼假装不知道,或者知道了也不说,说了也只是模棱两可打哈哈,甚至有时候也违背良心说假话说瞎话。我想,大家尽可以批评北大的这个问题和那个缺点,也不妨拿北大当出气筒,把在别处受的委屈和憋闷借着指责北大而发泄出来。没关系,北大不是某一个人的北大,而是全体中国人的北大,她应该永远都能包容这一切。

但我想,要把解决整个社会所暴露出来的一切问题和缺陷的希望完全寄托在北大这样一所学校的登高一呼上却是没有用的。首先,北大有自己的麻烦要处理,特别是要光复乃至弘扬表面上红旗飘飘实则沉沦已久的"北大精神";其次,大家也应该清楚地知道,所谓的光复和弘扬"北大精神"绝非是一所学校的事,而应是全民全社会的事;第三,当社会病了,当人群需要"北大精神"来疗伤,来振奋精神的时候,我觉得作为有社会责任感的知识分子和官员也好,作为普通民众也好,无疑都应该认识到,这其实需要全社会从制度层面上做大的手术,惟其如此,才能从根子上解决问题。

"北大精神"失落已久,我们在这里衷心期盼其早日归来,不仅仅归于北京大学,而且要归于全社会。如果这多少显得有些理想化的"北大精神"能够在全中国人(包括社会各阶层的所有成员)的头脑里扎根,包括在政府体系和社会结构的各个部分中扎根并运转起来、发生作用,则"北大精神"也就到了迎接其新的辉煌的时刻。

未名湖畔访季老

季羡林教授虽已至望九之年,可要做的事相当多,老来人更忙了。所以,采访季老的事费了些周折。当然,最终还是见到了他。

7月末的一个傍晚,我来到风景优美的北大校园,沿寂静的未名湖畔北行,不一会儿就来到傍水而建的朗润园——季老的居处就在这里了。

季老满头银发,神态谦和、平易,虽说刚出院不久,但他的精气神却如平素一样好。我已经听说,每日黄昏,季老爱在宅前的湖边小坐,养生静思,自得其趣。这次,还是按季老的习惯,我们来到湖边石上落座,面对绿意掩映的湖水交谈起来。季老的研究广涉梵学、佛学、吐火罗文、语言学、印度学、东方学、民族学、敦煌学、比较文学等诸多领域,且造诣很深,是公认的学界泰斗。季老还精通六七种外语,是很有成就的教育家、翻译家和散文家。季老以其学养之巨为世人敬仰。

季老年轻时在清华求学五年,后又留德深造十年,第二次世界大战后归国,长期执教于北京大学。他几十年里一意求索,勤奋不倦,终成一代大师。目前正在编辑、我们即将见到的24卷计800余万字的《季羡林文集》,将使我们能够全方位领略季老的学术成就和精神风采。

与季老闲谈很愉快。眼前是半池的荷叶,绿流香远;耳畔是季老娓娓的话语,意幽旨高。展望新世纪,季老说:"下个世纪将以东方文化为主导,来改变人与自然的关系。"他认为,西方文化中的有些东西发展到今天,已破坏了人与自然的关系,比如环境污染问题就很突出。季老说:"东方文化主张'天人合一'。天,就是大自然;人,就是人类。这是我的理解。东方文化认为人与自然不是敌对的,是和谐的、一体的;而西方文化的某些观点则认为人与大自然是敌对的,我以为不是这样。"

交谈中,我向季老介绍了《文化月刊》这本杂志。季老接过最近的一期《文化月刊》,兴致勃勃地翻看。季老说:"中国人民不是缺少福利,是缺少文化,提高人民的文化素质是当务之急。"末了,季老祝《文化月刊》越办越好。

风起摇荷动,林梢红渐消。在天光与水色的辉映下,鹤发童颜的季老精神矍铄、容光焕发,我们衷心祝愿季老健康长寿!

关于季老的近况，本文不多说了，还是请大家读读本期杂志内他的《在病房中》吧。

本文刊于《文化月刊》杂志1997年第8期扉页。

敬悼张岱年

近日在报纸上看到北大教授、著名哲学家、国学大师张岱年谢世的消息,心里便有些唏嘘和感伤,唉,一代大师就这样走了。

其实我和张岱年老先生非亲非故,也没有师生的关系,论辈分,甚至差着三四代人,但此刻,我却从心里怀念他老人家。想起近些年来,以我之浅陋,竟得着机会先后两次登门拜见于他,也实在是三生有幸了。

最早见到张老,应当是在20世纪90年代初——当年在北大求学的时候,几年之中,听过的各类讲座仿佛是有几百个的,印象中,期间就有一次是领略他老人家的精神风采的,只是年头久远，具体的时间和讲座的内容已不能记得了。

回想起来，我是1998年才真正与老先生有了直接的联系的。那一年夏天，我正为自己主编的第一本书——《北大情事》而忙碌起来，几乎每天都在打电话联系作者——各系各级的北大师生和社会各界的北大校友。为了让这本从情感角度展现20世纪北大人精神风貌的书显出我所设想的品位感和厚重感来，我是不惜花费许多时间和精力的：在半年多的时间里究竟打了多少电话，在电话里究竟又说了多少话，我已不能记得，但我所联系过的北大人无疑是在两百人以上的。这其中有许多是我在北大求学时所认识的，也有许多是我知道乃至是久仰大名但并无联系的，这其中就有令人景仰的张岱年老先生。

当然，也还有很多别的有名的人，比如星空灿烂的中文系就有严家炎、谢冕、段宝林、程玉缀、温儒敏、曹文轩、王岳川、戴锦华、张颐武、孔庆东以及金开诚、袁行霈、储斌杰、乐黛云、唐作藩、孙玉石、洪子诚、钱理群、陈平原、韩毓海等，总之，凡是数得着的，我的电话就打到了。又比如其他系的名家，汤一介、侯仁之、肖灼基、厉以宁、晏智杰、潘文石、林毅夫、刘伟、辜正坤、陈章良等。这个名单实在很长，总之，我虽无力在这里列出全部的名字，但我却极愿借此机会向他们表达我深深的敬意。

至于已经离开了北大校园的，那也是有许多的，比如李瑛、叶永烈、傅璇琮、崔道怡、邵华、刘松林、陈建功、高洪波、周国平、刘震云、老鬼、马相武、李银河、唐师曾、英达、李书磊、张璨、西川等。总之，那时候的我，就是这样不遗余力地大范围地撒着网寻找作者。现在想来，这大抵是很可笑的。所幸的是，我为之努力不懈的《北大情事》一书终归在2000年1月由海南出版社出版了。

忘了当时的自己是怎么就想方设法地找到了这些人的电话，总之我放下了手头的一些事情，成天就只知道一门心思地给他们打电话约稿。说实话，这样题材的稿子真不好约，许多人并不愿意以这样的方式把自己的爱情故事公之于众。且不说大家都这么忙，且不说我并不是出版社的策划编辑，书稿齐了之后究竟能不能出版其实也还是个问题，但德高望重的张岱年老先生却是认真地对待这个事情的。

那时，张岱年先生的听力已经不大好了。记得初次与他通话，年届九旬的老人家好不容易才听明白了我的意思——仅仅为了这样一件小事去打扰他，这使我感到有些内疚，但老人家却郑重其事地要我写封信把向他约稿的原委和要求详细说说。听到这样的答复，我很高兴，看来，这事还有戏！不过另一方面，想到老人家的年龄和身体状况，我其实也没有抱太大希望，但我还是遵嘱照办了。不久之后，我收到了老先生的回信，老人家还真寄来了文章，是一篇新写的几百字的短文。虽然这篇文章属"往事"范畴而非"情事"范畴，从篇幅上来讲也不是很合用，但我真的很感动。于是我怀着一腔的敬意当即回信，并且我还提要求，希望老先生另写一篇，要长一点，越长越好云云。没过几天，我就收到了老先生的第二封信。所幸的是，写这篇悼念文章的时候，我竟在抽屉里找到了这封信！斯人已去，墨宝犹在，我想我还是把这封信全文录在这里以免日后不小心遗失了。

朱家雄同志：

您好！来信收到。我所写实在太短，但是我年老体衰，实在不能多写，而且也想不起有什么壮烈的事可写。拙文不合要求，可以不用，尚请退回为感！可请少壮同志多写。

匆匆，祝

好！

张岱年

98.10.4

我再次感到了内疚，大师如此高龄，能惠赐一篇短文已属极为难得，我竟然还"要求"他另写一篇，而且还是长文，真是不知道自己有几斤几两了。我连忙依老先生的意思，恭恭敬敬地把文章寄回退还了，至于信中有没有提到请他做该书顾问的事，却不记得了。

其实，除了张岱年，北大的几位"国宝"级学者比如季羡林、张中行等，我也都联系过，但都因为年事已高的原因没能惠赐大作。关于季羡林先生，其实之前我还很荣幸地打过交道的。1997年我在《文化月刊》杂志做编辑的时候，因为那时我手头有季老家的电话号码（系在校时于图书馆偶遇季羡林向其当面讨要到的），就在编辑部讨论关于封面人物的选题时报了他。记得当时领导和同事是一致赞成采写季老的，于是我与季老联系并在未名湖畔面对面地作了采访，于是第7期的封面人物就是神采和风范均无比儒雅的季羡林先生，我的那篇按领导要求控制在千字以内的采访文章则刊登在了扉页上。

话再说回来。退稿之后的一年,我和张岱年先生就没有再联系。到 1999 年 9 月,出版的事有了希望,10 月底合同也签订了,且和出版方谈到了一些细节问题,比如邀请一些名家担任顾问甚至题词之类。于是我就在心里拟了一份顾问名单和题词名单,然后逐一打了电话,结果一切都很顺利,获得了诸多前辈名家的支持,并且他们认为这是一件有意义的事。记得当年 11 月上旬给张岱年老先生打电话的时候,老人家的听力依然不大好,仍然是经过一番努力,他才听明白了我的意思。老先生初步地答应了,只是要求我拿上书稿给他看一看,还告诉了我他的住址。于是,几天后,我就带上书稿到中关园某楼拜见我所敬仰的张岱年先生。

记得为我开门的是他的夫人,一位语音清晰、腿脚灵便的老太太。进得门来,却见须发皆白的老先生穿着件毛式中山装,戴着一副老式眼镜,神态质朴而慈祥,就如印象当中我们所常见的和蔼的老爷爷的形象,只是他口齿已不大清楚,行动也已不大方便,但老先生还是站在客厅里看着我进了门,还说了句什么,然后领我进了书房。在一张圆桌边坐下之后,我就开始介绍这本书的有关情况,末了,又把书稿摆在老先生面前请他审看。老先生挺认真,戴着老花镜,仔细看了看目录,又大体地翻了翻书稿,还挑了几篇稿件浏览了一遍。末了,他说稿子质量不错,又说有些作者比如段宝林等人他也认识。之外,他还特别指出自己对解放前的老北大人比如蔡元培、胡适等人的故事比较感兴趣,他就是冲着这些人才答应担任顾问的。

待到我请他惠赐墨宝为本书题词的时候,张岱年老先生乃凝思片刻,又征求了我的意见,终于挥笔写下了这样一句话:"这本书很有意思,反映了北大人精神生活的一个重要方面,值得一读。"还落了款,标上了时间。老先生题词用的是钢笔,字迹清朗通达,很有美感,尤其使我惊讶的是,老先生的字竟然是少见的遒劲、流畅,绝不像一位年已九旬的老人所写,其力道甚至远甚过年轻人的字迹。可惜用的不是碳素墨水,书印出来之后似乎并没有李瑛、邵华、曹文轩等几位顾问的题词那么色重。但我心里一直记得,其实在几位顾问的题词中,就属最年高的张岱年先生的字写得最劲健、有力。墨宝领到之后,又聊了一小会,我于是起身告辞,而老先生也不顾劝阻,硬是起身送我到门口。

其实,我也试着想请季羡林老先生担任顾问来着。因为曾经采访过季老,所以我对于邀请季老做顾问的事,心里还是很抱有希望的。但不知为什么,季老没有答应,原因似乎是这个题材他不想做顾问,又似乎是当时他正住院,没有时间看书稿。总之,我对季老的景仰之情并没有因此而有所改变,只是为自那回的采访之后没有机会再次见到他老人家而感到有些遗憾。要知道,仅有的几位国宝级大师当时均已是望九之年,随着时间的推移,任何人想见到他们,其可能性都是越来越小了的。

至于张岱年老先生,后来我主编的《北大情书》一书他也欣然应允担任了顾问,为此,自然又通了几次电话。不仅如此,到2002年秋的时候,我还得着机会再次登门单独拜谒了老人家一次。其原委,是为自己策划的《北大名教授自荐论文代表作》丛书去他家谈书稿的创意和选稿思路来着。现在看来,这就是我最后一次见到我所景仰的张老了。其时,老先生的家已搬至北大和清华之间的蓝旗营小区。记得老先生的寓所比起先前已是宽敞了许多,在装修得很好的大客厅里,端坐在沙发里的老先生着装有型有款,须发也梳理得很齐整,风雅非凡,神采有如印象中的存在主义大师萨特一般富有魅力,气韵更似先秦时代娴雅澹定的高寿大哲。这就是我所能回想起来的关于这位当代哲学泰斗的最后印象。应该说,这最后的一面,老先生给了我无比清晰、深切和永久的记忆。

遗憾的是,由于种种原因,我早已编好的《北大名教授自荐论文代表作》第一卷、第二卷竟然到现在也没能出版,也不知道能在什么时候,我可以在教授们极为可贵的支持下,通过自己的努力把这个系列的图书奉献给广大读者朋友。在编选这套书的过程中,我有幸读到了许多教授的精彩论文,即使这件事暂时遭受了挫折,但我感到自己的收获是不小的。比如张岱年老先生的若干论文,当我被他口头授权可以自行选收他的论文作品时,我就获得了阅读他的作品的最好的机缘。

在我看来,张岱年老先生的《中国哲学大纲》等哲学著作和许多论文,如《中国文化发展的道路》、《中国文化与中国哲学》、《中国知识分子与人文精神》、《中国思想源流》等等,既是高屋建瓴、广涉古今、渊博精深的力作,又都写得深入浅出、新颖独到、雅俗共赏,委实是大家境界。

在知识界深切悼念、缅怀张岱年老先生的此时此刻,我想,我们更应该记住他为后人留下的一篇又一篇的精彩论文和那一卷又一卷丰美厚重的著述,并由衷地感谢他为光大本民族传统文化和文化传统所作出的巨大贡献。

本文刊于 2004 年 5 月 19 日《中华读书报》。

悼别邵华将军

6月24日子夜,我从网上看到中国摄影家协会主席、军事科学院百科部副部长邵华将军因病于当天傍晚18时28分不幸在北京去世的消息,异常震惊。我完全没有料到,这位才华洋溢、与社会各阶层均有广泛联系的和蔼亲切、平易近人的师长前辈,竟然会在这个时候如此突然地离开这个无数次出现在她镜头里的美丽世界。

7月2日清晨,我早早地出门赶往八宝山革命公墓。这天上午9点,邵华将军的遗体告别仪式在八宝山举行。

一路上,我不禁回想起1999年冬我登门拜访邵华将军的情景来。

1998年夏,在为《北大情事》一书开始四处组稿的过程中,我偶然得知毛泽东的儿媳邵华将军是北大中文系文革前的毕业生,于是我想方设法打听到了邵华将军家的电话号码。邵华老师听说我编《北大情事》,似乎觉得是有意义的,遗憾的是,一番游说之后,她并没有答应写一写她和毛岸青的爱情故事。也许是为了对我的盛情约请表达某种回应,邵华老师向我推荐了她的同样毕业于北大的亲姐姐刘松林(即刘思齐),说或许刘松林会愿意写写她和毛岸英的故事。于是我就按邵华老师告之的电话号码联系刘松林前辈。可惜几番沟通之后,态度同样亲切、和蔼的刘松林老师最终也没有答应写这样一篇文章。

时间转眼就到了1999年的秋天,经过长时间的张罗与奔忙,终于被告知《北大情事》将由海南出版社出版了。应出版社之约,我打电话为该书邀请到了很多顾问,我也没忘记打电话约请邵华老师担任顾问,并且提出了希望她能为该书题词的请求。令我倍感荣幸的是,邵华老师并没有拒绝,甚至专门为此安排出一个时间,让我带上书稿登门。

那个冬日的傍晚,我应约前往位于北京西北角军事科学院附近邵华老师一家的住所"毛家大院"。记得赶到那里时,天已黑了下来。我在门口卫兵的岗哨处做了访客登记,然后就激动且忐忑地走进了这个我多少感到有些神秘的院子——我甚至在心里猜测这是不是毛主席当年也曾住过的地方。夜色下的院子虽有路灯照明,但一切还是显得很模糊。我跟着前来接我的同志前行,不觉间就进了一栋小楼。

一位女秘书安排我在一楼的会客室里等待。不一会,邵华老师就来到了会客室——传说中的邵华将军原来这样的普通、亲切、谦和,绝没有高高在上的架势,只有在人民领袖的家风熏陶下自然形成的朴素、平实与淡然、从容。交换了名片之后,邵华老师在落座的同时也示意我在一侧的沙发上落座。因为时日久远的缘故,具体的对话我已不能记得很清楚,只记得在简单的寒暄之后,我介绍了《北大情事》的大致情况,末了,又把那沓厚厚的书稿递过去请邵华老师过目。

邵华老师把书稿翻了又翻,并且从中抽出若干重点作者的稿件认真阅览。她一边看,一边偶尔地点头,乃至询问于我。坐在一侧的我心里多少有些不安——很担心邵华老师究竟会不会答应担任顾问,但当我看见她不时点头表示对稿件的肯定,心里就渐渐地变得踏实起来。我抓住时机果断开口再次邀请她担任本书顾问,并希望为之题个词。邵华老师对书稿的品质似乎是满意的,竟也不再犹豫而是欣然应允,略作沉吟,"那我就写'青春万岁'四个字吧"。我说好啊,简明扼要,还很响亮!于是邵华老师提笔一挥而就——在"青春万岁"这四个字之后是一个惊叹号,下一行是署名,再下一行则是落款的时间:一九九九年十一月廿三日。

到八宝山了!我不得不把思绪拉回到现实中来。看看表,离九点还差半小时——我以为我算到得比较早的了,却不料告别厅前的广场上早已是轿车满目、人潮汹涌——这可都是从四面八方自发赶来与邵华将军做最后告别的啊!

我随着一长列桌案前的许多队人流中的一列缓缓前行,在桌案上的一本签到簿上签下了自己的名字。我把领到的小白花佩戴在胸前，然后接过一本封面上印有邵华将军遗像的纪念册认真翻阅——当中的内容是邵华将军的生平介绍。作为毛岸青夫人的邵华将军，作为一代伟人毛泽东的好儿媳，她的一生可谓历尽苦难却又充满光荣。

等待了半小时左右，我终于随着自己所在的队列缓缓迈步进入告别大厅。邵华将军的遗体静静地仰卧在鲜花丛中，我默默上前，满怀悲伤地瞻仰那最后的凝定而鲜明的容颜。在拐角处，隔着环列而站的军人，我看见肃然端坐在角落里的毛新宇和他的夫人刘滨微微垂首，神情沉重而悲痛。

永远忘不了拜访邵华老师的那一幕，也永远记得她老人家对我和我主编的《北大情事》一书的真诚关照和有力支持。可惜邵华老师走得太早，太突然！享年69岁的她，显然还有许多想做但还没有来得及做的事情在等着她去打理啊！可天堂的召唤，却让她把这一切都轻轻地放下了。

本文刊于2008年7月16日《中华读书报》。

往前走就是一切

——记曹文轩教授

在曹文轩的一本著作里,扉页上那幅作者像给了我很深的印象:那是一位沉思者,目光掠过天空,遥望远方;眉宇间凝结着一种清峻和坚定,眼神中流露出忧郁和睿智。

曹文轩先生是北京大学中文系教授,1954年生于江苏盐城农村,正当壮年,事业蒸蒸日上。作为年轻有为的学者、评论家,他的《思维论》、《中国八十年代文学现象研究》等都是颇有分量的专著,而《中国八十年代文学现象研究》曾荣获北大首届青年优秀科研成果一等奖和中国当代文学研究会第二届文学评论科研奖。作为作家及中国作协会员,他的文学作品迄今已获各种奖

17项。

  曹文轩教授在工作上是勤奋的、认真的,这在北大中文系有目共睹。因了这些,他硕果累累,38岁即晋职为教授。

  曹文轩1993年10月赴日讲学,历时一年半,已于今年4月中旬回国。在东京大学任教期间,他接到了台湾联合报基金会的访台邀请,原因是他的小说作品在台湾岛上获得两项大奖:颇有影响的短篇小说集《红葫芦》被台湾最具影响力的《中国时报》评为1994年度十本好书之一;由《民生报》、《国语日报》等多家报刊发起的1994年度优秀读物评比中,其小说《山羊不吃天堂草》获长篇首奖,《红葫芦》则获短篇首奖。台湾方面为此在台北、台中召开了两个大型作品讨论会。一家台报刊登了评论文章,字里行间,感叹岛内作家竟纷纷落马。

  据曹文轩透露,在日本讲学期间,他创作了一部题为《朦胧岁月——红瓦房、黑瓦房》的小说,这部40万字的长篇目前已经脱稿,用作者自己的话讲就是:"用的是比较古典的一种写作方式。自己的性格和长处不是善于在形式上做很新颖的追求,长处在于从思想深度、美学价值等方面做一些努力。"曹文轩比较喜欢这部"大面积地动用了自己的生活"的小说,他觉得这部小说比以前的作品是有意识地迈上了新的台阶。现在,有多家出版社竞相前来索稿,无疑,这是一部力作。

  说起曹文轩的创作,自然有一番话说。他著有短篇小说集《云雾中的古堡》,中短篇小说集《曹文轩作品集》、《忧郁的田园》等。他的小说,背景多为农村,也许,20年的农村生活对他的影响太深了。一个把童年留在乡村、把少年时代的记忆播种在泥土的清香里的人,怎能不千万次地梦回土地,怎能不借一次次的创作神思故乡,一次次地重享水牛、稻田与溪沟的温馨?对一个在20岁那年闯进北大、闯进都市生活的人来说,土地、乡村和炊烟永远是他魂牵梦萦的传说,他心的居所。他的近作《山羊不吃天堂草》是写一群小木匠来城市闯荡以后成熟长大的故事,情节与故事的发生地是城市,可这些小木匠都是在农村长大的孩子,实际上,整个小说的深层背景依旧是农村。至于刚脱稿还未出版的长篇《朦胧岁月》——作者20岁之前的生活经历的自传色彩很重的一部小说,其背景仍然是农村。由此可见,作家曹文轩有很重的乡土情结。

曹文轩尤其擅长儿童文学。他的小说《再见了,我的小星星》曾获第一届全国优秀儿童文学奖,这是儿童文学创作很权威的奖项。而他1991年秋创作的长篇《山羊不吃天堂草》则一口气拿下了第二届全国优秀儿童文学奖一等奖(1986—1991)和第三届宋庆龄儿童文学奖金奖。还有一项奖比较重要,这就是其小说《蓝花》于1993年10月获得了冰心儿童文学新作奖。

曹文轩是北大中文系的老师,自然,教书是本行。他教《当代文学》课,授课一年,给学子们留下了很深的印象。曹老师上课讲授的是自己的体系,其中饱含着学术上新颖的见解。还有,他很注重授课语言的文学色彩。讲课时很投入,颇富激情,似乎每次上课都是在作演讲,在台上慷慨而论,因而他的课很吸引人。

曹文轩老师讲课时声音昂扬,平时说话则平和宁静。他不是那种表面上大肆张扬虚张声势的人,而显然是很有个性、很有内在力度的人。

刚从日本回来的曹文轩教授要处理的事情很多:修改长篇小说、完成国家教委人文社会科学研究规划项目中的一项——专著《小说的艺术》写作、带研究生、开一门新课《新时期文学现象研究》……曹文轩教授说:"绝不东张西望,绝不左顾右盼,往前走就是一切。"

本文刊于1995年6月16日《北京日报》。

我在边缘看名人

一、牛群与"牛兄"、"牛弟"同乐

1993年秋,著名相声演员牛群进了北大中文系的作家班。用报上的说法就是:"牛群在未名湖畔吃草。"牛群自己曾在公开场合说:来北大是为了加强文化根底,做一个学者型的圈中人。不知道牛群是否有意于当作家,但他在搞摄影,这一点大家都知道,不少报刊曾发过牛群的摄影作品。

北大学生的业余生活还是丰富多彩的。有一次,北大学生会女生部举办了一场大型的假面舞会,其中有个抽奖的项目,没想到抽奖人竟是牛群。参加舞会的人进门时都领了张有号码的奖票,有几百人参加,谁是幸运者呢?牛群抽奖了,他从盒里摸出一张奖票,主持人念到:117号。大家都看手中的号码,四面张望。我是没抱一点希望,几百张里抽一张希望是很小的。我懒懒地看了一下自己的号,大出意外:我中奖了?!我惊讶地把手举了起来,叫道:"我就是。"我挥着纸条走上台去。

"祝贺你,中奖了!"牛群热情地说。

我不知道说什么好,对着麦克风只说了一句:"谢谢!"

牛群把奖品,一只五颜六色拙朴憨厚的布公鸡递给我。事后大家都说我与名人有缘分。

后来中文系举办元旦联欢晚会,牛群当然成为座上宾,与中文系主任孙玉石老师并肩列席。大演员在此,怎能不露一手?

果然有牛群的节目。牛群约好冯巩来一同演出,可冯巩临时有事脱不开身,不能到会。于是牛群便随便请出一位与他配合,表演相声。有位九二级新生自告奋勇,上到台上。牛群请年轻的学生称他"牛兄",说这样亲切随和些。牛群平日把比他年级高的全尊为师兄、师姐。这次,他便与这位"师弟"来了个临场发挥,即兴而作。

平时在大课的课堂上不难见到牛群。有一次我就见到他坐在最后一排,戴着说相声时不戴的金丝边眼镜,一副全神贯注的样子。牛群果然是在北大"吃草",补充养料,充实自身。

二、葛优"炒"笑话"口"到擒来

葛优被看成是丑角。丑角一样可以成为"大腕",因为他演得好,有自己独特的风格。

福建电影制片厂拍摄了两部由葛优任主角的影片,去年秋天的一个下午来北大做首映式。为一睹明星风采,观众自然踊跃。影片放完后,摄制组主要成员和主要演员出场与观众见面。台上一排站开十多个人,葛优最打眼,因为他那张脸大家最熟悉。主持人请他们轮流讲话,有人说一段,有人仅仅说一句,大家一律报以热情的掌声。该葛优了,葛优的前额格外亮,台下的掌声也格外的热烈。

葛优以他特有的语调说了一段开场白,在大家的强烈要求下,他嘿嘿一笑说了两个笑话:

王家的孩子和全家人在客厅里呆着。孩子喊一声:爷爷。扑通,爷爷倒地死了。孩子又喊:奶奶。扑通,奶奶倒地死了。不得了,出怪事了,孩子喊谁谁死。孩子又喊:妈。扑通,妈也倒地死了。爸可担了心,可别再喊我呀。可孩子还是喊了:爸。老王闭了眼等死。奇怪,老王这当爸的可没倒地死去,倒是隔壁的老张扑通一声,倒地而死。老王纳闷坏了。

葛优诡秘地笑了,问台下:你们说是怎么回事?

观众们哄堂大笑,开心无比,大家都会意了:老张才是孩子的亲爸,老王不知道孩子他妈和老张有关系,一直给蒙在鼓里。

葛优幽了大家一默,接着又讲下一个笑话:

两位男同志在厕所小便,甲同志站了十多分钟,愣没解出来,乙同志刚进来就顺利完了事。甲很羡慕地对乙说:你好幸福!这么干脆利落,我一刻钟都没完事。乙愁眉苦脸地说:你才幸福呢。

葛优又诡秘一笑,问观众是怎么回事。

没人知道是怎么一回事,葛优亮了谜底:乙同志尿裤子了。

此言一出,大家立即又爆笑一场,快活之极。

葛优讲的笑话确实好笑,也不知道这两个笑话是他自己想出来的,还是从哪里读来的。可台下两千人,就没人在此之前听到过。如果真是葛优想出来的,那他可真是"创作"、"表演"合二为一了。

三、刘欢:"曲高"不"和寡"

作为歌手的刘欢可真是名声赫赫,大街小巷都能听到他那开阔起伏的歌声。人们对他的歌声再熟悉不过,可见他一面的机会却很难得。

刘欢来北大了。

刘欢说他是应朋友之邀来的,说是一个联谊会,没想到是演出。大学生可不管你是否有备而来,热烈的呼声此起彼伏,大家要求歌星为大家唱几支歌。

刘欢一头浓发,脸型雄放,那天着一身西装,外套一件风衣。他说:为大家唱一首英文歌吧。于是流利优美的英文歌曲在大厅内回旋。一曲终了,掌声不已。可大家意犹未尽,许多人喊:再来一首要不要?观众群起呼应:要!大家难得有这么一个机会,以两元门票逮个大歌星唱一回,自然不肯轻易放过。刘欢感此热烈,便在麦克风前说:我为大家再唱首法文歌吧。刘欢坐在钢琴前,边弹边唱。我们虽听不大懂他唱了些什么,但艺术的感觉不用语言也是相通的,大家陶醉在优美的歌声里。刘欢的手指和音符一样流畅,欢快优雅地在琴键上滑过……

我觉得刘欢是一位多才多艺才华型的歌坛大腕。也许是因为在北大,他露了几手漂亮活,挺棒的英文、法文,还有挺棒的琴艺。

最后是他的绝活,唱了那首著名的《弯弯的月亮》。舞台上,刘欢显得很魁梧,一手持麦克风,一手在空中做着手姿,而幽远浑厚的歌声从他的喉舌间扩展到整个大厅里,飘荡着,盘旋着。

曲毕,大家一再要求他再唱。晚会的主持人代刘欢婉辞再三,刘欢的演出才算结束了。而晚会,到刘欢这里达到了最高潮,也就圆满地画上了休止符。

刘欢和演员们在台上谢幕,我看着他,估摸着他的身高。明星在台上真的显得很"高",我想,那是因为他站在鲜花与掌声中,处在人们关注的中心位置上。我又想,如果明星们走下台,回到生活里来,回到人群中来,你或许会说:明星和我们一样"高"。我们处在"边缘",看那华光飘荡的中心场地人来人往、绚烂多彩,内心当平静如水。

本文刊于团中央主管的《农村青年》杂志1994年第6期,该杂志现名为《中国农村青年》。

北大寻梦族

北京大学的牌子很响。北大是公认的中国第一流的综合性大学,拥有第一流的学术和第一流的人才。她的优势显而易见,她的影响传扬四方。不知从什么时候起,北大就成了全国上下人们由衷向往的地方了。

我告诉你一件事:在北大一带,驻扎着一个"寻梦族"。这个群落分布在北大校园及其四周地带,他们少为人知,尽管经常在北大活动,相对于北大人,却仍算是外星人,朦胧而神秘。

说到这里,你的好奇心可能已经被我惊动了,而你对任何事都要刨根问底,看来,我只能给你介绍介绍这个寻梦族了。

寻梦族在寻找自己已失去或尚未得到的梦想,他们都有自己想象中的理想光环。寻梦人从全国各地来到北京,像风中的蒲公英一样纷纷飘下,散落在北大的地域里。他们向各个方向发展,学什么的都有,绘画、音乐、演唱、法律、哲学、英语、经济、书法、文学创作等等,应有尽有。具体到个人,应该说,寻梦族成员都在努力提高自身素质,努力拓展自己的人生道路。这也是寻梦族之所以存在并呈现出发展壮大趋势的重要原因。另一个原因,是因为北大的吸引。众所周知,北大是新文化运动的正面阵地,是五四运动的首倡之地,在现当代的中国,北大都是思想与学术的重要发源地。历史的辉煌、现实的声誉,对求学者都构成一种巨大的向心力。"桃李不言,下自成蹊",寻梦族以北大为落脚点,把梦想挂在北大这棵大树上。有一位在北大地域里生活了两年的同胞拿到了一张大专自考文凭,遂在十几里远的一家公司上起班来,人也住到公司的集体宿舍去了。干了一年,他又从公司搬了出来,在北大附近租了间民房住下,说是离不开北大的文化氛围。他宁可每天骑半小时车去上班,再骑回来到北大受受熏陶、听听讲座什么的。这就是北大的魅力。北大宽博温厚的文化氛围正是叫人依恋的地方。

寻梦族租房而居,或边工作挣钱向目标努力接近,或由家庭寄钱"供养"一心钻研既定方向。他们是一群有志向的奋发向上的人,他们是一群奋不顾身的流浪者。流浪,是他们洞悉了生命本质后获得的一种精神。

顺着我的手所指出的方向,你望过去,那一群人就在你的视野里。

1992年11月,北大三角地搞了一个画展,一个现代派画展,影响很大,也很成功。作者是一群流浪画家,他们从外貌、服饰到气质、举止,都像他们的作品那样,现代味十足。这一群流浪画家居住在北大附近的福缘门村一带,或自学多年,或美院毕业,或辞了工作。总的一点是,他们热爱绘画艺术,这几乎成了他们的生命。为了艺术,他们从各个地方来到北京,专心习画。北京是全国的文化中心,搞绘画搞别的什么艺术都有独到的优势。他们也在北大活动,但不囿于北大,而是满城闯荡。他们租住的民房既是卧室又是画室,他们整日潜心作画,艺术水平日渐提高。他们的经济来源以卖画为主,他们的画并不便宜,这使他们的生活有了一定的保障。

　　这一群青年画家已小有名气,但他们还是一群流浪者,上不着天,下不着地,没有一个安稳恬静的港湾。但他们对此并不在乎,他们拥抱着生活。正是因为对生命有一种明晰和坦然,他们才选择了流浪之旅。几年了,他们默默地做着不为人知的努力。北大三角地的这次画展,是他们激情洋溢的宣言,人们不由得把目光向他们投去。

　　寻梦族中有这样一部分人,他们以考研究生为目的,任务非常明确。

　　A君,北大物理系毕业后,分配在郊区一家工厂。干了半年,不满意了,就在北大边上租了一间民房住下,专心致志学习功课,准备卷土重回,读硕士。

　　河南的B君与四川的C君,都是学会计的,大专毕业工作几年后辞职不干,一起"落草",在这里并肩作战,意欲发动第二次考研冲锋。

有一些考研究生的学生仅是高中毕业,他们或在北大旁听,或干脆自学。因为基础的缘故,他们的奋斗周期要长些。

考研究生是一件不太难也不太容易的事,不是所有的人都能考上,也不是没有人考上。考研派抱着背水一战的心情跳上了这列战车,很专注,很投入,也颇悲壮。但他们说,正是这种激烈的竞争这种不进则退的形势更能考验人,更能激发人的斗志。

一个缺乏激烈与动荡的环境容易使人平庸淡静,使人缺乏应对激烈局面的素质。流浪就是把自己放置在风口浪尖,让帆船渡过最大的考验。流浪是对自己既定或将定的稳定与平和的背叛,流浪者要有置己于绝地而求新生的胆魄。

寻梦族从远处走来,走进了烈日下,走进了狂风里,虽然天气恶劣,可是他们神色刚毅,就像手持一把无畏的宝剑,就像手持一盏夜行的灯。一旦选择了夸父逐日的赤诚,他们就不在乎是成功还是失败。

D君,山东人,1984年来到北京,直到目前,仍在北大一带生活。寻梦八年,其中滋味谁人能知?他把物质生活水平压到最低限度,以维持这种局面的长期性,而全身心在精神世界里飞翔。D君在北大旁听了中文系、经济系、哲学系、法律系、政治学系的许多课程,学识渊博起来,他打算过两年考个博士。现在,他在深钻两门外语。D君的书法也练了多年,写的毛泽东体的字,龙飞凤舞,到了以假乱真的神似地步。1993年上半年,他将在北大搞一个毛体书法展览,规模较大,校方各相关部门都已答应,到时将给予必要的援助。

八年了,他从一个20来岁的小伙子变成一个30出头的老青年。

他放弃了老婆、孩子与家庭的温馨,代价是巨大的。也许,要成才早就成才了,怎么会落到这一步田地?这样一想会让人生出同情之心,生出哀其生之不顺怒其意之不变的情绪来。可你看他的神态,昂扬自信,一点也不见让人可怜的神态。他不愿和人透露太多,只说预感自己将会大获成功,过几年就知道了。

D君这种人非常少见,但毕竟有了他,一位新时期寻梦族发展历史的见证人,一位资深的寻梦族"前辈"。他很奇怪是不是?成功失败也说不准是不是?作为一个现象,D君的赤诚逐日与对命运的背叛,刺亮了别人的眼睛。这事不像现实,倒像一个传说。

E君也是一位奇人,他1988年从湖南来到北京,长期钻研哲学和佛经。他说再过三五年就离开北京到大山里去,出家做和尚,避开尘世,潜心修炼佛法。他对那些别人不理睬的古奥艰深的佛经爱不释手,常朗声诵读。他常说的话是:活着没劲!我都要疯了,想自杀!平静下来后他又谈一谈弘一法师,然后照常生活。似乎是出世思想比较重的原因,他赚了不少钱,却不在乎钱,常无偿助人钱财。在他激烈情绪的下面,是他的理想:在这里广泛学习,勤思多写,将来做一名学识渊博、哲思睿智的高僧,乃至创立学说,自成一家。E君自然是不合时代与世人的潮流的,但奇人就在于少。

F君1990年在北大化学系毕业,在一家工厂上班。不久,他辞职不干,去澳大利亚呆了半年,之后又回到北大一带,他打算过两年去美国。他已结了婚,现在,夫妻两人都在生意场上忙,专业暂时放置一边。F君在市场经济的下海大潮里忙得团团转,但他明白:总的目标是去美国。

想出国的人有不少，也可算作一派了。他们忙着学英语，考托福，考 GRE，这些关过了，还得办签证、护照什么的，都是些挺耗神的事。一位河南的小姐师专毕业后来到北大地带猛攻英语，她北大的男友有把握去美国读硕士学位，只待两个人双双过关，共赴大洋彼岸。一位理科毕业生念本科时就已攻下托福、GRE 考试，毕业时他没参加毕业分配，也在校外租了房住下，并在一家公司任部门经理。他常在北大出入，挺忙的，其实是在等待机会，一俟时机来临，就远走高飞，去异邦深造。

寻梦族中，既有搞"持久战"的，比如流浪八年的 D 君；也有只呆几个月的匆匆过客，有的出国志士仅呆了个把月就大功告成远走他乡。寻梦族成员有共同点，即总的精神是向上追求、奋发努力，具体的目的却是五花八门。

M 君，华南理工大学毕业的高才生，工作不久即从广东来到北京。他对传统文化很有兴趣，想受受北大的熏陶，体验一下北方与南方的差异。他在中关村一家公司上班，住在单位，却吃在北大。北京这份工作的工资自然比广东那份低多了，但他不在乎，反正也是临时干干。他工作也不忙，常到北大来参加各种活动，空闲时间老泡在北大。有一段时间他通过关系到北大校内住了一段，说是重温大学生活。两年过去了，他对传统文化已颇在行，还学了经济类课程，收获不小。1992 年 12 月，他离开这座古都，到深圳闯天下去了，他说他会永远怀念燕园，怀念北京的。

四川来的两位，一位学建筑工程的，毕了业，不安心，没到单位报到就来了。他弹得一手好吉他，能唱歌，能作曲写词，在成都的大学校园是校乐队的主力、"十大歌星"之冠。他看准了自己的优势,要尽力开发这笔财富,看来,他的人生之旅拐了一个大弯。另一位是高中毕业生,书法很好,想发展一下这个特长。他在北大广泛地听文化、文学等方面的课。书法与传统文化关系甚密,与文学等艺术有相通的地方,他在打这方面的基础,书法家的素养是不能太浅的。他的另一手准备是考中央美院的研究生,他在做着有关的各种努力,看来,得下几年功夫才行。

北大这块地盘是个好地方。寻梦族都有一些常识:毛泽东在几十年前就在北大一带流浪,虽然时间不很长,但足以称得上是寻梦族的祖师爷了。丁玲、沈从文、李苦禅等名家都是住在北大一带寻梦而走出来的,都是"先辈"同道。这些成功的先例鼓舞了寻梦族人,他们雄心勃勃。

尤其搞文学创作的,对"先辈"的情况更是熟悉,因为成功者中文学家最多,丁玲、沈从文、胡也频等等都曾在这种漂泊中追寻着文学梦,并获得了巨大的成功。这样流浪的日子充满了各种滋味,却也正是文人们所喜欢的生活,这种生活蕴藏着素材和灵感。

P女士,来北京闯了四年多,她把在北大吸取的营养转化成诗,在各种刊物上发表了不少。就在1992年12月,她出了一本诗集,当月的《文艺报》马上登出了评论文章。她露出了笑容,但脸庞上更多地写着这几年的艰辛努力,她又在向更高的目标奋斗了。

一位南方人S君,来北京时是高中毕业的文学青年,家里让他专心学一个专业,将来好考研究生。他选择了法律专业,又自学,又旁听。可他的创作欲望总是撩拨着他,终于半路上他改道了,去中文系旁听，想考中文系的研究生了。S君后来又觉得，在系里混久了，中文课就那么回事，下不下决心考研究生还得重新考虑一下。他的生活是有根底的，文学上确实也很有希望，一些作品的发表鼓舞了他，S君说没准自己会决定流浪一生，专事文学创作，搞出点有分量的作品来。

这就是我指给你看的寻梦族，一群放逐生命的浪子。他们在校园与社会之间巡行，既坚韧不拔，又放荡不羁。他们保持着自己的孤独与宁静，只是默默地操作。也许，现在的贫穷是对未来的一次大数额投资，带给未来的收益不可估量。他们在认真地巩固自己。他们把多余的梦想扔出老远，更多地做着实实在在的努力，他们把要寻找的梦握在手中。

你听到他们的歌声了吗？那样独具风姿！请沿着他们独特的歌声，深入他们腹地的风景，但愿他们梦想成真。

本文刊于1993年1月17日《北京青年报》。

生存在北大流域的流浪部落

在北大固有的文化气质直接辐射的范围内,居住着一个当代的流浪部落。部落的成员来自全国各地,为求学这一共同目的走到了一起。他们的层次和起点不一,高中生、专科生、大学生、研究生都有。不管是哪个层次,他们都想在原有的基础上向更高一层攀登。他们以文科类专业居多,如哲学、中文、外语、会计、金融、法律,此外还有搞艺术的,如书法、乐器、绘画、文学创作等。

我们首先要肯定:这种流浪部落的出现是好事。至少他们在客观上打破了单一化的人才成长途径,对他们自己、对社会都有益处。笔者接触了一些该部落的成员,最大的感觉就是:他们是一群很有志向的勇于向生活挑战的人。

流浪，生命中的一种精神

旧时代的流浪者有三类：一类是乞食求生的底层贫民；一类是浪迹江湖的侠义之士；第三类是怀才不遇而狂放不羁神经质的文人。此外，还有王朔作品中塑造的流浪汉，这种流浪汉物质上并不贫乏，由于精神上的失落，他们摆出一种流浪的派头，这是一种象征意味的流浪。（以上四分法是北京大学曹文轩先生的观点）而本文中的这个流浪部落则洁身自好，不从属于以上任何一派，该部落以其追求上进的精神自立门户。

流浪，是生命中的一种精神，一种奋力向上的生命力。

请看这些蓬勃的生命在怎样奔突。

A女士，安徽人，她在北大的亲戚是国内有名的科学家，她寄居在亲戚家那套二层的小专家楼里。她是南方某大学中文系大专毕业生，辞职来北京想考中文系比较文学专业的研究生。她说考研不是目的，而是过桥，她真正想的是进入电影界，从搞编剧开始，最后希望能有一家自己的电影公司。A小姐说，社会照这样发展下去，不是没有可能的。

B君，男，湖南人。凭着亲戚的关系，他在北大教工宿舍里弄到了一个床位，安顿下来。他的目标也是考研，他想学热门的国际金融专业。他颇为乐观地谈到过自己的理想：第一步考上研究生；第二步赴美攻读博士学位；第三步在美国开创实业，将来叶落归根惠泽故里。

C女士,山东人。1991年高中毕业,半年后只身投奔北大,至今不足一年,但已颇有闯荡江湖的豪迈气质了。听人说她凭着自己的能力打通关节,在女生楼谋得了一席之地,混迹在北大女生堆里。C小姐颇好文学,常常写诗,产量不小。她学了三个月的中文,遂改学法律。她很想从政,做一个女强人。

　　D女士,安徽人,三十岁左右,是那种一条路走到黑的人。她来北京四年多了,一直在文学路上艰难地闯荡,几年来倒也发表了不少作品。她几乎专营诗歌。她的经济来源主要靠自己:每年抽一段时间挣钱,当挣的钱足够维持她一年的生活时,就静下心来读书、写作。她写诗,苦苦思索;她打工,四处忙碌。她在内心世界与现实世界间忙碌,但这双重的忙碌并没有压垮她,她内心有一种巨大的追求在支撑着。1991年她的一本诗集要出版了,她为此很高兴了一阵,到最后却要交四千块钱以自费形式出版,她交不起,于是告吹。

　　有一位在北大流域里生活了两年的同胞,拿到了一张大专自考文凭,于是得以在十几里远的一家公司找到了一份工作,人也住进了公司的集体宿舍。但他住了一年就从公司宿舍里搬了出来,又在北大附近租了间民房住下。他宁可每天骑半小时车去上班,说是离不开北大的文化氛围。现在此君又可以晚上到北大听讲座、受熏陶了,他对北大体温的依恋,不免叫人感到北大的宽博温厚。

独行在校园与社会之间

　　这一群人生活在社会与校园这两个庞然大物构成的夹缝中,他们感受到了强大的压力。他们既不是在社会上混得不错的人,也不是在校园里凝神静气读书的人,他们是少数派,因此显得孤独;但恰恰是因为孤独,他们获得了自己独特的心态和体验。

他们当初是以进行重大人生抉择的姿态选择了这条流浪之路的,他们从大多数同龄人的轨道中脱离出来,滑到仅属于他们自己的轨道上来。在出发之前,他们有这样几种心态。

心态一:很仰慕北大,想知道北大是什么样,北大的学生是什么样,以他们做参照系,可以找到自己与他们的差距,这样就能激励自己努力上进,向一个高的目标看齐。

心态二:高考失败就来到这里。塞翁失马,焉知非福?在这里拼搏几年,相比高考胜利,说不定能取得更大一些的成功。

心态三:我想证明给自己看,也证明给别人看。高考失败了,可我觉得自己有很大潜力,谁笑到最后谁笑得最甜,我要和他们比试比试。

心态四:上不了大学是一种失落,到北大来也就知道了上大学是怎么一回事。既弥补了失落,也捕获了属于自己的生活。

以上几种是流浪者临行前的心态,透着昂扬的朝气。那么在流浪途中,他们又有什么心态呢?

心态一:人生难得几回搏。现在既然有这么个机会,那就尽力,即使最终没有成功,也没有什么可抱怨的了。

心态二:我想干一番大事业,不在这里混出个模样来誓不罢休。

心态三:搞艺术的当然要流浪。为了这最富有生命本质色彩的几年,甘愿押上自己的一生。

心态四：我注重的是现在，不想考虑流浪的终点和流浪的路程。

心态五：何必活得那么累，几年后，回家找份工作，安居乐业地生活就行了。

抱着各种目的，揣着各自的心态，流浪者们巡行在校园与社会的边缘。

他们在这个独特的位置上，也就有了他们独特的体验。

体验一：北大的学生住在集体宿舍，我们只能租房，按月交钱，按月居住。这就要在民居中找寻，讨价还价，直到双方满意。一旦搬家，那滋味不好受。

体验二：进出北大，常遇门卫盘查，没证件就要登记。反反复复登记，非常麻烦。

体验三：社会上的人有单位管，大学生有学校管，我们只有暂住证，归派出所管。派出所是出了事才管你，其实是没人管。这种自由，让人有点无所适从的感觉。

体验四：到北大旁听，先是不敢，再是尝试，做贼心虚地坐在后边，后来胆壮起来，最后发现老师也不太认识学生，完全可以鱼目混珠。大学生们开始是好奇地看你一会，兴趣消失后就视若无睹了。

体验五：幸运的话，能找份工作干，挣钱虽不多，却也能维持自己的生活。但要学习就最好少干，两者不可兼顾。流浪很自由，但自己要驱使自己忙起来。

他们的视角也是独特的，他们是从外看事物，逐渐接近并深入事物，所以能很全面地收获一个认识过程。比如对北大，他们以局外人的身份看着它，仔细观察它，这是从外看；他们在校园里学习，就是身在其中了，这是从内看。他们既在山内，又在山外，因此他们的思维是全方位的。从两个视角看东西，自然会有比较的心理，比较后的印象是鲜明突出的。在经常性的比较中，获益也是极明显的，这并不一定是书本上的东西，而是人的某种素质。他们在比较中发现自己的长处和短处，所以一般说来流浪族的心理素质比科班生们好，特别是沉着镇定、独立自主等素质。生活的浪头他们见惯不惊，无论面对什么，都有些镇静自若的风度；他们不爱叹息，而是积极地去解决问题和迎接挑战；他们处在没有保障没有约束的器皿中，只有自己调控自己。流浪族抛开了最多的依赖性，独立自主成了他们的一个功能器官，所以他们能马上进入生活的角色。

当大学生们还在围墙里预演步入社会的优雅姿态时，流浪族已站在社会的边缘把它抚摸了好久，他们比大学生抢先一步与社会握手，提前驶入社会化进程，在社会与校园之间，生活失去了诗歌和宁静。当粗糙的社会生活扑面而来时，他们沉着冷静，因为此前的流浪已经足够粗糙，流浪使他们承受和迎接了全方位的考验。

对于流浪族来说，北大，是一个象征。不知这一象征性的而又饱含着深情的追求，对象牙塔里的正式居民们有何触动？

本文刊于《大学生》杂志1993年第1期，该杂志现名为《中国大学生》。

北大书屋：锁定在燕园的美丽中

五四青年节前一周，我打电话给北大书屋的负责人江力先生，告之我主编的《北大日记》一书已经再版了，并探问他是否已经进了货云云。比我年长几岁的江力兄热情地答复我说，还没看到书，不过这两天就会让采购员到出版社采书，放心吧云云。

青年节那天，也就是北大110周年校庆日那天，我跑到北大校园里转了一圈，发现我的书已摆在北大书屋的露天校庆图书展台上。

江力已主持了十来年的北大书屋，于我的记忆中，似乎早在上世纪九十年代初就已矗立在未名湖畔。那时的北大书屋显然不在今天的北京大学三角地，而是分布在两处，一处是北大第二体育馆的地下室（入口在二体西门处），另一处是今光华管理学院大楼所在地面下的现已废弃的地下室。

在那个没有网络的时代，北大书屋在燕园里所起到的作用显然是不可小觑的，甚至是无可替代的。应该说，那几年间我去北大书屋的次数总计起来是相当多的，和大多数人一样，通常是在中饭或晚饭之后下去翻翻看来了什么新书。但有时也不必下到地下室去的，因为北大书屋经常会在天气比较好的日子里把许多书铺展在三角地、柿子林一带任读者自由翻看与选购。

即使是最近这几年，因为北大书屋位处我常去的燕园的中心地带，因为北大书屋一直有我喜欢的书摆在那儿卖着，因为北大书屋有对文化、文学同样关注的店主，所以我每次去北大几乎必顺便到北大书屋打个转。如果江力经理在店里，则我们总会在一起畅谈一阵文学啊什么的。

一天傍晚，因为奉命要采写这篇文章，我与江力兄再次对坐晤谈，聊起了亲爱的校办企业北大书屋（即北大东奥文化服务公司）。江力是北大书屋有史以来的第二任舵主，自1996年年初就承担起了北大书屋管理业务，闲谈中，我渐渐了解到一个更为真切的北大书屋。北大书屋肇始于1988年，当时的主办单位是北大东语系，骨干是系里的几位青年教师。在创业8年之后，他们决定把这副担子交给坐在我眼前的这位朋友，而江力也不负重托，始终如一地把自己锁定在燕园的美丽中。就这样，北大书屋在江力及其同仁的努力操持中一路走来，不觉间业已运营了整整二十年！

北大书屋虽小，江力却为之颇感自豪。有一套由季羡林、汤一介主编的名为《神州文化集成》的丛书（多达70多本），自1992年年底出版直至1997年，竟然全部是由北大书屋在燕园里卖掉的——尽管这个销售过程花了4年多。江力还介绍说，有的畅销书，比如《北大往事》《北大情事》《47楼207》在出版后不久都在北大书屋创造了单册过千的销售业绩。诸如此类，燕园里高端文化需求之强劲，由此可见一斑。

江力回忆说，上世纪在北大书屋有不少市面上难以见到的好书，包括许多合法的内部书刊、海外书刊之类。并且北大书屋还很乐于为学者代销滞销却有一定甚至相当价值的书，包括一些作家、诗人的自费出版作品。又比如上世纪八十年代末的时候，北大书屋还独家销售仅供学者研究用的足本《金瓶梅》，购买者需出示有效的北大教师证件方能如愿。

北大书屋还有不少值得自豪的事迹：曾组织策划过《季羡林藏书票》《二十世纪北大著名学者手迹》等书的出版；为北大经济研究中心、北大国际MBA、光华管理学院做过学术著作和教材代理服务……

北大书屋的店面其实很小，三角地旁边的店面仅仅六七十平方米而已，而且被一分为二，一半卖书，一半卖礼品。就在2007年秋，为迎接北京奥运会和北大110年校庆，这个店面被改为礼品特许专卖店，专售各种各样的北大纪念品。江力也以为，这样做能强化北大书屋的文化服务功能并创造更好的经济效益。

所幸北大书屋的图书业务并没有真的取消，而是在礼品店对面教工宿舍楼的一层新辟了处一二十平方米大的房间作为落脚点。我到这家新店看过两次,店面虽小,里面的书却很值得一读。这反映出的大约正是书店经理江力的文化趣味罢。

江力还告白,由于运作机制、环境、人员等方面的原因,他对北大的一些老师和同学其实也"很感歉意";关于北大书屋的发展蓝图,他则充满了期待。

本文刊于 2008 年 6 月 30 日《出版商务周报》,系作者应该报"书店"类专栏责任编辑约稿而作,选题由作者提出并获得编辑认可。本文主人公江力现为文化学者,并任中国文化书院院长助理等职。

北大学生辩论队：穿过辉煌后的沉静

　　北大的辩论是有传统的，早在 1986 年新加坡的亚洲大专辩论赛上，北大人犀利而丰华的辩风就已充分地展现在世人的眼里。现任职于外交部国际司的马朝旭，从 1989 年到 1993 年，作为联合国常驻代表团的成员，经常走上国际讲坛发言，这个马朝旭，北大的经济学硕士毕业生，就是当年决赛场上的最佳辩手。当年的北大队是整个赛事的冠军。1993 年冬季的万家乐杯一赛，英姿飒爽的北大人仍然是冠军。尽管这一次辩论赛没有当年的规模，但至少我们可以说，北大人的锋芒与雄健没有丧失，北大的内核与精魂一如既往地在燕园的人流里闪耀。

北大辩论队的核心成员：陶林、卢莹、朱健刚、胡景晖……一些极平常的名字。如今，这些名字却会使人联想到恢宏而论、锋芒毕露一类的高温词语。的确，他们是从唇枪舌剑的赛场上杀到辉煌中来的。

在决赛中荣获"最佳辩论员"称号的胡景晖，带着思索的神情说："不管别人对你评价高还是低，关键在于自己对自己有一个清醒的冷静的认识，不论在巅峰还是在谷底，你都要朝着你的方向努力，这一点才是最重要的。"

让我们且循着他们来时的方向，追寻那一路的足迹。

陶林，社会学系91级学生。小时候看电视上的演讲赛，深受影响。在重庆一中读书时，他获得了实践机会。那时的陶林，热衷于演讲，并且还拿过第一名。那时的他，觉得自己在台上八方而论而台下欢呼沸腾，那场景很激励人。考入北大后，他如鱼得水，参加首都四高校选拔赛，参加北大杯赛，以至万家乐杯辩论赛，屡创佳绩。陶林是一辩，在赛场上他擅长于理论阐述、建立框架。他反应快，说话速度快，思维严密无漏洞，且善于抓住对方的漏洞。用朱健刚的话说就是："富理论功底，反击坚实、有力。"

不过，陶林觉得辩论"有些不诚实，并不是以前想象的那样贴近现实，并不真的是我们捍卫真理的武器"，要想舌战取胜，就得走"既能捍卫自己的观点，又为观众所接受"的路，这是诚实讲理的陶林所不愿接受的。从前的陶林喜欢台下的热闹场面，现在他说："必须把群众的欢呼看得轻点，否则就不能坚持走自己的路。"不过，他觉得辩论赛也能训练人的综合素质。

陶林觉得自己要静下心来读书，珍惜光阴。谈到将来，他觉得自己的思想经常在变,还处在一种不确定性之中。他用四十年代一位无名氏青年的话来表达自己的心态:"必须去找,找,找,走遍海角天涯去找……找一个东西!这个东西是什么?这是生命最可宝贵的'东西',甚至比'生命'还重要的'东西'。"

卢莹,国经系91级学生,辩论队唯一的女选手。她曾在第一场与林大队的对抗中获得"最佳辩论员"的称号。她觉得这一场自己的"气势表现得比较好",说那时"刚刚大病一场,希望有激烈的活动来振奋自己",于是就上了场。

卢莹性格好强,什么事都喜欢试一试,到北大后广泛参加各种活动,是个很有能力的女孩。说起初中那一次演讲,她颇感自豪。她年龄最小,年级最低,却独得一等奖。高中的演讲比赛,她是全校第二。有了这样的经历,辩才自然就生成了。

卢莹认为学业比较重要,她总觉得时间不够,所以她在万家乐杯辩论赛的准备过程中,学习比平时更认真。她说:"人不是完美的,但人总在追求完美","越学越觉得知识少,要不断地充实自己"。她认为自己的思维平时无系统、模糊、不成熟,参加辩论赛之后则系统了、清晰了、成熟了,对自己是一个提高,至少集中训练了思想、逻辑、语言等等。从热闹与风光里出来的她有很强的紧迫感,她要抓紧时间全力学习。

朱健刚,政治学系90级学生,在北大的几年里,曾获"三好学生"称号和光华奖学金。我们交谈时,他简要地评价了其他三位队友,他说,"卢莹是我们辩论队的形象",并同意一位老师的评价,"陶林是辩论家,胡景晖是演说家"。他说这次辩论赛很重要的一个收获是结交了陶林这样的朋友,"陶林有很强的思想能力,他如果沿着自己的路走下去,我觉得他会成为一个思想家"。

好在他也谈了他自己。他在辩论方面的经验主要是在北大获得的,北京四高校选拔赛、北大杯赛,乃至万家乐杯大赛,他都参加了,而且表现不俗。其中,他在北大杯决赛中获得了"最佳辩论员"的称号。

朱健刚说:"辩论赛能使人获得锻炼机会,比如口才、表达能力、反应能力,参加辩论赛使人体会到了自己浅薄,要读书,要加强功底。"

胡景晖是个很健谈的人,这位国经系90级的学生,毕业于北师大附属实验中学。高中时做过学生会主席,获过市中学生诗歌朗诵赛的第一名和西城区演讲赛的第一名,当过校广播站播音员,参加过大的文艺活动,基础很好,他认为这些经历训练了他的心理素质。

谈到大学,他说:"走得太急,没有时间去想得太多,只是走一步,看一步。"此时,他回忆起北大经院队与清华经院队的一次辩论赛。第一场在北大,主场反而输了,压力很大;第二场去清华,辩题是:"稳定通货先于充分就业利大于弊。"胡景晖和他的队友们决心不惜代价也要赢回来。在十天的准备期间,他们广泛请教老师,掌握各种材料,终于战胜对手。胡景晖在这次比赛中初露锋芒,获得了"最佳辩论员"的称号。

他觉得在辩论场上,"有找到了自己的位置,找到了发挥自己的能力的感觉,这是自己想做的事"。的确,胡景晖在场上的表现是精彩的。他回忆起万家乐杯决赛的情景,辩题是:"就文化而言,越是民族的就越是世界的。"辩论队走访、请教了中文系、历史系、哲学系、人类研究所、艺教的许多名家,准备极其充足。他说,在辩论时北大队把辩题重新定义为:"越是民族的文化,越要把握住民族的精神内涵、特质。"这一个转换概念的动作很艺术,没被对手发觉,这样,处于反方不利地位的北大队就占了上风。决赛场上胡景晖是拿了"最佳辩论员"称号的,的确,他引经据典、文采丰华、气势不凡,以自己的出色表现征服了观众和评委。

春节期间他去逛庙会,结果被不少人认了出来,又聊天又照相的,名人了似的。"如果这是一种辉煌的话,那么辉煌前后自己没有多大差别,只是别人的目光变了。"他觉得人生常有一些不确定性的、戏剧性的东西,他又说,"机会总是给有准备的人"。

宝剑锋从磨砺出,梅花香自苦寒来。北大辩论队的四位同学,辉煌在旦夕之间,这不是偶然,因为他们的身后,是许多年精心一意的勤奋求索,当能量聚积到一个临界点时,灿烂地迸发是必然的事。

无论是正方还是反方,无论是战胜林大,还是对付国关、北外,他们都保持着自己的锐气与信心,这就注定了他们会拥有战无不胜、攻无不克的成绩。"现阶段中国是否应鼓励购买私人轿车"、"现代社会的选才标准是否应以学历为主"……每一个辩题,就是一座山,他们尽心竭力去攀登。每一次,他们都是又丰收又劳累,他们愿意为此付出汗水。

胡景晖在今年4月被中央电视台的专题节目组聘为临时记者,去全国各地采访了二十多天,"不太顺利"却也颇有收获。他更加冷静地反思自己:要再一次把自己投入到沸腾的生活海洋中去。

陶林则在沉思，目光里满是智慧与深邃的意象。在回旋流动的大气里，陶林时而飘飞，时而沉落，他总在追寻着什么。相信有一天，他会端坐在自己的家园，放声吟唱着他自己谱曲填词的歌，会的。

卢莹和朱健刚，则更加勤奋地投入到学习中去。

就是这样四位同学，整日里和同学们一样，在燕园里穿梭不息，既普普通通，又有他们独特的风貌。我想起采访他们时那一张张沉静的思索的面容，仿佛自己也随着他们走过那灿烂而火热的夏季，来到了静美的秋天的腹地，仿佛在热闹和喧嚣里飘摇了很久，终于以不可抗拒的向心力和超越外物的加速度急驶而回，降落在新平面的巨大中心。这时，沉静的意绪像辉煌的血液一样降温冷却，只是在血管里奔流不息，只是轻匀无声。

本文刊于 1994 年 5 月 23 日《北京大学校报》。《北京青年》月刊同年第 9 期转载该文，该杂志现已改为周刊。

谈笑皆鸿儒，往来群英无庸举

——校园人物群像

生活在人头攒动、朝气蓬勃的大学校园里，生命变得坚实、充盈，我感到自己的内心充满了向上张扬的倾向和力量。我知道，是这样一个鲜活昂奋的氛围感染了我，而这氛围，正是校园里的芸芸众生共同营造的。

W君，中文系，有学术气。其特点是自然，不管怎样陌生的人，相谈几句，便能感觉到他自自然然而谈、悠悠闲闲的情趣，让人感到轻松，感到舒坦。课堂上凡有学生讨论时间，W君必抢先发言，往往登上讲台，像授课老师一样引经据典，恢宏而论，不时还捏一支粉笔在黑板上写下几个词条。

W被保送上研了。有人问他为什么要研究古代文学,不去干点下海挣钱、写作发稿之类的事,W朗声答道:"人各有志!"W君是一意上山、钟情学问的那种学生。

G君,这位却是有志于从政的同胞,高中时即任多种学生职务,到北大来先是做班长,后是做系学生会主席,现在竟做到了校学生会主席。"仕途"一帆风顺,何其畅快哉!G君本打算干到系学生会主席就甩手不干,说要好好读一年书才行了,后来,校学生会换届选举,也不知怎么的,G君还是决定参加竞选。之后四方游说,广泛联络,一番奔走,与群雄逐鹿燕园,结果,竟获大胜,当上了校学生会的主席。当了主席,自然忙了,他从宿舍里搬出来,到校学生会的办公室里住下来,想来更有利于办公了。听说,他还是像以前一样,和同仁们组织了不少活动,吾不知其详,就不多写了。

B小姐,信息管理系,曾以机智、敏捷的答辩征服选民,登上校学生会副主席的宝座。至于在班、系所任各种职务,所获各种奖励,自是不在话下。1993年5月,B小姐还上了中央电视台,在东方时空节目里做大学生辩论赛的主持人,真是风采不凡。她心里最想说的话是:"无论何时何地,都热情、积极地投入生活。"的确,她对生活是热情的,每在校园里遇见,未及打招呼,她的笑脸就迎着阳光开放了,那笑容是灿烂的,给世界增添温暖的。

Z君,技物系,长得清清秀秀,留披肩长发,要是他再着一身女装,你准以为这是位漂亮的小姐。一次,我在浴室里洗澡,忽见一长发女子闯入蒸汽中,我骇然大惊。此"女"转过面来,颇为秀丽,我定睛一看,好熟悉的一张脸,原来是Z君,真是虚惊一场!

与Z君相识是因为诗歌。在一次文学集会上,我看见一位清秀的艺术家似的人物在大谈诗歌,印象很深。会后我便主动找他结识,这位就是校园诗人Z君。我写过几首长诗,苦于无人鉴赏,拿了两首给Z君看。Z君细阅之后,略发评议,接着又是滔滔一番宏论,除了他写诗的一些心得外,所谈的大致都是世界诗坛外国诗人之类,我知道他是很有水平很有见解的。诗人Z总是很忙,每次在校园里遇上,他都是匆匆一人独来独往。Z君的诗作曾在一次未名湖诗歌朗诵会上获得头奖。记得那次,Z登台诵诗,激情洋溢,神色庄肃、昂奋。诵毕,双臂伸展,向台下听众示意,给人留下了很好的印象。

E,91级女生,现任校学生会女生部部长,居此职,司其职,俨然是北大女生的头领矣。E部长及其同僚曾成功地主办过许多活动,其中尤以"北大女生生活艺术节"的影响为最盛。E部长说:"主办这个艺术节旨在树立北大女生的公众形象、丰富北大女生的生活,为北大的校园文化建设尽一点力。"一系列的有关女性的讲座、座谈出台了,盛大到有狂欢气息的假面舞会也出台了……校园里,写有"女生生活艺术节"字样的大红条幅招展在燕园的风里,北大人真感到了热烈的节日的气氛。E还有一口好辩才,1993年6月,她参加中央电视台《东方时空》节目有关"上山下海"主题的辩论赛,E小姐力主上山,以优秀的巾帼风姿大战诸下海英男。很重视专业学习的她说:"参加、组织一些社会活动主要是培养、锻炼自己的能力。"

一次,几位妇女界名流来北大,与同学们座谈"大学生异性交往与爱情"这一话题。这是个热门话题,听众塞道是情理中事,来宾感此热烈,侃侃而谈。会上不时有新锐观点抛出,博得众人掌声,他们坦诚探讨，气氛欣然。谈到后来，人群中忽地立起一人，学生模样，即席发表了近半小时的有力的演讲，大家深为所震。他纵横捭阖、四方而论，他气势雄健、言辞丰美，他镇定自若、风度惊人，人群不由为之动容、为之静听。他说到媚俗，说到精神的高度，谈到诗歌、海子，谈到物欲、人欲、金钱，他深沉而叹。他问："为什么一些北大女生叫我看低呢？"他有理有据地对一些女生貌似独立实则依赖、貌似前驱实则庸俗的现象施以批喝，最后抱以感叹和惋惜，叫人信服。斯人论毕，轻轻带了门出去，把大家弃于短暂的寂静里，待一片掌声梦醒而起，斯人已杳然不知去向。真高人也！可惜不知道他姓甚名谁。

校园里的人物往来驰骋，校园里的人物风采各异，我就是写上三天三夜，也不够沧海一粟。我只是尽力写了前文的诸位，不知读者以为你周围的校园众生是否也是这样地生存着、折腾着。看吧，在厚实的大地与高远的天空间，无数少年正如光芒，昂然穿行在时空的隧道里，新世纪的曙光，已打在他们每一个人的身上、精神上。

本文刊于《大学生》杂志1994年第5期，该杂志现名为《中国大学生》。

校园歌坛俊采星驰

5月18日,北大1994年校园十佳歌手大奖赛决赛在大讲堂出台。群英竞技,精彩纷呈,给人留下了花团锦簇般的记忆。

从学生会文化部长张瑞刚热情的介绍中,我对本届大赛有了一个宏观的把握:报名参赛者近百人,进入决赛的选手是20名,其中男生16人,女生4人,最后评出优秀奖10名、三等奖5名、二等奖3名、一等奖1名、特等奖1名。

丛东宁,特等奖获得者,数学系92级大专班学生,消瘦而沉静,以一曲《九百九十九朵玫瑰》奋勇夺冠,这个成绩对他来说真有九百九十九朵玫瑰一样的绚烂与辉煌。马上就要毕业离校了,他说:"我这两年过得平平淡淡,离开北大之际,还有那么一次辉煌,这给我的生命增添了一段美好的回忆。北大是所好学校,一辈子都忘不了,能在这里读书我非常自豪。"丛东宁的神情充满了对母校的留恋与感激。我想,每一位行将启程的学子都会像他一样永远怀想着北大的。

丛东宁把歌唱当作自己最大的业余爱好,他说:"生活不应太单调,在北大这么活跃的地方,为什么不表现呢?如果有四年,那我年年都去参加。"

1993年的十佳歌手大赛他获得了一大片掌声,也因此增加了不少信心,但他并没进入前十名,也许因为他是一号歌手,第一个登台。说起今年的比赛,他觉得自己发挥得比较好。的确,台上的他优雅轻松、大方从容,一如谭咏麟在唱《水中花》。

考古系90级学生郭物,以一曲浑厚而深情的《爱与哀愁》打动听众与评委,获得了一等奖。但他对名次无所谓,觉得这只是丰富校园生活的一种娱乐方式。他参加十佳赛已经三次,前两次都是三等奖。郭物是个实力型歌手。

他说:"唱歌就是抒情,就是把情感以歌唱的形式传达。""欧美流行歌曲的发声方式、表达技巧,很值得借鉴。"他也喜欢美声,比如发声的方法、运气的方法。郭物又说:"名次是一个大致的位置,并不能代表真正的水平,关键是自己唱得好。""最好的评委是观众。"他要"趁此机会谢谢大家的支持"。

曾两度获光华奖学金与"三好学生"称号的郭物,还曾获校内的书画大赛二等奖,又是系学生会主席,无疑,郭物是优秀的。多才多艺的他挺喜欢专业,觉得读进去了。他想考研,觉得光有本科水平还不够。"以后好好干",其实,他一直都在好好干。

"完全投入唱的时候,下边的反应一点也没听见。我唱歌的最大特点是全身心地投入。"郭物这么说的时候,我的脑海里又浮现出他在台上演唱的情景来,稳健中有洒脱,激烈中有重心;忘情时,歌声魅力飞泻,曲落时,余味无穷,回荡空间。

安然是法律系93级学生,这位来自沈阳的小伙子是很有唱歌基础的。他小时候就爱唱,高中时曾获歌唱比赛第一名,因此引起音乐老师的注意和特意栽培。高二时,安然的演唱获得了和平区艺术节的一等奖。到了北大,才上一年级他就很忙,与台湾学生大陆访问团交流演出,参加迎新文艺会演、新生文艺会演,去一些高校友情演出,特别是过节,比如国庆、元旦的时候,他是最忙的人之一。

他说:"如果有机会,希望能朝这个方向发展。"

他最欣赏的歌手:张学友。

他最拿手的歌:《每天爱你多一些》。

他又说:"我是在用心唱歌,唱歌特别投入。希望同学们能喜欢我的歌,在以后给我以支持。"

安然这次排名第三,但他"非常不满意",只想拿头名。心性很高呵,那么,我们祝他日后取得更好的成绩!

某公司要出北大的专辑:《未名湖是个海洋》,其中有首老北大人创作的歌由安然演唱,这一定是令他很满意的事了。

俞国强是二等奖获得者,他1993年毕业于上海外国语学院,同年考入北大,目前在中文系念比较文学的硕士学位。他以本届大赛唯一的英文歌曲跻身五强,他的曲目是《人鬼情未了》。谈到为什么唱这首歌时,俞国强说:"我是学英语的,相对来说有英语优势,应该发挥它,另外,这首歌有一定难度。"

俞国强最喜欢的音乐形式是摇滚,他觉得摇滚激烈淋漓,能把内心的情感宣泄个够,他认为这与个人的情感经历、生活经历有关。谈到那盘新出的《校园民谣》时,他说:"还嫌柔弱,有意掩盖了校园生活中痛苦、疯狂、激烈的抗争,比如对商业文化的抵抗等等。"他把唱歌当作自己的业余爱好,又希望能有机会上歌厅舞厅唱歌挣点钱。他会有机会的。

杨军名列第五,这位二等奖获得者是88级本科生,1992年考进亚非所读研。去年他以一曲《我的太阳》获一等奖,雄踞第三,是老歌手了。他喜欢民族歌曲,喜欢奔放热情的风格,所以他带着《长江之歌》来参赛。他说:"这种形式非常好,大家都可以参与。不管拿到什么奖,能参与,能为大家唱首歌就很高兴。那天气氛热烈,我喜欢这种场面。"他认为大家在一起乐一乐是很开心的事。

这次大奖赛办得很成功,歌手们都拿出了自己的看家本领。比如社会学系的王小颖,唱的是自己创作的歌曲《起风》;城环系的张旭,唱《红日》一歌时,配备了强劲的伴舞阵容;朝鲜族学生金香月为大家献上的是朝鲜族歌曲《我的心你知道吗?》;藏族学生纳树君献给大家的是藏族歌曲《格桑拉》……

最先登台的歌手分数不容易上去。1号歌手张再华、2号歌手周莉,歌唱得很好,却未能进入十佳。周莉说:"今后我再不参加了。"我想,这恐怕得靠她自我调节了,生活大多不是按理想的模式来运行的,连悲剧都常常发生,何况一些不尽如人意的事情呢?对事情预先持绝望态度,把期望值定为零,也许是个好办法,因为事情的结果总是不会低于零。

大家注意到了这样一个问题:前五强全是男生,没有女生,前十佳里也只有一位。就这个问题,笔者请几位同学发表了他们的看法。英语系的周莉心情复杂地说:"前五强没有女生,也许是高手们没来吧。"她又说:"适合女生唱的歌太少,尤其是深切动人的歌。"获三等奖的藏族同学纳树君把奖金捐给了希望工程。他谈到女生少的问题时说:"可能是女同学的参与精神不够,预赛时报名的女生就不太多。"国政系干修班同学刘刚说:"社会上女歌星很火,北大这里却不在乎性别角色,这里更注重艺术本身、艺术层次,北大人的欣赏眼光恐怕有她独特的地方。要知道,评委们也是受现场观众影响的。"

校园歌坛,群星闪耀,校园歌手大赛的活动使人们看到了这一领域的北大人的风采。其实,北大人在各个方面都有自己的明星,燕园是群英荟萃的好地方。

本文刊于1994年6月10日《北京大学校报》。

"北大题材"出版为何热了十年

北大题材的图书是自 1998 年北大百年校庆时起才成为业内备受瞩目的一大出版热点的。在此之前出版的有关北大题材的书恐怕是相当有限的,乃至是很少的。而自 1998 年以来直至 2008 年的这十年间,陆续涌现的有关北大题材的出版物竟然多达几百种。

2008 年的五四青年节,是北京大学的第 110 个校庆日。凡这一天到过燕园的人都会发现,校方在多个热闹处都设置了露天的书摊或新书展台,向过往行人特别是回母校探访的广大校友推销新出版的"北大题材"图书。

就当日我之所见，2008年出版的北大题材新书除我主编的《北大日记》外，还有"北大影响力书系"之《北大之精神》、《大爱有行》、《北大名师访谈录》以及《北大影响力》、《北大学者思想录》、《北京大学图史（1898—2008）》等，在其间重点陈列的有"精神的魅力"系列（1—4册）、"北大讲座"系列（计十多种）等等。显然，"北大题材"最近比较热，乃至掀起了一波不大不小的高潮。

或许，这也是回过头来总结北大题材出版现象的一个良好时机。

北大对读者的感召力实在令人称奇，北大的名头仿佛也由此变得更加响亮。

如果一定要给已经出版的这几百种北大题材图书分一下大致的类别，我以为不妨划分为学术、文学、话题、励志等。

所谓学术类，自然是那些表现北大学术水准或学术地位的图书。广义地说，这类书应包括所有北大人的个人学术专著，比如蔡元培、马寅初、季羡林等人的学术著作；狭义地说，则只限于书名中有北大字样的图书，比如北大出版社推出的"北大讲座"系列和新世界出版社推出的"在北大听讲座"系列之类通俗学术读物。

所谓文学类，可分为个人专著和集体合著（集体合著还可分为诗歌类、散文类、日记类、图文类等）。个人专著如孔庆东的《47楼207》、张蔓菱的《北大才女》、赵鑫珊的《我是北大留级生》、罗荣渠的《北大岁月》等。集体合著中，诗歌类有西渡在1990年代初选编、出版的北大校园诗人作品合集《太阳日记》以及出版于1998年的由诗人臧棣、西渡选编的《北大诗选》以及朱家雄主编的出版于2002年的

《北大情诗》等;散文类则颇多,例如陈平原、夏晓虹编的《北大旧事》,陈平原编的《老北大的故事》以及《北大往事》、《北大情事》、《北大文章》、《风情北大》、《北大的校长们》、《告别青春,告别北大》等等。

所谓话题类,或许应是以探讨和阐释某个有关北大的话题为宗旨,如赵为民主编的《精神的魅力》、钱理群主编的《寻找北大》以及《我心中的北大精神》之类就是围绕何为北大精神来展开论说和叙述的图书。姚树军主编的《北大边缘人》一书是集中描述北大旁听生这一现象和话题的,徐晋如著《清华第一,北大第二》一书是讨论北大与清华哪一个更牛的,邮亭所著的《北大地图》则可算作是作者对北大人文地理的一种解读。

值得一提的还有《圆梦北大》、《在北大等你》、《凭什么进北大》这类以高中生为目标读者的励志类图书。这类书的内容多是北大学生总结高中学习的心得与经验或讲述参加高考的历练与体会……这些重在实用的文字对于后来者或许真能起到一定的参照和激励的作用。甚至王文良所著的《北大毕业等于零》也可以归为此类(职场励志类)。

热销不衰的"北大题材"展示了一个性情化的北大形象。

而我以为,在10年以来热销不衰的"北大题材"出版物中,最值得我们记住的具有开创意义的好书少不了以下几种:

一是有关北大题材的滥觞之作:《精神的魅力》。这本由众多北大人集体撰写的文章合集出版于1988年,内容大致是作者们抒写的对北大精神的理解和阐释,对燕园诗化生活的回忆与怀念等。这本基调和品格都令人称许的书自出版后,口碑一直很好,也难怪在1998年北大百年校庆时再版重印了,乃至后来还推出了多本后续之作。事实上,之后出版的北大题材图书恐怕大多直接或间接地受到过《精神的魅力》一书的启发和影响。

二是真正开启了北大题材出版热的《北大往事》。这本出版于1998年的北大百年献礼书之所以畅销,我以为一是因为北大本身固有的内涵和魅力,二是因为赶上了北大百年校庆——其时的校庆活动可谓空前盛大,比如江泽民在北大百年庆典上作重要讲话,比如明星云集的校庆文艺晚会在未名湖畔隆重登场……无数媒体对北大的轰炸式报道终使"北大题材"受到青睐,乃至成为一大热点,而且门类和品种都很丰富。

三是我主编的以展现北大人100年来的情感历程为内容的《北大情事》。应该说,出版于2000年1月的《北大情事》的角度在当时显然是奇特和令人耳目一新的,或许是为读者集中展现了一个以往通常被忽视的青春的、真实的、世俗的特别是情感化的和性情化的北大形象。

四是同样出版于2000年1月的《在北大听讲座》之第一辑。这套陆续推出的丛书至今似乎已经出到了接近20种,其规模堪称可观。策划人陈子寒似乎不但靠这套书获得了相当的利润,而且借此使北大作为百年学术重镇的伟岸形象,得以在广大读者的心目中变得更为清晰、鲜明和亲切了。

总而言之,所有的这几百种书,大多有着独特的角度和有趣的书名,在北大题材掀起的出版热当中,它们或集群性地登场,或东一本、西一本地亮相,或热销,或表现平平……可无论怎样,它们都可谓为读者提供了新的"北大经验"。

本文刊于 2008 年 5 月 10 日《中国图书商报》。

"北大情爱三部曲"的意义

《北大情事》、《北大情书》和《北大情诗》,是由我主编的一个关乎北大、关乎爱情的系列。借着这个机会,我愿意把这三本书归结为一个整体,并初步命名为"北大情爱三部曲"。

在三年多的时间里如堂吉诃德的行事风格一般依次地编完了这三本离荒唐不远的书之后,又如哥伦布般郑重其事地宣布了一个什么"三部曲",这样的言行,让二十一世纪的人民群众不笑话我是"没门"了。但我却不会在意,笑就笑吧,只要大家开心就好。我想,这三本书中的每一位作者恐怕也不会介意,因为他们可能意识到了:这几本书即便流传到了鲁迅所提到过的二十五世纪,大约也是有用的。那个时候的人民群众,完全有可能会通过这几本书来研究四五百年前的"祖宗"们是怎样那个的,甚至他们还可以通过挖掘这几本古书的潜能来"滋养"青春。

坦白地说,编这个三部曲,绝非在下刻意为之,不过是一个又一个偶然的机缘凑巧了的缘故,最多也就是兴之所至吧。用古话说就是"无心插柳柳成荫"吧,"无心插柳"是没错的,至于"成荫"了没有那就是后话了。总之,当现在再回过头来看时,我却不免要感叹了:唔!正好可凑成一个系列耶!这也该算是有点"酷"的一件事了吧?那就把它们捆成一串三部曲赶紧发布一下吧,管他哥伦布不哥伦布呢!

如果说这也算做成了一件事的话,则显然是大家齐心协力的结果。在此,我要向三本书的一百多位作者表示衷心的感谢,感谢你们为人类的情感问题以及与此密切相关的幸福问题所作出的杰出贡献。

我想,这个"情爱三部曲"除了对全人类所具有的普遍意义之外,对北大来说,应该是更有其相应的意义的。

北大一向以思想、文化、学术之重镇著称于世,北大的形象是庄重的、博大的、巍峨的,甚至是神话一般的。可事实上呢,北大绝不是须仰视才见的高高在上的神话,即使有这样的帽子,也不是现实,而只是一种印象。毋庸讳言,北大既在风起云涌、变幻莫测的二十世纪拥有难以重拾的历史辉煌,又在当代中国拥有相当的现实影响力,乃至享有重要的话语权和感召力。因为这些,北大给一部分人的印象就难免是巨大的、须仰视才见的,甚至是被神话了的。

但我们却绝不能因为这种印象,就认可北大为一个新的神话。

事实上，北大的形象再怎么光辉，再怎么灿烂，也不能改变这样一个事实，即：北大究竟还是一所地球上的大学，具体的位置，乃在中国的北京，乃在北京的西北角，乃在海淀区的中关村，乃在圆明园的南边；北大究竟不在蓬莱仙山，不在海底龙宫，也不在西天灵山那三界之内的极乐世界，更不在被美国所看好的太阳系中的月球、火星上面，更不在任贤齐、张柏芝主演的爱情片《星语》里所涉及的北极星那样遥远的天体上。说到底，北大只是中国的一所高校，一所最响亮、最有品牌、最令人注目的高校。

没错，北大是名家云集、英才荟萃的北大，是"勤奋、严谨、求实、创新"的北大，可我们还要看到，北大其实也是柴米油盐、人间烟火的北大，也是青春汹涌、情爱充盈的北大。北大人也绝非由特殊材料制成，他们和所有的人一样，由血肉构成，他们也有七情六欲，也有悲欢离合。

我想，奉献给读者的这个三部曲，应该是把北大世俗的、青春的、真实的方面呈现出来了，应该是把北大人的性情化、情感化的一面集中、突出地展示出来了的。初衷绝非是为了消解北大这个印象中的当代神话，但现在看来，还是起到了消解的作用。我想，这个"情爱三部曲"显然是完善了北大在社会公众心目中的形象。北大在国人的心目中，理应是一个全面的、日常的、活生生的、可以亲近的北大，难道不是吗？

"北大情爱三部曲"包括《北大情事》、《北大情书》、《北大情诗》，本文为本书作者为这三本书于2006年以丛书的形式再版时所写前言，《中国经济时报》、《中国书报刊博览》、《出版人》杂志曾转载该文。

百年辉煌　世纪沧桑

——贺北京大学建校 100 周年

驰名海内外的北京大学,前身为京师大学堂,这是中国近代最早的国立大学,创建于 1898 年,是戊戌运动的产物。轰轰烈烈的"五四"爱国运动就发源于此。当时光的手把日历翻到 1998 年 5 月 4 日这一天,北大将迎来她一百年的华诞。这一天,不仅是北大的节日,也是中国教育界的节日,甚至对于我们整个国家、民族来说,也是一个很富有纪念意义的时间坐标点。可以想见,这一天的北大校园,将变成欢乐的海洋;这一天,盛大的世纪庆典将盛开在中国教育界的胸口上。

京师大学堂初期的教育原则是梁启超代拟

的学堂章程中所规定的"中学为体,西学为用,中西并用,观其会通"。从这一原则中,我们能看到北大优秀传统的滥觞。

19世纪末,国家要图变、图强,要"师夷长技以制夷"以立于世界民族之林,因此搞改革,发动了戊戌变法。京师大学堂创建于这特定的历史时期,梁启超心里的这条教育原则自然注入了两种内涵:变革的精神和中西兼容的气度。而这一切,则在日后形成了北大两大传统:革命传统和学术传统。

1912年5月24日,京师大学堂改为北京大学,著名思想家、教育家严复出任北大首任校长,北大的历史由此揭开了新的一页。北大历史上的重大改变还有:1927年张作霖取消北京大学,至1929年才得以恢复;1937年抗战爆发,北大先后迁至长沙、昆明,与清华、南开合并先后组成长沙临时大学、西南联合大学;1946年复校,迁回北京沙滩原址;1952年全国院系调整,北大迁至风景优美的燕京大学校址……北大的命运是坎坷的,她与我们整个民族一起承受了本世纪的巨大转折和动荡。

今天的北大湖光山色、林幽园深,置身其间,分外愉悦,已看不出曾经的风雨沧桑。不过你能感觉到,燕园里的楼阁、庭院、桥亭、碑塔,都散发着一种古朴、厚重的气息。即便是这里的阳光和空气,也能让你沐浴到北大那难以言表的博大而激越的传统神韵。

北大的优良传统可用八个字概括,即:爱国、进步、民主、科学。在北大的历史上,蔡元培时代对于北大诸种优良传统的形成具有关键性的作用和意义。1917年初,蔡元培出任北大校长,大力进行整顿和改革,北大由此获得了长足的发展。蔡元培在沉闷的时代氛围里奋一己之力，聚群英之智识，推拥着北大在憨仄的道路上前行。蔡元培治理下的北大是怎样的意气风发呵！北大站在了新文化运动的中心，北大孕育了伟大的五四爱国运动，北大成了最早在中国传播马克思主义的基地。

北大的爱国传统是深厚而热烈的。1919年，北大学生因反对丧权辱国的巴黎和约，联合首都各高校学生到天安门集会游行，引发了全国性的五四反帝爱国运动。今天的北大人普遍有很强的以天下为己任的责任感和庄严的使命感，这自然是因了这深挚的爱国传统，尤其是五四传统的熏染。从五四运动往前说，早在1903年的京师大学堂时期，当东北三省遭到沙俄侵略时，师范、仕学两馆的学生就曾上《拒俄书》，并得到舆论支持，这是北大学生早期的爱国行动。其实，从根子上说，光绪帝下令筹办京师大学堂，诏曰"以期人才辈出，共济时艰"，其意就在于通过造就大批人才来扶度危亡，振兴邦国，京师大学堂本身就是诸变法志士爱国精神的一个结晶。五四运动自然是北大爱国精神最为激越的一次怒放，其爱国传统由此著称于世。

事实上，北大这一传统在此后数十年的风风雨雨中从来也没有间断过。每在关键的历史时刻，北大火红的旗帜就在人群中迎风招展开来：1926年的三一八爱国运动；1931年九一八事变爆发时的南下示威团；1935年抗日反蒋的一二·九运动；1947年的反饥饿反内战大游行……还有1981年，数千北大学生喊出了"团结起来，振兴中华"的口号；1985年9月，部分北大学生集会游行，反对日本政府官员参拜靖国神社……北大的爱国传统在每个时代都闪耀着她炽热的光芒。

北大历来就有民主与科学的传统。民主与科学的精神是北大在新文化运动中高举的两面旗帜,并且这两种精神很自然地汇入了北大的血液里,成为北大的两大传统。

民主的传统说的是民主办学,可以理解为一种平等、宽容、并存、兼纳的精神。蔡元培治校时,推行"思想自由,兼容并包"的办学方针。当时,陈独秀、李大钊、胡适等叱咤风云的新派人物云集北大,而林纾、辜鸿铭等旧派学者也能执鞭讲坛,各种学术流派与思想观点都可以在这里施展,一时间颇有春秋时代"百家争鸣"的气象。只有环境宽松了,学术才有可能繁荣。今天的北大很珍惜这一传统,是一个治学的好地方。

五四时期,北大校内各种社团纷纷成立,如新闻研究会、哲学研究会、文学研究会、平民教育演讲团、孔子研究会、马克思学说研究会等等,并且成员们颇有思想,乐于发言,这使北大更显繁荣,洋溢着民主的气息。今天,北大的学生社团有一百多个,其中的爱心社、山鹰社等甚至在全国都很有影响。众多的学生社团为八九十年代的校园生活注入了无穷的生机和活力,它们的存在证明了北大是以多元化为重要特征的一个民主而宽松的空间。

北大的民主还在于她的宽厚和开放。北大不拒绝旁听生,不是北大学生而来听课的,早在五四时期就很多,几十年不间断,俨然形成了传统,而北大的课堂始终对外开放,这是怎样可贵的开明!在北大人看来,开设大学不正是要传学授业、培养人才吗?旁听者是求学上进,为什么不允许呢?当年,毛泽东就在北大旁听过。许多年后,毛泽东在延安对埃德加·斯诺回忆起在北大的日子,他说自己那时在"迅速地朝着马克思主义方向发展"。北大对中国革命的影响由此可见一斑。做北大的旁听生而终有所成的人不少：沈从文、丁玲、李苦禅、冯雪峰、台静农、郭绍虞、胡也频、王鲁彦、柔石……饶有意味的是，当时间转换到20世纪90年代，北大的旁听现象竟然又出现了一个高峰……这些跑来北大旁听的青年，或许真应该感谢北大的平易近人，是宽厚博雅的北大给了他们汲取营养、成长成才的机会。

科学的传统则是指科学求真的精神。北大是国家教委直属的综合性文理并重的重点大学，不论是文科还是理科，不论是教师还是学生，在追求真理的道路上，都需秉持着科学求真的态度。北大的校训是"勤奋、严谨、求实、创新"，这八个字是北大人治学、求学的信条。正是有了科学的态度和精神，北大才有了丰硕的成果：钱玄同等在此提出《新式标点符号修正案》，后在全国颁布实行；李四光在此创建地质力学理论；冯友兰在此建立现代哲学体系；王选在此发明电脑汉字排版系统；季羡林在此翻译《罗摩衍那》；陈章良在此因荣获侯赛因青年科学家奖而受到瞩目……曾在北大执教或求学的更是群星灿烂、名人辈出：张岱年、张中行、胡启立、胡绳、梁漱溟、梁实秋、卞之琳、何其芳、范文澜、费孝通、冼星海、邓稼先、李政道、茅盾、林语堂……这些北大人，组成了中国脊梁的重要一部分。

一百年来，北大总在不断地追求进步。从今往后，不论何时，北大都将继续保持和发扬这一优秀传统。曾执教北大的鲁迅先生深有体会地说："北大是常为新的，改进运动的先锋，要使中国向着好的，往上的道路走。"鲁迅先生说得好。新文化运动荡涤了旧文化污浊的空气，更新了人们的思想观念。李大钊在北大满腔热情地宣传马克思主义,筹创共产党组织,打开了中国新民主主义革命的闸门;马寅初在北大提出"新人口论"和"综合平衡论"……

"沉舟侧畔千帆过,病树前头万木春。"北京大学在走过了一百年的辉煌历程之后,面对的是一个挑战与机遇并存的时代。北大在海内外久负盛誉,但北大在世界高校排行榜上并不在最前列。北大的目标是:到21世纪初叶把自身建设成为世界一流的社会主义大学,也就是要跻身到最好、最强的行列中去。置身这样一个人类文明大发展的时代,北大别无选择,唯有奋勇向前。进步的传统对于世纪之交的北大来说,似可理解为:改革、进步,在改革与创新中求进步,求发展。

北大党委书记任彦申说:"我们要抓住百年校庆这一机遇,加快学校的改革与发展。"的确,北大正处在一个前所未有的改革与建设的高峰期,以学科建设为核心的校内各项改革正全面铺开。并且,在"211工程"的实施中,国家把北大列为重中之重优先支持,总投资5.32亿元的建设资金将在"九五"期间分年度落实,部分资金已经到位,投入运营。校长陈佳洱院士表示:"北大将进行一次继往开来的新的创业。"

据悉,百年校庆期间,北大将在五月初召开"面向21世纪世界著名大学校长论坛",届时,哈佛、牛津、剑桥、斯坦福等世界著名的五十所大学的校长将出席会议;还有"汉学研究国际会议"等21个国际学术会议也将在北大举行。并且,党和国家的高级领导人也将出席北大的世纪庆典……

百年校庆对北大来说,是战鼓,是号角,北大身后那一百年的辉煌,永远映照着她诱人的前方。令人骄傲的北京大学必将在新世纪的巨大平面上书写下更加壮美的诗篇。

我们祝福你——北京大学。

本文刊于《全国新产品·文化版》1998年第1期。

成长路上的感悟

境　界

国学大师王国维在他的名著《人间词话》里谈文学："词以境界为最上，有境界，则自成高格。"他还提出了治学的三个不同境界，第一境界："昨夜西风凋碧树，独上高楼，望断天涯路"；第二境界："为伊消得人憔悴，衣带渐宽终不悔"；第三境界："众里寻他千百度，蓦然回首，那人却在灯火阑珊处"。

墨西哥大诗人帕斯在写作中也体会到了境界的不同，他说："真正的诗人是无我的。"这是大师的境界。

治学、写作有境界，做人处世也同样如此。

庄子在《逍遥游》中说："至人无己、神人无功、圣人无名"。雷锋的品格可算是"至人无己"了吧。庄子说的实际是人的境界问题。他认为能忘却自己和一切外物的人的境界是最高的,不为功利所累者居其次,不苦索名位者再其次。在今天的生活中,我们说一个人有境界,那是说他的品德、思想有一定高度,为人处世上有一定修养。有境界的人,在生活经验上都有相当积累,在茫茫人海中奔走,在如烟世事里穿行,历千山、涉万水,可谓什么样的人和事都领教了。他对这个世界有了全面而具体的把握,而后才能超越尘俗、提升心性,以一种高姿态来俯瞰、观察万物,这样的人境界才能居高位。

在老子的哲学中,"圣人处无为之事,行不言之教,万物作而弗始,生而不有,为而不恃,功成而弗居"。圣人不是什么都不做,而是做事顺应自然、不背离本性,这实际上表明了老子的明智与练达。老子认为高境界的圣人是任凭万物发展而不强为主宰,生养万物而不据为己有,推动了万物发展而不自恃,功成名就而不居功自傲。在这字里行间,我们看到了老子的智慧与通达,他心胸宽阔、淡泊名利,他谦逊礼让、集美德于一身。

弗洛伊德的学说提出了"本我"、"自我"、"超我"三个概念。"本我"奉行唯乐原则,凭着天生的本能,按照最原始的、与生俱来的欲望行事;"自我"奉行唯实原则,是"现实化了的本能",以理性行事;"超我"是道德化了的自我,努力达到的是完美而不是实际或快乐,是理想层面的人格。弗洛伊德认为人有这么三种人格层次,且三者经常并存于一个人身上,在这种内在人格的相互斗争中,人因此显得极为复杂。这实际上是三种做人的境界。

在日常生活里，我们不难见到许多浅薄者和浅薄现象：趾高气扬、夜郎自大；哗众取宠、做事张扬；好为人师、喋喋不休；没有自知之明、言行失度；以自我为中心、不顾念他人……几乎所有人性的丑陋，都可列入其中。儒家说"修身齐家治国平天下"，可见治理国事也要从修身、提高自身境界做起。

有境界的人，能始终保持着谦和平易，从不自夸；有境界的人，脚踏实地，人未言而事已毕；有境界的人，善于启迪他人，却不以师自居；有境界的人，言行有度、分寸得当；有境界的人，不逐虚名浮利，即使入世求索上进，也一路留意，从不践踏别人，从不掠美，不把别人当梯子使，只专心一意，凭着自己的实干与汗水来浇灌果园。有境界的人，能像范仲淹，居庙堂之高则忧其民，处江湖之远则忧其君；能像苏东坡一样旷达，穷则独善其身，达则兼济天下。有境界的人，出得世，也入得世，可以心游万仞、精骛八极，更可以在凡尘间应付自如；他既可以迎来送往，胜友如云，高朋满座，更可以一人一盏，孤灯残夜自守；他既可以入世如岳飞，壮怀激烈，八千里路云和月，也可以躬耕垄亩如陶渊明、南阳诸葛，信奉淡泊以明志、宁静以致远。高境界的人，如古典的芳香，其气奇高；如青峰入云，须仰视才见。

有境界的人，也是有个性的人。他不唯唯诺诺、随波逐流，也不自以为是、唯我独尊；他有自己的主张，并能在最适宜的时候端上桌面，他有自己的原则，并能在关键的时候坚定地展现出旗帜。有境界的人知道沉默是金，面对无礼，沉默是有力的回击，沉默是能量在积聚，它的后面是爆发。有境界的人，小事糊涂，大事清楚，无谓琐事一笑置之，但若事关重大，则其气凛然，必据理力争。

往往是那些风雨兼程来到我们眼前的人,往往是那些从苦难中破土而出的人,可以像智利诗人聂鲁达一样说:我曾历尽沧桑。他被冰雪封埋过、被大火焚烧过,可他始终保持着天然的高洁、善良与美,始终保持着艾青"鱼化石"一样的情怀。历尽沧海桑田、饱看人间世态,因此对世界、对生活、对自己认识得更深刻、把握得更准确,故境界奇高,其人似仙。

本文刊于团中央主管的《农村青年》杂志1996年第8期,该杂志现名为《中国农村青年》。本文后节选发表于1997年7月31日《北京日报》。

理想和现实

理想大抵是美丽的、超越的。它使我们憧憬,使我们心有所念,使我们心中有太阳;它让我们企盼,让我们望见远方的美景,让我们心中有方向。虽然理想往往免不了是虚幻的、缥缈的。

现实则常常是琐碎的、庸俗的。它挤压我们,使我们窘迫;它刺激我们,使我们反抗;它抽打我们,使我们疼痛。因为见到世事不公正义不举,我们愤怒;因为感慨命运无常前途莫测,我们忧虑。

理想比之于现实,当然是轻的、浪漫的、美好的。理想在遥远的地方设置天堂,对现实人生构成巨大的诱惑,它以非凡的魅力和能量牵引着人们前进，使前行者有信念、有勇气，并决心去征服一路的困厄与艰险。流沙河诗云：理想是石，敲出星星之火/理想是火，点燃熄灭的灯/理想是灯，照亮夜行的路……诗人对理想的一连串暗喻和状写可谓形象、摄魂。应该说，理想是可以给人带来希望的，是可以用来为现实人生照明的，但理想不应用于自我陶醉自欺欺人，不应是逃避现实的避难所。理想，作为人生的指南针，需要我们用整整一生来把握；理想，作为一轮耀眼的太阳，需要我们以向日葵的痴情紧紧追随。

现实比之于理想，自然重一些，并且多了一些冷漠、坚硬，甚至是残酷。现实以自己的重量使那些向上张扬的枝条向下弯曲，使那些飘浮的梦想落回大地。现实是很残酷的，它不相信眼泪，常以铁的手腕使人们妥协，使人抛弃幻想，使人在屡屡碰壁之后清醒起来，冷静起来，严峻起来。现实的残酷性在于它的以强凌弱和以富傲贫，在于它的优胜劣汰适者生存的游戏规则，在于它的"顺我者昌、逆我者亡"的冷铁意志。从悲观主义哲学的视角来看，现实千真万确就是这样的。但是，我们决不能因此就躲藏，就逃避，无论现实究竟是怎样，我们都必须正视现实，最好是高擎理想主义的大旗直面现实。就像诗人食指在"文革"乱世中始终"相信未来"的那份坚定一样，现实再糟糕，再怎么不尽如人意，我们也不能放弃。

如果把现实比作大地，那么理想就是天空，而人类，就生活在天地之间，我们每个人，就生活在现实与理想之间。理想也有雅俗之分，远大的理想固然令人敬佩，却没有理由嘲笑平实的老百姓的理想。实际上，做一个普通人，过一份属于自己的普通生活，很可能是人生的一种大境界，类似于"秋叶之静美"的状态。

茫茫人海，芸芸众生，平凡的人实在太多，平庸的人实在太多，这也是没办法的事。事实上很多人并不甘于平凡，从古到今，头脑发热地追求伟大的人很多，而严肃认真稳打稳扎着要伟大的也不在少数。但理想一旦远大到这般地步，他们中的绝大多数就难免会要失落，这是注定了的。尘世间大部分人还是郁郁不得志的。

不得志者并非无才无德，在许多才智平平者中，在许多眼高手低者中，许多潜质优秀的人像沙砾中的珠宝一样被掩埋着，因为种种原因，他们最终没有能够脱颖而出，这是令人遗憾的。或者是因为命运、机遇没有垂青，或者是因为火候稍欠、坚持不够功亏一篑，或者是因为突然的外力击落了已经或即将到手的成功，总之是与成功、辉煌擦肩而过了，总之表面上看起来是平凡的甚至平庸的。

重要的是，不能因为不得志就消沉，就玩世不恭，正确的态度是继续保持积极向上的精神风貌，要有一颗平常心，要保有健康的心态和从容的风采，在平静的生活中用心去体味：平凡的人生同样是一种美，甚至是一种大美。

谁在现实与理想之间游走，失败与成功就必然会是他的主旋律，对于他的艰辛努力，命运之神有时赐之以福，有时则摔他一跤。实现一个有价值的理想并非轻而易举之事，所谓"百炼成钢"、"挫败是成功之母"也。有理想有抱负却终未如愿怎么办？很好办，服从现实，并从现实的情形中找到积极的意义，找到自己新的切实的定位。

当然，理想转变为现实的情形还是多一些、再多一些罢，这是大家所希望的。有一个办法就是把理想分解成一个接一个的阶段性目标，一步一步来，成功的欣慰感肯定就会多一些。有的理想甚至是有些世俗的很实用主义的"理想",比如一年挣多少钱,几年内攻下一个什么样的学位,什么时候办一家公司、发展到什么规模之类。大的社会理想逐渐被小的个人理想所取代,这可能是一个趋势,只要人类没有失去大的社会理想,这就未必有什么不好。正是有了无数个人的计划、目标的实现,人类的生活才可能日渐改善起来,大的社会理想才会离我们渐近起来。

本文刊于团中央主管的《农村青年》杂志1999年第9期,该杂志现名为《中国农村青年》。

保持距离

现代生活使人们在心理结构、内在状态上都发生了深刻的变化。从人际关系上看,变化是深层次的,从表面看,人与人之间还是那么亲近、和美,但人们本质上的单纯、无猜、朴实、淳美大多时候已经成为了一个原初的理想,仅供人们在返朴归真的梦里去回忆、重温。现代社会,人与人之间若近若远。

现代人很注重自己的独立性,相应的,也就要有仅属于自己的空间,也就要有一定的距离。人要活得舒坦自如,就要拥有不受他人侵犯的独立空间,它包括物理空间和心理空间。一旦生存空间受到侵犯,人就会感到不安,有受到威胁的体验。人有自我保护的本能,因此他努力捍卫自己的空间,而最好的方式莫过于与人保持适度的距离,哪怕是关系最密切的人。

保持距离,让接触的双方有较大的机动余地,不致激烈碰撞。即使碰撞不可避免,甚至双方因此关系破裂,也会因了这份距离,将相互间的伤害减小至较低程度,不致留下严重的后遗症。既坚持原则地维护自己的生存空间,又明智地约束自己,不在有意无意间践踏他人的领域,这样,才能在生活中游刃有余。不懂得这一点的人,恐怕会把别人保持距离的态度看作是圆滑。我想,现实地面对生活的人是不反感这种圆滑的。这种圆滑不是明哲保身,不是事不关己高高挂起,而是人际关系中的润滑剂。

保持距离与爱心、美德、乐于助人并不矛盾。一旦你陷入困境,没准与你朝朝暮暮的人离去了,倒是那些平日与你有一定距离的人来到你身旁,帮你一把。待你走出困境,他们又悄然回到各自的轨道上,当初保持的那份距离依然没有改变。又比如,为什么和有的人朝夕相处但并不是朋友,而和有的人一面之交一次倾谈倒会成为朋友呢?我相信,这里一定有"距离"这个东西在起作用。

萨特曾有一句名言:他人即地狱。中国古谚云:防人之心不可无。这两句话都来自对生活的深切体验。我们当然要看到这个世界温暖而光明的主体,看到人类的爱心,但我们在某种意义上也接受乃至承受前两句话,因为我们忽略不了黑夜和阴影。

生活中的你有时会很孤寂,憋得心慌,有强烈的向人倾吐的欲望。但在倾吐时,你要掌握好度,在某些场合、某种情况下,有些话尽可以说,有些话却不能说。生活并不是按理想的模式来运行的,生活的疼痛以及或大或小的悲剧往往就产生在无意的放任的言谈中,所以,你要明白相交相谈的分寸。这样立身处世,总有一根弦绷着。也许有人说这样活得累,但我要说,这也许无形中给您减免了更多的累。如果有人说,这种姿态太有"城府",那么,让他说去吧。需要做的是,该坦白爽快的坦白爽快,该"城府"该少言的就"城府"一点、少言一点,并且让这种自我的约束尽量自然、不露痕迹,免招庸人言长议短。生活不是教科书上的生活,而是复杂的现实中纷纭莫测的生活。北岛在诗中大喊:"我不相信!"这其中包括对人的不相信。不是我们不愿意肝胆相照、袒露无遗,而是发展到今天的人类社会现实使我们不得不产生怀疑,因此我们相对的关门,用一种近乎冷峻的距离感来"圈地",保护我们自己以及简洁我们自己。人际关系在很大程度上类似于国际关系,处理国际关系的和平共处五项原则几乎完全适用于人际关系,比如平等、互相尊重、互不干涉内政等等。一个人以此五项原则与人交往必定会拥有良好的人际关系,于人于己都其益莫大。

著名作家梁晓声在一篇题为《访法散记》的散文里谈到人际关系,他的体会是:法国人比较洒脱,人与人之间互相尊重,互相维护对方心灵的独立性,人与人之间存在着一种礼貌的距离。梁晓声说:"我们大多数中国人好像不懂得这一点。"

每一个人都有自己的乐土、自己的芳草地,每一个人都有自己的网络、自己的朋友圈。只要没有恶意,基于种种考虑而隐蔽自己的姿态应该得到谅解和尊重,深知生活滋味的人都知道这种谅解和尊重是有境界的人的表现,也是双方保持良好关系、保持和谐无猜的必要。另一方面就是,当今人们的特点是交际面广,自己的事忙个没完,没有更多的时间来进行更深的交往。如果你也是个大忙人,你就会理解对方,因为你也同样如此。

生活中的沉重已经太多,让所有的人包括你自己都活得洒脱一点、宁静一点、简洁一点吧。生活中人与人之间的是非纠葛、恩怨连理是整个人类的内耗,消减它、切除它,让人们在生活的阳光里少些烦恼多些静美的笑容吧。

本文刊于团中央主管的《农村青年》杂志1995年第5期,该杂志现名为《中国农村青年》。

让生命顶风而行

在北京生活的人都知道,北京是个多风的城市。而生养我的南方家乡,则是个很少起风的地方。

这个春节,我回到南方过年,滞泊了一周。短短的在家的日子,很放松,很惬意,甚至有些慵懒。长时间的漂泊,长时间的奔走,我感到征尘中的劳累长久地捆绑着自己,久违了,在家的日子。

记得那年秋天初到北京,我去游颐和园,船在昆明湖上行,并不快,但迎面而来的风却很急,哗啦啦的。那么好的阳光灿烂的秋日,我头发飘飘,衣襟翻飞,脸给吹得生疼,这是北京的风留给我难忘的第一印象。

谁知道,这第一次的顶风而行,恰恰成了我日后在北京生活状态的象征。风从许多方向吹来,不放过我任何一部分的肌体。对我来说,这风可不是"浴乎沂,风乎舞雩"的风,北京的风使我感受到阻力,并反衬出我抗风前行的坚韧。北京的风是如此频繁,像我们一路上遇到的大大小小的困境一样。但是别无选择,既然生活在北京,这风的城市,那就要与风抗争,与风中的命运抗争。

比起南方家乡,北京冬天的风可谓寒冷刺骨,但我不得不在每天清晨骑了车匆匆赶去上班,天天被风吹得鼻翼冰凉,耳扇麻木,两只手掌在似有似无间。尽管这种彻骨的冷风我已领教好些年了,可我总也不能习以为常。

因此我不喜欢北京的风,连同其他季节的风,我渴望风静的日子。北京的风若能静下来,这座城市里的生活将更怡人。风静的日子,城市无风,都市里的人们舒展得像洒脱的飞鸟,一群一群掠过蔚蓝的天空。

一个外地人在北京的生活,叫漂泊,生活多少年,就是漂泊多少年。故乡是根,无根的日子,像浮萍,总在风浪与动荡中流转,不能安稳。我知道许多人像我一样,在这个城市里游走,疲惫、持久而自信。对于这批新生代的人群来说,风静的日子恐怕只能成为一种理想生活的象征。

风静的日子,是故乡的日子,是在家的日子;风静的日子,是身心的安详与宁静,是梦想中的精神家园;风静的日子,是乡愁,既是恋乡思故,更是对返璞归真、平静生活的向往:不再绷紧了自己的经脉和时间,充分地放松自己的肉体和精神,就如走在故乡的小路上,暖暖的阳光照着悠闲的你,此时,风已停息,万物远去,仿佛高出尘世。

我清楚地知道,风静的日子真的只是一种理想生活的象征。北京的风总在吹刮,这人群总也在风中,我不能奢望风静的日子,只有一任强韧的生命顶风而行。

本文刊于1997年2月28日《中国青年报》。

月饼里的故乡

又到中秋了,每年这个时候,各个厂家的月饼就争先恐后地涌上了市场。虽然我不知道它们的总数到底有多少,但我想,五六个亿总有吧。中国有十几亿人,就算每人只吃一个,这个数字就不得了。当然,没长牙的婴孩以及落了牙的老人大约是不能算作消费者的,再把其他的因为牙疼等原因而没能吃上月饼的同志算上,怎么减也得剩个五六亿吧,最少最少,一两个亿总有吧。总之,中国市场上月饼的个数是一个可怕的数字。

这么多月饼全簇拥在中秋节前后这几天,其景象之壮观应该是不难想象的。月饼商不说是相互间大打出手,争妍斗艳、互相攀比却是实在难免的。从原料到制作工艺,从外形到包装、价位等等,来自祖国各地的月饼商可谓是竭心尽智、不遗余力,不断地变换自己的身形与内存,以期在激烈的市场大战中瓜分到多一些的份额。

没错,一年又一年,物质的月饼总在不断地求新求变,花样翻新,不能免俗地在追逐着商业的利润。可是,精神的月饼却是不变的,月饼所象征的那一份美好的含义不会随着时间的流转而改变。

古往今来,华夏民族把亲人团聚的美意寄寓在了这小小的圆圆的月饼之中。每年八月十五中秋月儿圆,一家人必聚坐于清朗的月辉下,共赏一轮千古月,就着月饼话桑麻,叙亲情,尽享人间天伦之乐。而滚滚红尘间,那远走四方的他乡游子,则把思乡的愁情倾注给了它。每年中秋佳节,游子们或独守一轮明月,或群集纵欢,食用的月饼则成了他们念亲恩、思故里这样一种情绪的载体。

而我,也正是这众多游子中的一员,屈指一算,客居京城的时间竟已近十年。我总是在他乡赏月,在异地享用那风味总也不同的月饼。有时候,是和一群老乡在未名湖畔复习家乡话;有时候,是和同学们在宿舍里高声谈笑;有时候,是混在学校或单位那联欢的人群里躲避那其实无法躲开的乡愁;更有这样的时候,一个人骑着车儿在夜色里的大街上狂奔啸歌,一个人蜷缩在斗室里写诗、吸烟乃至埋头大睡……

实际上,我已不大能记得清那些既逝的夜晚了,我只觉得那些夜晚与那些不断变换的月饼一样,留给了我各种味道的月饼香,仿佛在不同时候感觉各不相同的故乡的气息。

这么多年，我一直远离着故乡的中秋佳节，我多么渴望能有机会弥补一下这个遗憾。可生活是这样纷繁而嘈杂，我总也没能遂了心愿，我只能徒然对月，空自怀乡。

而今年的月饼也一如往年地纷至沓来，不计其数。我终于明白，有多少月饼，就有多少游子，有多少月饼，就有多少念着"慈母手中线"的赤子。

本文刊于 1998 年 10 月 5 日《中华新闻报》。

我曾在三闾大学读书

1990年底，电视连续剧《围城》在中央电视台播放，立即在全国掀起一股"围城热"，钱钟书与其所著《围城》于是家喻户晓，名声大振。

近日我翻阅孔庆茂所著《钱钟书传》，不意间喜获发现：《围城》中的三闾大学有现实的原型，并且，这原型就是我的中学母校——湖南省涟源一中。

钱钟书先后留学英法，1938年夏，他从巴黎回国，任西南联大教授；1939年夏，他辞职回上海养病；同年秋，赴湖南宝庆蓝田的国立师范学院，任外文系主任，两年后返沪。

钱钟书的这一段生活经历成了他重要的创

作素材,《围城》中方鸿渐、赵辛楣、孙柔嘉、李梅亭等一同赶往内地新办的三闾大学去任教,就是取材于此。从传记中我们得知,钱钟书于1939年秋自沪至宁波,经溪口,过宁都、宁兴,到庐陵,跋山涉水,一路流浪,终于到达宝庆蓝田。小说中方鸿渐等则是风尘仆仆,受尽旅途颠簸,终于赶到三闾大学。两者情形极其相似。

我是涟源人,多年前在涟源一中读书时,就知道涟源一中前身是抗战时期的一所国立师范学院。学校以这段历史为荣,新生入学受校史教育时都会被告知这一点。我就是1986年初入校时知道这一点的,但我那时并不知道钱钟书及其《围城》,更不用说三闾大学与涟源一中的渊源了。

涟源地处湘中,是娄底地区的一个县级市。这个地方在清朝时叫蓝田镇,属于宝庆府。解放后,蓝田镇升格为蓝田县,因与陕西著名的古人类发源地蓝田县同名,故更名。又因地处湘江支流涟水的源头,故改称涟源县,1988年撤县设市。涟源一中是娄底地区最好的中学,迄今为止,省属十三所重点中学里娄底仅此一所。记得我初入涟源一中时,就为清静幽美的校园所迷醉,更为校园里一些几抱粗的古树赞叹不已。现在我才知道,那些树是历史的见证人,当年曾陪伴钱钟书等一起度过抗战时期的风风雨雨。

三闾大学脱胎于蓝田国立师范学院,亦即现在的涟源一中。钱钟书曾在蓝田师范任教两载,我曾在涟源一中求学三年,要是切除时间的阻隔,把我和大学者钱钟书搁在同一时间平面上,我们岂不是师生关系了吗?钱钟书在西南联大教过许国璋、杨周翰、王佐良、周珏良、李赋宁、查良铮(即穆旦)这样的学生,岂可生拉硬扯把自己这样的小角色也归纳到这一行列中去？我不能异想天开地高攀学界泰斗,还是老老实实做自己的事,凭一份份耕耘换来一份份收获罢。

但我尽可笑称自己是三闾大学的正牌弟子,这一点,您不会介意吧？

本文刊于《文化月刊》杂志1997年第9期,此前曾载于《中国人民大学校报》(1995年)。

名牌时代里的名人文化

市场经济的大潮在几年前的一个春天汹涌而来,一道修筑了几十年的大堤就这样被冲决,中国大地于是便呈现出一派万马奔腾市场喧嚣的景象。猛然间,我们听到了来自四面八方的无穷无尽的叫卖声,看到了数也数不清的各式各样的商品推销员。我们早已意识到,一个商品时代已经到来;我们终将意识到,一个名牌时代已经到来。

名牌时代的到来

许多国外的产品涌进了中国的市场,松下电

器、IBM计算机、耐克鞋、柯达胶卷、克莱斯勒轿车……都是让人目不暇接的名牌。这个国家正在为加入世界贸易组织(关贸总协定)而冲刺,虽然不知道要到哪一天才能冲进去,可也能预料到国门大开的那一刻,大量外国商品大举进攻、直扑神州大地的宏大场面。可以肯定,我们的国货要为此经受极大的冲击。为了避免溃不成军的局面,一方面,我们要在产品质量上奋勇而上,另一方面,要在政策上、机制上做文章,营造好的环境,大力扶植国货生产厂家,使市场上涌现出尽量多的中国名牌,以抗衡洋货的冲击。

于是我们真地看到了许多中国名牌,长虹电器、小霸王学习机、希望饲料、巨人脑黄金、505神功元气袋、周林频谱仪……各类名牌争相叫卖,好不热闹,不禁使国人生发出许多欣慰。消费者的钱不能都被外国人赚走,尊严的民族心理呼喊我们,多留一些利润在自己手里吧。因此我们要树立自己的名牌,只有本国名牌纷纷挺立了,巨大的利润才会眷恋我们的本土。

不过,当我们钻到内部去看时,便会知道名牌时代的到来,根子在于逐利,不论洋人的东西也好,国人的东西也好,这是同一的。当然,一旦要我们在众多名牌前做出选择,我们还是应该别无选择地选择国货,不是吗? 中国人! 况且,名牌国货比之名牌洋货往往是物美价廉,更具中国特色,更符合中国国情,为什么不买呢?

名人时代的到来

今天,我们已处在一个名人满天飞的时代里,大大小小的各式名人纷纷在报纸、杂志、电影、电视等媒介间探头露脸、登场亮相。我们在《参考消息》上读到克林顿、卡斯特罗、希拉克的言论，我们在街头小报上看到张艺谋与巩俐的新动向，我们在电视屏幕上见到赵忠祥的风度、陈佩斯的滑稽，我们还在广播中听到宋世雄的口头功夫以及冯巩的笑料。名人一向是被人群围在中间，这会儿却觉得名人包围了咱普通人，举手投足间，随意俯仰间，名人纷纷向你冲锋，向你莞尔一笑，真让大伙儿受宠若惊。这景象让人相信这确实是一个名人的时代了。

难道不是吗？名歌星出场吸引力大、观众多；名球星的球赛球迷多、呐喊声高；名牌作家影响大，其文章、作品的阅读率自然高。政治名人更甚，言论一出，举动既行，新闻媒介网络即传之全球，名人的影响何其之大。很清楚，名人已在整个社会的政治经济文化生活中起到了极为重要的作用。

这个时代的叙述固然有不少是沿着事件出发，但更多的叙述无疑是沿着人物伸展，而在名人、庸人与常人三者中，自然名人为首选，于是无数的叙述便从名人开始自己的发言。因此我们看到记者们、摄录师们纷纷跟踪追击各界名人，人物访谈、名家高论、巨星风采，每时每刻，方方面面，都在进行媒介轰炸，轰炸着广大看客、广大观众。大伙对名人们日益如雷贯耳起来，而且，似乎名人们手指东，大伙向东看，名人们手指西，大伙则向西看起来。

名牌其实只有两类，一类是物，即名牌商品，上面说了；一类是人，即名牌人物，也就是名人，也已说了。如果说名牌商品带来了一个名牌时代，那么，名牌人物则带领大伙跨进了一个名人时代，并且，他们还经营出一个名人文化。

名人文化的繁荣

我们尴尬地置身于名牌时代与名人时代的夹缝中，在两者的挤压下，我们感到自己何其平庸，何其窘迫。于是咱们这伙人成了大众，从舞台上撤下来，看别人表演吧。偏偏这伙人数量特别大，胃口也高，还特别挑剔，弄得整个社会都讨好他们，围绕着大众做文章，大众文化于是兴旺起来，甚至喧宾夺主地占据了市场的主体。

大众文化在某种意义上说就是名人文化，因为大众不关心学术，他们更关心人自身，更关心众所周知的那些人。如果不是众所周知的名人，大家聊天时恐怕就聊不到一块去，非如此，这文化又怎么能大众化、怎么能化到大众中去呢？大众文化日益发达，在某种意义上说，也就是名人文化日益发达了。而且，当前的文化生产机制已熟悉了市场规律，并具备了主动推出名人的意识。

制造名人可以吸引大批量的目光，以形成新的聚集点，使各式商家都可以赚到自己的利润。推出新歌手，音像公司的老板当然可以捞一把；推出新派文坛先锋，对于精明的书商来说，当然会有利可图。一方面，许多普通人试图跃起，成为名人；另一方面，一套新的利润机制需要借助名人谋利。两下里一拍即合，于是名人们便在流水线上蜂拥而出，好不壮观！而大众们在此就开了眼，他们看到了五彩缤纷的名人文化，虽然大伙儿也没把制造出来的名人们太当回事，可大伙倒的确是有了充足的谈资，消费了一批又一批。名人文化理所当然地随着源源不断涌现的名人们持续不断、永无止境地绽放,让人随时随地可以消费。

从某种意义上说,名人文化的根子也在于逐利。要做名人的人,当然很上进,很有进取心,但到底还是追求名声,而追名与逐利恐怕是难分家的,就算要做名人的人只是想做点事而未有富贵之想,那么,制造名人的人呢?恐怕就不免是为利润在奔忙了。有巨大的利润做动力,名人文化自然会兴旺之极。

名人与名牌的合作

名牌时代的到来、名人文化的繁荣,根子都在逐利。而且,为了利润的最大化,名人与名牌携起手来合作,这是几厢情愿、各方皆利的事,何乐而不为?

巩俐在广告里灿然一笑,说:我喜欢建伍。成龙笑容可掬地竖起大拇指:小霸王学习机!李宁则干脆生产了李宁牌运动服卖了起来。

名人与名牌撞了个满怀,双方同心协力地瓜分起这个时代的名与利。名人与名牌握着手出现在公众面前,笑容可掬,热情奔放,恨不得把所有的人都叮嘱多遍。一唱一和,名人与名牌的名气更大了。名人从名牌手里接过一沓大面额票子,于是当众夸道:这是我最喜欢的品牌,知道我的人就应该知道它,这个牌子驰名天下,这个牌子是我的唯一。之后,名牌的身价接着上涨,名牌用麻袋装起钱来。名人与名牌的合作是互利互惠的事,名人创收,名牌更创收,名牌计算收入时一百元一张的票子以公斤论。

我们对此似乎也无可厚非，这是市场经济、市场竞争必然导致的局面。也许有人会叉着腰呵斥几声，不过这没关系，太阳照常运作不息。

本文作于1995年秋，为《新闻评论》课无命题作业，完成后曾在班上公开朗读、汇报过，后刊于《环球青年》杂志1996年第12期。

寻找诗意

这是一个丧失了诗意的时代。

城市的噪音灌满了我们的双耳,摩天的楼宇充斥着我们的视野,结构化了的钢筋水泥与无数被机械化、程序化了的现代人相混合,更有无数灼灼的目光在探寻间散发着金钱的光泽和物质的气息。

这就是我们所置身的时代。

于是许多人想到了海德格尔:"人,诗意地栖居。"这是多么精彩的一句话,在北京还有些流行。不过,对许多人来说,这似乎不只是愿望,而更像一个比较远大的理想。

你多么希望昔日重来,你多么希望那些诗意

盎然的场景能够穿过记忆,来到眼前。

你还记得,那年春末西游华山,你们选在晚上10点开始登山。山风别样凉爽,夜景如此诱惑,于是你们诗兴大发,一路上狂作打油诗,七步一首,直逼曹植。

你在回想,那时候,未名湖有多么迷人!特别是在节日的夜晚,总有一些青年人围坐在湖畔的草地上歌唱,然后击掌大笑;或者是一支未名的乐队在湖心岛上席地而坐,又弹又唱,很抒情,很写意。

那时候,你可以参加到一个学生社团里,和一群活蹦乱跳的同龄人逃得远远的,欢歌笑语,忘情山水间,末了还要夜宿山寺,把酒临风。

记忆中的少年时代,你和小伙伴们常常在周日去郊游、爬山。有时候是去采春笋、蘑菇,有时候是去摘枇杷、板栗,有时候则是抱了一大把烈火般的映山红奔下山来。那份份满载而归的喜悦,至今仍像诗一样写在心头。

美好的记忆如风干的银杏叶,一片一片,夹在了当年的日记本里。你从回忆中抽身返回,感叹:是这城市,把我憋得喘不过气来,是这单调、机械的生活,使我丧失得太多。你想说,这不是自己的生活。那么,你为什么不去寻找、去创造?

是呵,那纷繁的生活如蔽日的旌旗一样在眼前招展、晃动,令你眼花缭乱、晕头转向,可你一定要从容。留意地观察吧,你不难发现,那富于诗意的细节像星辰一样在其间闪烁。

下雨了,街上的行人纷纷打起了伞,你有没有突发奇想地去雨中漫步?不遮不挡,一任小雨淅沥沥地淋,不在意雨湿衣襟……

下雪了，你还有没有一颗童心，约几位朋友去雪地里撒野？痛痛快快打一场雪仗，任凭雪粉溅在身上、脸上……

中秋了，你有没有想过骑自行车去卢沟桥观赏卢沟晓月？或是在山野中搭起帐篷野餐露营……

圣诞了，你有没有想过去天主教堂听一听赞美诗，领受一番宗教对灵魂的洗礼……

你有没有设想自制一只风筝，在广场或立交桥上放飞自己的心情……

你可曾有选择地去看一场如《黑骏马》一般从画面、音乐到故事都极富诗意的电影？你有没有在夏夜里骑着自行车到大街上吹风、消暑，或者在周末驾车到郊外的度假村住上两天？你有没有想过给远方的亲人、朋友写一封信，安静地在台灯下低语、抒情？或者在一个出人意料的时刻，为恋人送上一束美丽的玫瑰……

美国诗人金斯堡以为在纷繁错杂的城市意象中能够发现足够的诗意，我却不敢苟同。他所谓的"号叫"的诗歌是催人碎裂的，而不能使人安宁、沉静，不能使人回归。

我们在生活中所要寻找的真正的诗意应该散发着古典的气息，是趋于田园的，并且能显示出天人合一的倾向。

让我们用双眼在城市中随时发现着，让我们的心灵像天鹅一样腾空而起，凌驾于城市上空。

关于名人

稍加留意,你便可发现,如今各种媒介——报纸、杂志、广播、电视,都在报导、挖掘名人。你会发现自己绝对处在一个名人满天飞的世界里。

名人,是就其广泛的知名度而言的。后现代主义的反英雄、多元化的思想渗透进社会结构和大众意识中,结果是,笼罩在名人们头上的神秘光晕消失了。虽然人们羡慕名人的成就与风光,但他们知道,名人也就是些普通的平常人。人们开始以从容的姿态平视着名人。

名人之所以成为名人,往往与其精心一意的勤奋努力分不开。冰心诗云:"成功的花/人们只惊羡她现时的明艳/然而当初她的牙儿/浸透了奋斗的泪泉/洒遍了牺牲的血雨"一句一字,都发自肺腑。这是一位奋斗者最真切最痛苦的体验。成功赢来了辉煌,而无视成功者在奋斗过程中所付出的代价,甚至对其施以批喝,则不仅是成功者的悲哀,也是时代的悲哀了。

对名人客观真实的宣传,既可把名人的成功之道奉献给大众,也可激励常人努力。如果你有意在将来的某一日跻身名人之列,切不可忘记:第一要冷静,不要被万花盛开的景象冲得晕头转向,要选准自己的方向;第二要虚心,细细体会名人们默默无闻时埋头掘进的精神内涵;第三要实践,在你希望打开突破口的领域里精耕细作,风雨无阻。

本文刊于1994年5月23日《北京大学校报》、1995年《中国人民大学校报》。

没有时间

有一个加速度,灌注在我们生命运行的轨迹上。在时光里驱驰,我们感觉到生命的陀螺越转越快,生活一鞭紧一鞭地抽打着我们。对于有所追求的人来说,从指缝里流失的时间是不能像钱一样可以挣回来的,时间的消逝最令人心焦、心痛。"时间就是财富"这一名言还远不能表达出时间的真正价值。生命是时间横坐标的一个闭区间,生命是由一定量的时间组成的,时间的流逝意味着生命的损耗。对于拒绝平庸的人来说,生命是不可以损耗的。在这个意义上,我们说:时间就是生命。生命是宇宙里的奇迹,而生命内部则包含着更多的奇迹。人不能损耗生命,人应该尽可能地开发生命所贮藏的丰富资源,以促成人生奇迹的喷涌。对于不甘平庸的人来说,就是要在时间的双轨上,把列车开到最大的速度,极致化地行驶出生命的风采。

如果你经常在校园的人群里听到"没有时间"这样一句话,我想,你应该为他们由衷地感到高兴:大学生们没有虚度光阴,没有逍遥青春,他们在忙,在忙!

我认识一位北京的朋友,他在另一所大学读书,我们都爱好诗歌,因此在通信中你来我往地谈起诗歌来了。虽然那是几年前的事了,但我仍然清楚地记得,他在信的末尾总是加上一句:"祝忙!"我见多了万事如意顺利愉快之类的祝语,祝人忙起来的话倒是第一次见到,对我来说,这是真情真谊者才能致送的很别致很富上进气息的话。那时,他很忙,我不太忙。后来,我终于忙起来,并且,似乎是忙得日益厉害了。虽然是瞎忙,事倍功半地忙,但我到底是驶入了忙的状态里去了。

在校刊做学生记者的时候,我曾采访过一些表现突出的学生,其中四名是北大辩论队的核心成员。我在采访过程中有一个明显的感觉就是:他们都很忙,事情多,生活节奏快。记得我找到其中的一位时是中午,他说:没有时间,中午要到一位老师那里,下午要上四节课,晚饭时间和人安排了事情,晚自习要接着复习功课,明天就要考试。于是我们约好,几天后的一个晚上再谈。那天晚上我们谈的话题很广泛。现在,我耳边还回响着他们的声音:要勤奋学习!要忙!

我曾在回湘的列车上认识一位老乡。返京后去找这位93级的老弟,几次都是在吃饭时间,却未寻着。他的室友们这回说:做实验不回来了。那回说:上自习去了,他不午休的。再下回干脆一个宿舍都没有人。当然我终归还是找到了他,这位老弟说:包括选修课他一周有四十来节课,忙得连喘息的时间都没有。93级新生,后生可畏!我只说:好,就应该这样忙!少些应酬,把时间用在锋刃上。

在一家与科技有关的小报做兼职记者时,我接受了一个头版头条的人物专访。访谁?陈章良!我揣了名片直奔北大生命科学学院。在一个办公室里,我看见陈教授正从几个人之间站起身往外走,我在门口拦住了科学家,我听到陈教授说:"没有时间。"他马上要去隔壁召开工作会议,协助教授工作的秘书过来截住我:陈教授很忙,本月就要出国两次,科研工作、行政工作、公司事务、国际交流等等,一天到晚排得很满,忙不过来。新闻界对陈章良教授一直很关心,但教授一直在回避,他要潜心做些实事,不希望太热闹。他没有时间。

没有时间,多好的多令人奋发的回答呵!没有时间,听到这么多人这样说,你就不能不鞭策自己:逝者如斯,时不我待。莫等闲,白了少年头。你不能不高速自转起来,公转起来。

本文刊于1994年11月30日《北京大学校报》。

青春有余痕

一天,为找一本书而翻箱倒柜,无意间我从箱底摸出了厚厚的一个册子,是我的手抄歌本。睹物生情,我当即被触动了,身不由己地从现实向往昔滑坠。

我翻开册子,一面又一面,从《风雨兼程》到《外面的世界》,从《橄榄树》到《三百六十五里路》……全是流行歌曲,有一两百首之多。这些歌是我在成长的过程中陆陆续续抄下的,这是流行歌曲统治下的一代人啊。我不知道从80年代中期到90年代初期这些年头里,自己怎么会有雅兴把这么多歌一一工整地抄录下来,可我知道这些歌是我拔节成长时发出的声响,它们在某种程度上是我那些年的情绪密码。

翻到最后一面,竟是《青春》,是1994年抄下的,是最后一首歌,之后我就再也没有抄过任何一首歌了。现在想来,停笔不抄无疑是有着象征意味的,也许是我试图把自己从细致精美的情感中提出来,直面生活,不再沉迷于往昔。生活更加忙碌了,我在气象万千的前沿必须全心投入才能跟上大队的人群,我不能再沉迷于幻美与感伤。在洞见了生活的真切与谜底之后,我发现自己不知不觉间真地远离了以流行歌曲为表征的漩涡,此后,我对新出现的流行歌曲就再也没有沉迷过。

本文刊于1997年9月5日《中国文化报》。

齐秦:在九个太阳下歌唱

后羿射日是一个辉煌的远古神话。在传说中的那个遥远的年代,天上忽然同时出现了十个太阳,烤得大地焦干暴烈,民不聊生,神射手后羿为解万民之苦,一鼓作气射落了九个太阳。天上有且只有一个太阳,大地上的人们才可安居乐业,享有幸福与康泰。

许多年以后,奇迹又出现了,一个叫齐秦的都市青年看见"在黎明泛红的天空中,燃烧着九个太阳",于是他狂呼一声:九个太阳!立马落座桌前,挥笔写下了一首名为《九个太阳》的歌曲。

在齐秦众多优秀的作品里,《九个太阳》其实只能算一般之作。不过,这首歌传达的现代性却很经典,可以说是齐秦对其所处的时代与社会的一种摄魂般的写照。这首歌,从歌词到歌手的吟唱,都生动地状写了一代都市青年的内心图景:"无垠的旷野之中,一片干裂大地",颇有诗人艾略特的荒原气息。在都市拥挤的大街上,在楼宇争空的狭促里,现代人是迷失的、漠然的,"在没有理想的土地上,住着一群陌生的人"。我们在现代派与后现代派的文学作品中所阅读到的意蕴,被齐秦注入到了流行音乐的血液里。但齐秦显然不是照搬,不是二传手,他的抒唱是自发的,也是自觉的,是映射着时代氛围、社会真实的个人经验的率性表达。齐秦被强烈的光芒照彻了,都市上空的九个太阳照得他无地自容,他只有吟唱,他干脆把自己感受到的叫喊出来。

齐秦从宝岛台湾穿过海峡登陆了,于是乎街上的狼多起来了,于是乎月夜里巡行的年轻人多起来了。他们像齐秦一样,身着黑皮装,吟唱着齐秦的歌:"我是一匹来自北方的狼,走在无垠的旷野中。"当此之时,歌者能鲜明地感受到那抽打在自己身上的北方的风沙。"午夜的都市,就像那月圆的丛林",现代社会用九个太阳炙烤着现代人,九个太阳的光芒强烈太过,于是就有一些人挣脱无数的规则与束缚,在暗夜里奔跑、长啸,他们凄厉的长牙映照着清寒的月光。

有人评价齐秦,说他"像一匹受困于都市的狼,无法伸展狂奔山林的宿习,只能借着放声高歌,替代积压胸中的长号"。这个评价很传神,齐秦就是这样一匹现代性思维观照下的狼。

齐秦的生活经历与大多数歌星不同,他是进过感化院的,照大陆的说法,他是被劳动教养过的一名少年犯。但他却从生活的波谷里扬帆而起,孤高而歌,逐步走上了事业和生命的波峰。齐秦的音乐是从接过姐姐齐豫送给他一把吉他的那一刻开始的。

齐秦显然是有音乐天才的人,不论哪种题材,他都能抒写、吟唱到相当精彩的程度。也许,后羿射落的九个太阳是落进了齐秦的瞳孔里,这内在的神性的燃烧使他的四肢和五官都开出了音乐的花朵。

齐秦以狼的形式出现在夜色中、旷野里,但他并不是一匹真狼,他以狼作为自己的标志,其实骨子里反倒有一种羊的温情。这从他的那些爱情歌曲里可以得到证明:《请你别对我说再见》《花祭》《大约在冬季》《空白》《冬雨》《柔情主义》等,那深挚的情怀、那忧郁的气质、那感伤的意绪,无疑是齐秦真实的另一面。这些歌是这样动人,以至于凡有年轻人处,就能听到齐秦美而伤的旋律,如怨如诉,感人肺腑。

齐秦是一个现代都市里的漂泊者,一个精神上和现实中的游子,这种状态理所当然成了齐秦喜欢抒写的题材。专辑《狼Ⅱ》中的齐秦背着行囊,走在路上,行色匆匆,目光孤独而无畏。这正是齐秦,为了那传说中美丽的草原,为了那精彩的《外面的世界》,齐秦独行在寂寞的旅程中,他要找到一条属于自己的路。齐秦以狼作为自己的标志,似乎有厌世的意味,其实并不是这样的,他在骨子里是向上的。

为什么齐秦的歌能久盛不衰、广受欢迎?因为齐秦抒写的、吟唱的,是现代青年普遍的处境和遭遇、普遍的心态和情感。齐秦一次又一次在内心深处打动了一代又一代的年轻人。齐秦的旋律曾让多少人深深沉醉,齐秦的歌又曾为多少的青春注入了诗的美丽、感伤和激烈。

特别是那些游走在城市里的年轻人,曾经或正在像年轻的齐秦一样,被天上的九个太阳照射,在大地上找不到自己的影子,于是走上了一条《离家的路》,一个人在路上,独自思量,低头前进。那种感受何其相似:被九个太阳照射,头晕目眩,双眼发黑,在都市的压迫下,发出了狼一般的长啸。但并不颓丧,仍然在前行,寻找着那远方的灯光。

而这一切,齐秦都替你唱了出来,你怎能不产生共鸣,怎能不反反复复地倾听呢?齐秦以其独一无二的形象在歌坛上长久矗立,十几年里始终居于前沿,无可撼动。恐怕这也是必然。

我第一次见到齐秦的形象是在八十年代末。那种气质和感觉是崭新的,我显然受到了空前的冲击;他的歌大概是一只有力的鹰,在我的心里盘旋又俯冲。那时我正在家乡念中学,我想,许多年轻人一定都和我一样,被震撼了!

磁带盒歌纸上的齐秦,着深褐色闪亮的皮夹克,牵一匹出舌狼狗,凛然立在无边的夜色中,而画外的火光,映红了他的脸。他表情冷漠幽峻,目光与世界保持着一种距离。

你不难发现,歌手的目光是黑亮黑亮的,像是顾城描述的寻找光明的那样一双眼。齐秦的瞳孔里有九个太阳在燃烧,因为过烈,所以是黑的。

周游首都文坛

"金世安手执教鞭,在黑板上敲敲点点,在他唾沫横飞的某一个瞬间,敞亮的窗外传来一声遥远而巨大的、沉闷而颇具魅力的轰响,像一颗重量级的鱼雷在大洋深处爆炸,隐远幽深而又深入肺腑。"

这是我的中篇小说《持枪逃离靶面》的开篇第一段,这部五六万字的中篇小说是我在1994年1月至5月写的,其构思则始于1993年底。小说写完后,我在手里放了一个多月,目的是让自己冷静一些,让创作过程中的激情以及可能产生的过分自信沉淀下来。在重读之后我终于认定这不是浮躁之作,确实是艺术大于情绪大于急功近利的作品,于是我满怀信心地投起稿来。

1994年7月初,我把厚厚的手稿送到了《十月》,这是一本在全国都很有影响的大型文学刊物。接待我的编辑老师彬彬有礼,给人印象很好,但我没想到,4个月之后,我的小说仍躺在编辑部没人审阅。

11月初我去编辑部把小说拿了回来。我知道,这种大刊物来稿量相当大,关系稿名家稿也很多,编辑们看不过来,我这种无名小卒自然得往后站了。

我把小说转投到另一家在京刊物,我没敢往上海、南京、广州等外地刊物投稿,万一没采用又不退稿,我的手稿恐怕就会弄丢。记得我走进楼上那个编辑部,见到了一个一米八几的大个子。听了我的来意之后,这位编辑先生说:"你先放在这儿吧,我看完了再作答复。"这位先生神情淡漠,谈话间了无热情,没聊几句我便告辞,还是别耽误别人的时间罢。我想,但愿他是那种外表冷漠、内心火热、工作很认真很负责的人。

我回到学校,不安地等待结果,等了几天,觉得还是写封信谈一下写作意图、作个自我介绍的好,可就在寄出信的第二天,我就收到了退稿,从投寄到收回手稿正好一个星期,真快!我不知道这位编辑是否认真看过,不过,我可以理解,一家大刊物来稿量巨,看稿匆忙一些草率一些恐怕难免。我安慰自己:你应该把自己的小说假定为很糟糕,根本不可能发表,若是刊载了,倒是个意外之喜。对事情不抱太多希望乃至持绝望态度,这样你就不会失望太大,你就能够平平淡淡从从容容地生活。

我把小说送到了公安部主办的《啄木鸟》杂志。因为听人说,我的这种与部队相关的小说与公安部的刊物可能投机一些。

12月中旬,我收到了该刊的一封信,薄薄的,我想,不是厚厚的退稿,是采用通知吧?要不就是修改通知?我不禁有些兴奋,拆开信来展读,莫名紧张,却见:

风静先生:

你好!拜读完贵稿,感觉故事结构不错,文笔也较好,对事物的观察与认识也有独到之处,故事本身也有可读性,可是遗憾该稿不宜在《啄木鸟》刊发。本刊是公安部办刊物,公安、军人的形象一定要是正面的、光辉的,你写的这个故事本应看作是偶发事件,但也不宜例外,这大概是客观标准,办刊人员是要遵守的。所以,我们只能遗憾地退稿。

你有较好的功底,欢迎以后为我们写公安、法制题材的稿子。

感谢你对我们工作的支持。

过几天你会收到退稿的。

我读了信,既欢欣,又沮丧。欢欣的是,这位编辑对我的写作给予了充分的肯定,且在百忙中抽出时间写了一份中肯的审稿信来,要知道我们是素不相识呵,我很幸运了。我想起前两个中篇的命运来,1993年七八月份写的中篇《果实坠落》有七八万字,投到《当代》,两个多月后我收到了退稿,附了一封铅印退稿信,信上没有评价小说,也没有署名,谁审的稿也无从知道。1993年3月,我写了个3万多字的中篇《坚决执行命令》,结果一去不返。数月后我打电话给在京的这家编辑部探问,回答是未被采用,而且,手稿也弄丢了。而这本小说的命运好多了——收到了编辑部老师的亲笔信。沮丧的是,这本小说还是没被采纳。

我意识到这个小说有点让编辑棘手,题材有些敏感,要发表恐怕很困难。可我反而复印一份,自信心使我决心继续投下去,一家一家投。周期太长,一稿两投有其合理性,万一被同时采用了,推掉一家就是,问题在于能有一家采用吗?我把一份寄给《人民文学》,另一份寄给《中国作家》,我想,这两家高级别刊物应该是最注重作品本身、艺术本身的,其他因素对它们的影响恐怕不太大。

其实,我的小说并没有出格,最多只能算是打了个擦边球,而且是无意的。我写的是"误解",因为"误解",我看见平静的生活掀起波澜。当我目睹多了,就有一种表达的欲望在我体内奔涌,而我选择的道具是80年代初军人追捕逃兵这么一个故事,我的这一选择纯系偶然,却不想小说因此有些棘手了。

1995年春天,我开始打电话问结果,先给《中国作家》打。审稿的郭编辑说:"写得不错,语言、结构、内涵都表现出了相当的实力。在自由来稿中,你的这部小说是比较突出的,我这关过了,已经送二审了。"四月,我给《人民文学》打电话,审稿人答:"再放一放,我再看看。"

五月下旬,我又打电话到《中国作家》,郭编辑仍很热情,说:"巧不巧,我正和领导谈你的小说呢,你就打电话来了。"他说,"凭我的直觉,你以后能成功,小说这个东西也是讲天分的,有些人写了一辈子小说也没成。不过,你是块料,好好写下去吧,一定要坚持,以后有稿子,欢迎往我这里投。不过,你这篇小说没过终审,不采用了,主要是题材的问题,解放军抓逃兵……"

虽然又失败了,但我很高兴,因为这位编辑老师已看中了我的小说,只是因为艺术之外的别的因素导致了投稿的失败,虽然艺术上还必须向上迈进,但毕竟作品已具实力,这使我欣慰。而这时,《人民文学》的结果也出来了,同样是落选。

我于是上图书馆查阅期刊,我看到了《新生界》杂志,该刊编辑部主任刘恪本人就是写小说的,而且挺先锋,就寄给他吧,他审准没错。

转眼放暑假了,我在这个暑假要去一家杂志社实习,其他事也不少,但我决定先去《新生界》。运气不错,刘恪主任在,房子里人很多,在打包。"嗯,是收到过这篇小说,可一直很忙,还没看呢。"他翻箱倒柜,找出了我的《持》,边翻边问了我的情况,然后说这样吧,你去院里呆半个小时,我在这里看,看完了,再和你谈,"我都当了十多年的编辑了,你放心,要真是好东西,我不会漏掉的"。

我转悠了40分钟,刘恪主任已经审阅完毕。他的长篇力作《蓝雨徘徊》刚发表不久,先锋之极,被许多人看好。这位先锋小说家个子不高但很精神,他就这样在阳光下说开了:"一个作者能否成为一个作家,最重要的一点就是有没有艺术感觉,对语言、对叙述敏感不敏感,如果没有,再努力也成不了气候,这是一个前提,我看了你这本小说,觉得你有。第二点,你对小说结构的把握、整体上的控制做得比较成功,写得很沉着。你这篇小说是成功的,但还可以写得更好些,比如说最好能写到八成,你呢,只写到了六七成,还可以再努力。

说到这里,我要说,你的稿子我们拟不采用,你这个题材比较敏感,而我们编刊物是有一些要求的,意识形态方面的因素,我们不能不考虑。"我仿佛预知了结局,他告诉我的似乎是在意料之中,我非常平静,平静如水。刘恪主任谈文学谈得花开花落,我们似乎成了跨年龄段的朋友,他鼓励我,"先写些短篇,如果好,我这里可以发"。终于我们分手,各自奔进不同的人群去了。

我夹着小说稿回去。都一年多了,小说写成有十几个月了,《持》在首都文坛许多家刊物周游一圈,又回到了我身旁,还是老样子。

海子诗云:"我要做远方的忠诚的儿子/和物质的短暂情人"我庆幸他写下了这座右铭似的诗行,这是所有从事精神层面、理想层面事情的人的榜样,这是所有要在这个时代的喧嚣中坚守的人的真正品格。

我知道自己不会放弃,我会不停地写下去。让语言的光芒覆盖我吧,而我在底下将永远不停地说:透过这大片的光芒看到内部去吧,只有这样我们才能沟通,才能发生真正意义上的碰撞,才能思考得更深刻一些、表达得更智慧一些。

本文刊于团中央主管的《农村青年》杂志1996年第2期,该杂志现名为《中国农村青年》。

外面的世界很精彩

我是在长江以南、洞庭湖以南的一个小地方长大的——那个山清水秀、风景怡人的地方,不是名山大川,不是世外桃源,只是我从小生长的家乡。用地理概念来描述的话,则我们那里属于湘中丘陵地带;拿个人自述的口气来讲的话,则我的青少年时代乃是在山沟里的军工厂度过的。

小地方总是相对封闭的,然而,一个在再小不过的地方长大的人,也不会甘心自己的视线永远被四周连绵不绝的山峦遮住的。齐秦那首广为传唱的《外面的世界》中有一句很经典的歌词:"外面的世界很精彩"。也许当年的我们就是被类似这样一些充满蛊惑力的歌词鼓动起"去远方"(歌名)的心思的。总之,在温和、平静、缓慢的氛围中长大的少年,无一例外,都是向往着到山外的大千世界比如省城去逛一逛、闯一闯的。特别是那些大地方,例如庄严北京、华丽上海、潮头深圳一类的大城市,对一个没有见过世面的人来说,其吸引力就更是无法抗拒,国外的花花世界姑且不论。

生在迟滞、闭塞的小地方不要紧,关键是要有机会走出去。对小地方的人来说,只有走出去,才有机会接触到外面那个精彩的世界,才有机会学本事、求发展。而这种出门远行的愿望,对当年那里的少年来说,是完全可以称之为理想的——不论个人的理想是什么,哪怕是幻想着做大官、发横财、出大名,抑或是挣得丰实、中等的物质生活与精神生活,乃至于仅仅是求取温饱、小康……对于小地方的人说,这第一步却都是一样的:走出去!到更大的地方去开阔视野、丰富自己!这样才有起码的机会去追寻自己的愿望、理想,乃至于有所作为,对社会有所贡献——这个道理,古今中外从来如此。

事实上,年轻人获得机会走出去发展,其意义怎么估计都不为过。近代以来无数的事例证明了这一点,古代的事例同样也可以证明这一点。就比如先秦时代的哲学家庄子吧,想当年,年轻的庄子出游心情之迫切,与今日青年的远行之焦渴简直如出一辙。庄子于广大的楚越之地纵情山水,行走于桃源般的辽阔民间,流连于淳朴而瑰丽的风土人情,竟然历时三年才返回到北方的家乡。尽管庄子因此成了那个时代少有的大龄晚婚青年,但这次漫游却成全了他,他所亲历过的美好的吴越之地幻化成了他哲学大梦里的蝴蝶和乌托邦。

再说回到我的家乡来罢。总之一句话,八十年代末那会儿已经是大家都不再甘心做固定在某台机器上的某颗螺丝钉的年头了,几乎所有被青春掀动着身体和心灵的人,都强烈地渴望着能从自己所在的某个小地方去向未知却精彩的"外面"。就我和生活于我周围的同龄人而言,尽管那个山沟沟是我们熟悉且热爱的,可那里的天地毕竟太小,早已容纳不下我们混沌的梦想。荀子在他的《劝学》篇中写道:"吾尝跂而望矣,不如登高之博见也。"在我的理解里,从小地方到大地方去,其实就是另一种形式的登高;登高之后,见识自然就会广博起来,人生的海拔自然就会得到相应的提升,这几乎是一定的。

遗憾的是,窘迫的现实却让我们那个小地方的大部分少年的美梦落了空,这正如西川作品《写在三十岁》中的一句诗所说:"一些门关闭了/另一些门尚未打开。"在该出远门的时候就能如愿以偿地出了远门的,应该说,在上个世纪九十年代初,数量还是非常有限的,大抵只有很少的一些幸运者。幸运的是,当年的我竟然成了这少数人中的一名,也就是说,在该"十八岁出门远行"(余华小说名)的时候,我就如期地出了远门。其实我还没想明白自己将来究竟想干什么,能干什么,又适合干什么,只是和许多人一样在模糊的意识中强烈地渴望着要去远方。蔡元培说"青年是求学的时期",命运给予我的安排是北上求学——可谓"幸甚至哉"吧,于是,我就来到了我们伟大的首都,对于一个当初就开始倾心于文字的人来说,文化北京也许是最合适、最精彩的地方了。所幸的是,随着时间的不断推移,家乡与我一起玩大的那批少年一拨又一拨,差不多全都走出去了!至于更年轻的下一批,再下一批,那就出门出得更早了。总之,陆陆续续的,他们或南下,或北上,或外出打工,或出门念书,散布在了神州大地的许多角落,正如汪国真诗云:"我不去想是否能够成功/既然选择了远方/便只顾风雨兼程"

显然,从那时起,我们就迎来了闯荡、漂泊的时代,一个追寻梦想的时代。印象中,伴随着这个时代和我们一起成长的,是一批深得七十年代生人喜欢的脍炙人口的流行歌曲。哼着歌儿的青春也许是快乐的、惬意的,可青春一旦出门在外,那就难有单纯的浪漫了——"外面的世界很精彩",可是也很无奈。罗大佑在《恋曲1990》中为当年的我们点出了青春的宿命——"苍茫茫的天涯路是你的漂泊"。闯荡异乡的尴尬则如郑智化在《水手》中所指出的:"都市的柏油路太硬,踩不出足迹"。尴尬之余,王杰仍不免要代表许多年轻人在歌里向命运发出自己的追问:"是否我真的一无所有,明天的我又要到哪里停泊"。不过说到底,无论一代又一代年轻人的明天会怎样,远行的人们都不妨学一学齐秦式的心态:"前方的路虽然太凄迷,请在笑容里为我祝福"。

我想,所有这些老歌之所以能在当年广为流行,旋律动听自然是一方面,但更重要的,恐怕还在于这些歌表达出了那个年代无数年轻人的心声。多少人走出了家门,多少人在"拿青春赌明天"啊!

我曾经有过纳闷——为什么近些年来涌现于市面上的许多所谓流行歌曲,"80后"的小孩们非常喜欢,而自己却喜欢不起来?为什么他们浸淫其中浑然忘我乐不思蜀的一些东西我却觉得比较隔膜乃至索然无味?难道是我们这批闯荡江湖历尽劫难的人无可避免地老了?但我终于还是想通了,也许每一代人的青春、成长及其印记都是独一无二无法替代的,因为每一代人的年青时代都是在截然不同的环境里呼吸和伸展的。

比如"80后"、"90后"这些小孩子就普遍拥有只属于他们自己的精彩——精彩炫酷的动漫、紧张刺激的电脑游戏、旋律古怪奇特的流行歌曲、缥缈如梦的青春玄幻小说等,各类新奇的东西仿佛是专为他们而制备……他们成长在物质渐已丰富起来的发展年代,青春刚一起步就迈进了资讯丰富的网络时代,已经不用出远门就足以知道外面的世界有多精彩了。

以梦为马的旅程

大师的境界

法国著名传记作家莫洛亚为文学大师雨果写过一部传记，书的结尾处莫洛亚有一段话，大意是：时间的海水淹没了许多东西，士兵、山岗、坡地都不见了，只在海面上留下几座突兀的山峰。这几座山峰，就是大师，这是被时间筛选出来的，经得起检验的大师。

回头望历史，大师们巍然矗立，巨大而沉静，很好辨认。问题在于当下，眼前的这个世界太喧嚣太热闹，大师的称号像工程师、律师这类职业名一样用得很频繁，很随便，而且很自然。我想，还是慎重一点好，大师毕竟是大师，有一个层次问题，有一个境界问题，不到相应的火候与高度，是不能妄称大师的。

　　各个行业都有自己的大师,柏拉图是哲学大师,牛顿是科学大师,鲁班是木业大师,而成吉思汗是征战大师。我在这里所说的,是文学领域的真正意义上的大师。

　　够得上文学大师的人不多,屈原、李白、杜甫、苏轼……真的不多,但文学的天空有这么几颗,就已足够灿烂了,可见真正的大师是多么有分量。

　　中国人还没有谁拿到诺贝尔文学奖,于是《大家》杂志创刊了,他们要寻找和培养大师。毕竟获奖的机会极少极少,谁会成为幸福的第一个呢?文学界虎视眈眈。也许不少人都有这样的看法:不管获没奖获,真正的大师照样是大师,大师不会因为没有获奖而失去这一称号,比如托尔斯泰、鲁迅……他们始终会在众人的视野里耸峙而立。

　　大师是有一个标准的,究竟什么样的作家、诗人才称得上是大师呢?我想一言以蔽之:大师就是那些将生活和艺术结合得最好的人,他的怀抱里有最大的生活,他的手掌间有最好的技巧。这是大师的境界,非常人能到达的高度。

　　大师不能是形式主义者,后者只是在语言之间穿梭往来,沉迷于不断翻新的技巧,醉心于美丽虚幻的外壳,而内容却贫瘠苍白。大师不能没有巨大的内容,不能没有丰厚的生活矿藏,大师要与时代相呼应。

　　大师必须是深知凡间烟火、世态人情的。唯有置身大地,投入苍凉而纷繁的生活,写作者才可能以俯瞰一切的英姿去从事创作,写下宏伟而厚重的巨著，从而走进大师的行列。

有庞大的生活而无利器，你就只能扼腕长叹自己的平庸，恨无盖世才华，终不能成就大器。有高妙丰美的写作技巧，可是没有激荡而巨大的生活冲击自己、装满自己，那就只能沦为形式主义的巫师，只能沉溺为自恋情结很重的游戏家。

光有一面是成不了大师的，必须在生活本身和艺术本身两方面都修炼到巅峰境界，并能把两者成功地融为一体、浇注为作品的人，才称得上是大师，才能无愧于这一荣誉。

像屈原一样苍凉忧郁又大气浩荡地散发着亚洲铜气息的人，像李白一样飘逸出尘仰天大笑背着唐剑的人，像失明的荷马沉思的歌德像海明威像马尔克斯这样的人。

中国当代文坛出现大师了吗？也许，中国正在酝酿，甚至已经上了路，正在征途中，或者，中国的文学大师已经存在，只是混杂在人群中暂不能为人认出，还有待时间来筛选和证明。

不管怎么说，成为大师有相当高的难度，不是每一个执著的跋涉者都能成功的。要做大师，就需要写作者努力，直到写出巨著，有了大师级作品，自然就加入了大师的行列。我把这种体现大境界的巨著设想为：

文采绚烂辉煌，语言充满光芒；卷幅浩荡浑厚，字里行间大气淋漓；作品中的时空是熔合后的重新构筑；故事或情感来自作者个人真切的甚至是苦难性的巨大生活，又不为其拘泥，高翔在万物的上空；写作者的深刻性像血管一样，插满作品各部分的肌体；具有彻底的现代意识和悲剧性的高贵精神。

从生活的腹部走来,四肢和五官开满才华的花朵的写作者,朝着你的方向奋勇突进吧,以笔打天下,大师的境界是可以到达的。

本文刊于 1996 年 10 月 10 日《中华读书报》。

文学:并不悲壮的坚守

围困我们的浮躁与喧嚣,也就是无数在我们心灵和耳畔不断煽动的翅膀,是我们所要远离的。我们所要亲近乃至要焚身以火的文学,要求于我们的,乃是沉潜、执著与淡泊。

在以全面建设小康社会为目标的新时代,在文艺门类和文化消费日益多元化的今天,文学的边缘化早已是不争的事实。八十年代的辉煌早已凋谢了,英雄的光环早已消弭于无,曾经风光无限、功成名就的文人们统统从神坛上被请了下来,在文学道路上艰难跋涉的无数后继者们更感到了空前的尴尬与难堪。也许,这就是生不逢时,这就是命运。对于拥有门可罗雀的读者的诗歌来说,投稿无人睬、出书须自费的诗人们在某个时刻甚至发出了"弦断有谁听"的叹息,乃至发出了"万人都要将火熄灭,我一人独将此火高高举起"这样的怒吼。

经济大潮汹涌澎湃,它无情地席卷着一切,人们或欣然或无奈地在为金钱和物质而奔忙,当此之时,欲望就像大雨中的伞一样无所不在地绽放着。在这个尘世间,欲望仿佛黑洞一样,贪婪地吞噬着巨量的天体与光线。所幸的是还有为数不多的真正的写作者没有被吞噬,他们竟然能以"坐忘"的姿态面对这严重的局面,俨然超乎物外——"文学"两个字对他们而言,就如"道"之于老庄。他们绝不是装作不晓世事,装作没看见身边发生的一切,也许他们是"知其不可奈何而安之若命",也许他们是从庄子那里学到了"虚静恬淡寂寞无为"这样的守住根本的坚强办法,因此他们能承接住古贤人安贫乐道的可贵衣钵,他们甚至能像坚守城堡的铁骨铮铮的战士一样誓与文学古城共存亡。

在牺牲于物质与落伍于时代进程的很大可能性中,他们在某个时候不禁从内心深处喷涌出了强烈的悲壮感和某种勇士情怀:如果文学与世俗的碰撞注定要使心灵流血,那就流吧;如果大地上方的天空注定要在震动中失去支撑,那就让战士的手伸向天空,去托举远远超重的信念吧。

与其困守,不如迎战。以笔写作的沉默的人们终于出击了,在灯红酒绿的枪林弹雨中,在信息轰炸与诱惑地雷的弹坑间,他们身手敏捷地跃过壕堑和路障,避开扫射与火炮,以大于肉体速度的精神速度奋然冲锋,他们以心灵的花朵当作子弹开枪,一梭梭五颜六色的花朵就这样发给了物化的世界。这样的图景是美丽的,也是悲壮的,因为花朵的力量实在是微乎其微。但赤诚的写作者们还是要说,在现实生活的战场上,在日益物化的社会生活中,花朵的抒情理应是多极世界中不容忽视的甚至是有力的一击。

细思之下,文学的失落感与文人的悲壮感乃是有根源的:从受人瞩目的辉煌中退出所引发的失衡,以及古往今来传承于文人骨血中的使命感、济世感与巨大而激烈的社会转型的遭遇。文人为文学与自身的遭遇而慨叹是必然的,也是可以理解的。但时至今日,文人们的心态应该完全平和下来了,他们应该已经在社会结构中找到了自己的定位,那就是——在不被关注的角落里歌唱。

那写作者无语的吟唱啊,打开了自己也打开了他人的心的石门,应该相信,内部的财富是可以共享的。那举起的灵魂的斧子啊,砍在了物欲坚硬的岩壁上,也许,留给后世的,会是思想者的化石。

是的,写作者要有所远离,要学会在边缘处弹唱,亲近灯盏和思想。

我想,当今的文学在根本上应该而且显然是寂寞的,当然,在现实里,这也不是绝对的、一成不变的情形,偶尔的时候,文学不也能摆脱寂寞,甚至掀起一阵形而下的世俗的热闹吗?更令人欣喜的是,在某些时候、某些场合,比如说在浩瀚无际的互联网上,又比如说在诗歌朗诵会一类的文学集会上,你会发现人群中其实还隐藏着很多喜爱文学的人,甚至你会发现原来茫茫人海中还有这么多喜欢写些东西的人。这时,你就感觉文学其实还是挺兴旺的——毕竟这是一门关乎精神家园与人情世事的学问——在纷繁琐屑的世事与疲顿狼狈的奔忙之外,无数的心灵其实还是需要某种方式的安慰与寄托的。在可供选择的诸多方式中,应该说,文学还是我们每个人所面对的最动人的选择之一。把心灵交给文学,就像把雪山交给蓝天——难怪还有这么多人仍怀有文学的梦想,也难怪还有一定数量的志士在坚守着文学的阵地,这是怎样美丽的景象!

可喜的是这种坚守已然并不悲壮,因为文学已经找到了它自己的位置,因为写作者已经懂得了远离、淡泊和沉潜。只要还有一些人在坚持不懈,文学就会有它的活力,就会有它永远的希望。

就让所有皈依文学的同志们并肩作战,一起坚守住21世纪的每一个春天、每一块麦地和每一块亚洲铜吧。

本文刊于2004年4月28日《中华读书报》。

写作的个性化问题

和现代化大工业生产不一样,文学写作需要的不是集体的分工与协作,作为一种特殊的个体劳动,其产品也绝不是在定型之后于数量上的简单累加,而要求每一个作品都是创造性的、各个不同的,最多也就是作品印在书刊等载体上之后的工业化复制。最近在报章上看到有人出版系列虚构类套书是请了好几十人一起凑,你一章他一节,人物、情节、悬念等等,该有的都有,因为人多,所以成书的速度非常惊人,甚至也还吸引读者。我想,这样的事自然与文学写作没什么关系,倒是可以归为工业生产一类的。

众所周知,文学的传统可谓源远流长,因为

有了古今中外长久不断的积累，我们所能领略到的风景自然也就是极为可观的：好的作品数量巨大，我们中的任何一个人，即便学习、研读一万年，恐怕也是完不了事的。对于作家们来说，首要的不是扎在书堆里不出来，而是择其要、择其优领略之，然后创造出新的区别于既有作品的新文本来。就这一点来说，那些完全拒绝借鉴、拒绝传统的写手实在是很可疑的，因为闭门造车的结果是我们所不难料定的。而那些号称很少看过文学作品的人，除了自欺欺人，除了标新立异以吸引目光之外，大抵也就能写一点近于口述实录之类的肤浅、直白、简陋的大体可以称之为文字垃圾的东西吧。

如今这年头，是个人，就能把自己的或别人的那点或简单或无聊的经历粗陋地文字化一下，甚至给印成了书或刊登在了某些莫名其妙的文学刊物及其他刊物上，之后这人就自称作家了。其实，作家并不是那么容易当的，作家的称号也不该受到那么多亵渎。对于一个严肃的作家来说，起码他应该知道自己为什么写，知道自己是在为谁写，知道自己该写什么、该怎么写，否则他就难免盲目。还有，起码他应当意识到文学传统对作家所提出的挑战和要求，应该知道个性化是怎么回事、创新是怎么回事、优秀之作乃至大作品又是怎么回事，否则就难以称职，更别说取得什么成就了。

我想，就文学传统对作家的要求来说，大抵就是这么几点罢。第一，你必须了解这个传统，知道这个传统是怎么回事，里面都有些什么东西；第二，在把握、借鉴传统的基础上，你的写作还必须区别于这个传统，最好在后来者看来，你也能成为传统的一部分；第三，你要开创新的传统，你就必须成为一个巨大的存在，融百家之长而自成一宗,至少,你也应努力成为独特的一景,悄然装点文学世界的某个角落。总之,落实到我们眼前就是一句话,无论怎样,文学都要求写作者具有强烈的创新意识和鲜明的写作个性——这大约就是个性化写作的价值和意义所在——之后再凭日渐丰厚的积累和扎实、勤奋的劳动去建构大作品、创造大辉煌。

很显然,要成为一个优秀的作家,要取得令人瞩目的建树甚至取得巨大的成就,绝非一朝一夕之功,没有千锤百炼,没有漫长而艰辛的劳作,天分再高也是办不到的。就年轻的具备一定实力的作家们而言,我以为是绝不能仅仅以树立个性化写作的姿态为满足的。有的作家的作品因为展现了一定的新的生活层面和生存状态,而获得了部分内行或外行的表扬和赞许,这固然是可喜的,但这毕竟只是一时的风光,在光阴流逝之后,该作品能否不被人淡忘,甚至得以长久流传下去,还是个疑问。再者,当初的一点个性化文字,在以三五年为一个换代节点的那个时段既逝之后,是否还能具有真正的个性化,估计也是很不好说的,因为发生于同时代的所谓个性化的喧嚣实在是太多太滥了,而众多区别很小的个性化势必归为雷同。因为树立一个另类的姿态不是什么重活,大家这方面的天资和投机取巧的本事恐怕都差不多,任谁摆个玄想之后的标志性姿态来,不都能拍出张艺术照来?难的是什么呢?是从众土丘间默默而坚韧地拔地而起,经过长时间的努力,长成为一座高高矗立的巨大山峰。

就当前文学的新层面来看,"70后"作家群也好,"80后"作家群也好,近几年间,我感到他们中大多数人的写作都存在一个问题,那就是罕见力作。就艺术手段而言,可能最大的问题就是宏大叙事的缺失，虽然近来有了起色，但大的格局却难有大的改观，这就使青年作家们的整体风貌显得不是那么气势非凡，不是那么巍峨磅礴。应该说，"70后"、"80后"作家在展现那种"率性和充分个性化的生活空间"（谢冕语）方面的能力显然还是比较强的，应该说，这类以"私人生活"为叙述重心的有着较深"个人写作"文脉的写作是个性十足的，是叛逆而张扬的，甚至是桀骜不驯的，对一切都是满不在乎的。应该承认，他们的写作在表现个人的故事、情事、心事等方面有着相当的长处和实力，但他们的弱点也显而易见，那就是他们大多无力对大的人群和大的宏大生活进行深度的解读和关照。也许我们可以这样说，他们近些年来所奉献出来的文字"异常尖锐地呈现了当下中国写作的可能和困难"（张颐武语），又或许，这"当下中国写作的可能和困难"其实已经或正在被他们中的某些人克服和突破着，只是要看清楚这一切还需要时间的沉淀。

本文刊于 2005 年 1 月 12 日《中国文化报》。

年轻作家莫浮躁

一转眼，沉甸甸的2004年就要翻过去成为我们记忆的一部分了。就文学领域而言，我们在这一年里见到了数量非常可观的各类作品，其惊人的产量确实很是可喜。但另一方面也值得忧虑，那就是形形色色的消费文学、泡沫文学、快餐文学甚至垃圾文学的涌现，在作者急功近利的心态下，甚至还发生了几起关于作品侵权的案子。

我承认在时下几乎被炒爆的"80后"写作群体当中（也包括"70后"），有的作者、有的小说已经把小说的个性化展现得很好了，也就是说，在展现新一代年轻人的青春形象和生活姿态方面已经是可圈可点了。但他们的作品显然还是单薄了,在文本和内涵的创新上也做得不够,尤其遗憾的是在"综合"方面还做得很不够。一句话,他们还缺乏一种在本质上消化既有的文学成果、在本质上"综合"复杂的现实生活的能力,这就制约了他们书写大作品的能力。举个例子来说,如果他们写的是一个纯情的爱情故事,则小说里的环境大抵是整个地球上就只有一个男人和一个女人以及他们的纠葛了,如果是三角恋,那整个地球上就只有一男二女或二男一女以及他们之间纷乱的关系了。这样的故事再精美,其分量都是可以想见的。

有一个道理恐怕大家都明白——每个人都不可能是孤立的,只要在这个社会中生活着,那他就势必是某张关系网中的一个结点,他必然就要和各种社会关系发生这样那样的联系。作为一个优秀的作家,不仅应该像其他人一样有能力应对这错综复杂的种种,更要有在文学作品中展现这种错综复杂的能力。只要稍微注意一下,我们就不难发现,近年来许多比较流行的作家都缺乏我们所说的这种宏大叙事的意识、能力和经验,他们能够幽默,能够调侃,能够搞笑,能够把比较简单的人与事讲清楚,乃至讲深讲透,但若人物当真多了,头绪当真多了,乃至需要把有一定规模和典型意义的社会生活层面组织成一部相对集中、精彩的小说的时候,那他就一定会发慌乃至要晕倒——这不说明别的,只表明了他们离一个杰出的作家究竟还有多远,如此而已。

榜样性的例子当然有不少,最有说服力的就是我们的四大古典小说——它们是那样的宏大叙事又是那样的纷繁绵密,它们是那样的有史诗气度又是那样的沉静温情,怎能不让后来的我们由衷赞叹!就说《红楼梦》吧,虽然是一部爱情小说,但它更以恢宏的视野展现了广阔、复杂的社会生活，为此，曹雪芹付出了近30年的心血与智慧。试问今日那许多轻飘飘的爱情小说，除了卿卿我我、潇洒扮酷之外，我们还能从当中看到什么？我们只能看到作者的浮躁。

《三国演义》姑且不说，又比如《水浒传》，当中光梁山好汉就有一百单八将，但作者就有本事把这么多人物都塑造得栩栩如生，把这么多事件和头绪拾掇得有条不紊。其实当中很多的人物都是可以拿出来单说的，而且会讲得很精彩，比如武松的故事、林冲的故事、宋江的故事等，但作者并没有这样做，而是沉下心来投入巨大的精力，"综合"出了一部可以长久流传下去的大作品。要是换了眼下这些年轻的作家来写，恐怕也就只能一个一个地揪出来单写，就像八集电视剧《武松》、N集电视剧《林冲》之类，因为人物相对少、头绪相对简明，拿起来估计问题不大。但如果让他们把所有这些人、这些事编织成一个有机的整体，既要气势恢宏、浑然一体，又要精密细致、无可挑剔，那他们就一定做不到的。即便他们坐得下来，积淀太少、功力不够的问题，也决定了他们只能失败。我想说，当人们批评某部作品厚度不够还显单薄的时候，往往就是在这个意义上来说的罢。这就是大师和写手的区别。

现在的年轻作者，鲜有厚积薄发而多薄积频发者。在大家普遍被"出名要趁早"这一口号怂恿的情况下，要让这些年轻人远离浮躁真正沉下来去潜心准备乃至埋头苦写一部作品确乎很难，所以也就不能对他们抱有多大的希望，至于以后会不会有希望，那就是以后的事了。

本文刊于2004年12月29日《中国文化报》。

为谁写·写什么·怎么写

为谁写的问题,曾经有过这样的号召,那就是要为人民而写,为老百姓而写,主要的就是为工人阶级和农民阶级而写。这是过去的事了。现在呢,时代不同了,不少人标榜自己是在为市场而写。说白了,他们中的一些人大抵是为票子在写。其实为市场写也没什么不好,作家也是普通人,也要过日子,也要挣钱糊口、养家,甚至还要靠写作来买房买车不是?试想,如果你的作品市场不接纳或接纳得很少,那你怎么办?人都活不下去了还怎么写?再说了,市场的接纳度在一定意义上也就是在读者中受欢迎的程度,如果读者对你的作品不买账,那恐怕也不是什么好事。

但我们要警惕那种一门心思往钱眼里钻而不顾其余的写字态度。作家还是要有一定的社会责任感、文化担当及精神高度才好的。

另一些人主张的呢,却是为文学史写。这恐怕也没什么不好,有追求,有志向,有抱负嘛。想来,能够进入文学史的作品,大多是质地过硬的、凝聚着作者极大心血和智慧的文字罢。怕就怕有些人为此而走火入魔,一心只念叨着载入史册,结果却遁入了玄虚幻境,只把一场文字游戏编得云里雾里、不知所云。见不到生活矿藏、人文底蕴的作品,没有悲悯博大的情怀,没有把读者和群众装在心中的作者,恐怕终归都是要被文学史所摒弃的。

写什么的问题,和每个作者的生活经验以及情感立场有关,也和一个时代的风向和潮流有关。当年,乱世里的沈从文一门心思写宁静的湘西,旧都里的老舍一门心思写记忆当中老北京的市井生活,解放区的赵树理一门心思写他的农村和乡亲……他们才华横溢的笔都植根于这古老而苍茫的大地,于是他们无一例外地取得了令世人瞩目的成功。再看近些年来我们这几茬青年作家的表现呢,先是当时被命名为"新生代"的作家群中的若干位奋不顾身地扎进了都市的喧腾和夜色当中去,接着是"70后"当中的许多作家狂写了一通酒吧和舞厅里的迷惘而颓废的青春,再后来就是"80后"当中的许多少年狂写了一大片稚嫩而忧郁的年轻。我不是说这些不好,毕竟一个时代有一个时代的文学,同步地表现当下的城市景观和年轻面孔并没有什么不好,他们用自己的笔激进地展现了疾速向前的社会生活的新层面及新人群,这在一定层面上自然是很值得肯定的。但我们只要略一思量,就肯定会发现有什么被忽略了。

难道我们十多亿人成天都在都市闪烁的霓虹下游荡？都在那些新潮的娱乐场所里出没？都被周围同样年轻但却怎么看怎么不顺眼的"小样"弄得特烦躁、特孤高？很显然，众多的写手们所奉献给读者的，实在只是广阔社会和巨大生活的一个局部。作为我们时代的更大存在，贫困的黄土地里的农民呢？下岗在窘境里的工人呢？流动在艰难里的打工人群呢？包括那些挥金如土、生活糜烂的富豪和新贵呢？有多少人注意到了？有几个人在写？总共又写了几篇？我想，这个答案肯定是要让大家失望的。那么，在今后的写作道路上，我们是不是可以把写作的关注面扩大再扩大？"为生民立命"的意识是个好东西，丢不得。

怎么写的问题，归根到底，其实主要就是拼作者的实力。虽说这主要是个写作技术层面的问题，但其实还包括作者对写作的认识和态度。都说文坛很浮躁，一个很重要的方面就表现在一批年轻人的写作态度上。这些人被"出名要趁早"这一口号给煽乎得似乎急不可耐，很小的时候就发表长东西甚至出个人专著了，然后手就停不住了，一部接一部，一本又一本，仿佛变戏法一般，时间不长，就把广大读者晃晕到只有连叹"真高产啊"的份儿。从某种意义上来看，我觉得这样的写作态度肯定是有问题的，小小年纪就出了这么多东西，其质量可以想见。

其实，我们的市场上不是作品的数量少了，而是有分量的好作品太少了。尤其是最近一两年，许多青少年的作品颇有些快餐文化、速食文化甚至垃圾文化的气象，这实在不是什么好事，而是在扰民，在浪费读者的宝贵时间，在浪费我们有限的社会财富。应该承认，这当中也确有一些不错的优点很多的作品出现了,但即便是这些文本,其字里行间的遗憾也仍是无法避免。不是作品单薄了、厚度不够,就是矫揉造作、真实性差,或者就是立意太肤浅、没有思想的力量……特别是有的人追求的只是一种写作的快感和阅读的快感,他们似乎是在避免让读者在阅读时产生哪怕一丁点的耗神劳心,而其实是他们没有能力写出那种耐读的、有厚重感的作品来。他们不知道,阅读《史记》、《三国演义》、《红楼梦》之类的巨著都是颇要花些时间和心力才行的。如果是翻一本漫画书,或是一本快餐性质的书,那当然是省事的。作为一个作家,你是打算沉下身心来下真功夫、苦功夫写好每一部作品宁缺毋滥呢,还是像在流水线上那样忙不迭地追求数量呢?相信每个人都会有自己的判断和选择。

本文刊于 2005 年 5 月 11 日《中国文化报》。

"美男作家"可以休矣

这个题目是某杂志的编辑先前出给我的,虽说是热情地约稿,实则可以算作命题作文的。本来我是觉得无聊的,却终于应承了——如果想通了,这其实也算是个有点意思的话题呢。于是就认真地写了,只是不知道为什么,稿子写好发过去以后却又没了下文。如此一晃,这稿子就在我手里搁了好些日子。

最近忽然又想起这篇稿子来,就琢磨,如果有机会发表以至换回几吊稿费,这一篇脑力劳动也就不至于白费了。于是作了些修改,再次投了出去,虽然议论这事儿没能赶在高潮的时候,但我以为这个话题还是可以继续咀嚼一下的,哪怕是最后一下呢。对于文坛上的事,我绝不能说自己有什么应尽的责任和义务,但这个空间应该是可以自由发表各自的意见的,只要不是恶意的漫骂和胡搅,只要是以客观、冷静的态度理性地对待周围的各类人与各类事。并且我以为,这样的直言大多时候还是有些道理和益处的。

最早看到关于"美男作家"的提法,好像还是在去年。记得当时自己心里是禁不住暗暗叫好的——真行!"美女作家"的热潮刚消停片刻,马上就有继承前人未竟之志的同志现身了——看来咱们的文学事业是绝不怕后继无人的。瞧这前仆后继的样儿,咱老百姓还有什么不放心的?除去此等宽慰之外,就是感慨现在的人真是聪明,眉头一皱就可以计上心来,脑瓜子一拍就可以让灵感跳出来:仅仅修改一个字,就能轻轻松松、一如既往地赚到他们的第N桶金——好一个四两拨千斤的生财妙方!不服不行啊。

虽说"美男作家"这个提法有点邪门,但咱们得承认这四个字确实蕴藏有丰富的市场元素和颇为不小的形而下的号召力,对不?找到一个魔力十足的词组不容易啊,既要顺口,又要醒目,还要让人在刹那间为之眼亮;既要通俗好懂,又要简洁好记,甚至可在无数人的心里留下烙印。虽然这个提法也有可以挑剔的地方,比如在概念的独创性方面略显不足,有跟风、克隆之嫌,并且这个提法多少是有些无聊、无趣、庸俗化的嫌疑的。但在始作俑者看来,这些似乎都是无足轻重的,如今这年头,只要能创造"眼球经济",只要能捞回来一堆挺括的钞票,别的就真的是无所谓也。

我因此特别地注意了一下"美男作家"这个概念的首倡者——原

来是业内颇有些名气的某文艺出版社！我真不知该怎么恭喜该社才好，仅仅一本十几万字的小说，就赚了这么多钱！老实说，其实我也不知道该社出这本书到底赚了多少钱，但看那5万册的起印数，我觉得就应当可以推断说："此其志不在小也。"

《沙床》的作者葛红兵我也是知道的。因为并不认识，也没见过面，所以提及的时候用杜甫所谓的"岐王宅里寻常见"来打比方显然会不合适，但毕竟此人也是近年来文坛数得着的一人物，用"崔九堂前几度闻"来形容或许还是可以的。那么，究竟又是哪"几度闻"呢？第一回，是他与留法归来的某青年才女有过一番论战，只是战到后来双方似乎化干戈为玉帛了，而我则借此第一次知道了这个名字。第二回好像是在书店里偶然地见到他出的几本个人专著，并且从书中所附的"作者简介"中知道了他大略的一些情况，好像是上海大学中文系年轻有为的副教授哩。至于这第三回，那就是这所谓的"美男作家"新鲜出炉一事了。总之，如此几回下来，对于葛红兵先生，我也算是久仰大名、如雷贯耳了。

只是我觉得他终究还是做得有些不妥，年轻有为的副教授、沪上有名的青年评论家，当什么不好，干吗要当"美男作家"呢。不过这是人家的自由，我无权干涉，并且我觉得这大抵是出版社的意思，葛红兵副教授不过是盛情难却，随口答应了而已。但"一个巴掌拍不响"的真理又让我觉得也可能是因为他意志不坚定的缘故，当"美男作家"和印数及版税收入直接挂钩的时候，他必然是要做一个抉择的，或者答应了然后领到一大把钞票，或者不答应而领到一小把钞票，甚至不答应则出版社就不出他的书以至叫他一个硬币也领不到也不一定。果真如此的话,换了任何一个别的男作家,我不知道结果会怎样,但我总觉得其实还是可以不必借助炒作"美男作家"这个概念来创收的。

分析到这里,我忽然就想到了近些年来的一些例子,《白鹿原》也好,《尘埃落定》也好,等等吧,实在都没有借类似这种概念来炒作的,可也卖得好极了,甚至有的作者仅凭一本书就发了大财。我想,这些书在商业上的成功应该是可以否定"美男作家"这一提法的必要性的。

如此说来,用出书创收完全是有别的更好的办法的啊。虽然这个办法会比较笨,需要作者在作品文本上面下大功夫、真功夫,但这却是文学要求于他的最诚实、最具天赋的门徒的,难道不是吗?有了上面提及的若干非"美男作家"的光辉案例,我因此也就敢这样认定了:严肃的小说不见得不好卖,关键是作品够不够好、出版商够不够牛。说到底,商业化的炒作固然是因为有一些莫名的力量在背后驱动,可一个作家终归还是要靠作品本身来说话的,其他的一切,大抵都是靠不住的。这大约就是我想说的。

后来,我偶尔在报章上见到了葛红兵的表白和辩解,大约说自己不是所谓的"美男作家"云云——这就证实了我的猜测,"美男作家"这个头衔确乎不是他自己给自己加的冕。如此说来,则我前边的议论大抵也就没有冤枉了什么人。至于《沙床》这部小说,老实说,我并没有看过,因此暂时就不能、也不打算在这里加以评议。但我想,"美男作家"的提法还是请大家斟酌斟酌罢,倘能推倒免提那就最好不过。

而我也知道,就算"美男作家"这个提法消停了,各种新的提法和新的概念仍然会在文学市场上此起彼伏地涌现,这是多么有意思的情形啊!并且应该说,这种现象往往也是市场经济环境下人们创造精神或正或邪地绽放的一种产物。不过,有一个道理或许是我们必须明白的,那就是,所有或正或邪的炒作不过都是些泡沫,对一个真正的作家来说,只有把他的文学才华和创造精神完全地释放到作品里去才是根本。

本文刊于2004年6月23日《中国文化报》。

网络：文学孵化器与出版掠夺者

网络无疑是一种新的媒体形式，可以为我们提供非常丰富而及时的新闻资讯；网络仿佛又具备图书馆的功能，为我们提供了海量的免费文学读物以及便于检索各种资料的巨大的信息资源库；网络为我们提供了电子信箱，使我们足不出户就可以非常便捷、高效地与外界联系、沟通乃至实现电子文本的迅捷传递；网络显然是社交中心，使我们安坐一室即可与全国任何一地乃至世界范围内的任何一人建立联系、交友聊天；网络无疑还为广大网民配置了无数的在线游戏、歌曲、影碟等等，我们可以随心所欲地在线游戏、听歌、看碟或和偶遇的网友打牌、下棋之类……总之,网络以其媒体、图书馆、信息库、通讯工具、社交中心、娱乐中心等多位一体的复合形象矗立在了地球村的广大村民面前。集成了多种功能和角色于一身的网络,凭着诸多灿烂的诱惑广泛而切实地打进了今日世界现代生活的各个角落,并且令人无法拒绝。

特别可喜的是,有不少文学网站几乎与互联网同步地出现在我们眼前,一些综合类门户网站,包括一些专业性或行业性的网站也开设有读书类、文学类、文化类的频道。正是在这些地方,灌注或充斥着大量与文学有关的内容,也聚集着大量的文学爱好者以及一大批倾心于文学的追梦人。这些地方汇集有免费从各种传统报刊转载过来的文学类新闻并可以做到滚动发布、时时更新,这些地方汇集有许多从出版社和作者处取得授权免费在网站连载的文学图书的电子版,这些地方有许多文学爱好者所写的大量原创文学作品,甚至还有网站的编辑们精心策划、制作的焦点性、热点性文学专题……这些有风景的园地很自然就成了古老文学的热情的粉丝们或偶然或时常浏览或啸聚的不拘空间,他们在这里了解文学界的动态,比如优秀文学作品的出版,新老作家们的近况报道或作家的人物访谈,以及一些作者发表的包含有新思想、新观点的好文章等。他们在这里免费阅读出版社近期推出的新书以及无名作者发表在网站上的网络文学作品,甚至在这里领略某些人就某些文学话题展开的激烈争论和偏激观点……

网络可真是个宝地啊,就连日显衰微的文学也似乎在这里找到了再度繁荣的希望,至少也在原有的传统阵地之外拓展了新的文学园地和疆土。就近些年来的实际情况看,网络还真可谓对文学作出了值得注目的贡献。比如网络为广大无名作者提供了一片施展才华、相互切磋的舞台；比如从网络上涌现出来的部分网络写手到后来就成了正儿八经的作家；再比如网友可以就任何文学话题在网页上留帖表达自己的意见……我们当然要感谢网络科技为文学作出的种种贡献。但是，网络在为文学做服务工作时也不可避免地暴露出某些问题和缺点，则我们也毋庸讳言，不妨直率地指出并探讨之，以期使之获得进步，使文学能借助网络的力量发展得更好。

比如说，大量新出版上市的图书（包括文学书），在各网站发布和连载时基本上都是免费的——怎么说呢，我个人觉得这样的做法似乎有失公平——当各网站处在起步阶段时，一方面它具有推动文学复兴的技术基础和潜在能力，另一方面却因为资金不足而无法支付作者稿费。这倒也罢，权当是作家们对网络新经济的无私支持就是了。可事到如今，不少网站早已做大做强，网站的广告收入、运营利润及成功上市业已使他们腰包鼓鼓，乃至创造了一个又一个的财富神话，如此，就理当考虑作为网站相关内容提供方的出版者特别是作者们的权益才是了。

在我看来，作者因文学作品难有机会以纸媒形式发表或出版，从而主动投稿给商业性网站以求公开发布，该网站当然可以免费使用一段时间，但已经正式出版的图书作品仿佛不应当免费——这既损害了作者的权益，也损害了传统的图书出版行业的利益啊！如果网络的大发展是建立在以牺牲其他群体的权益为基础的，那这是否也是当今时代某些不合理的财富过分集中的表现之一呢？在我看来，任何网站似乎都没有理由无偿占有作家们应得的电子版稿费收入和相关的著作权益。如果政府有关部门能针对这类现象研究、制定出相应的法律、法规及政策作为指导和协调,从而逐步实现该领域社会各集团、各人群合理、公正的利益分配,那该有多好!

本文刊于 2007 年 6 月《北京日报》。

博客可以做得更好

作为新事物,博客的出现显然是科技发展的产物,是人类智慧的又一灵感性的结晶。而博客的贡献也有目共睹。比如说为所有愿意开博的人提供了表达自己、娱乐自己的又一个神奇而自由的平台——谁都可以随时随地公开发表自己的文章,表达自己的观点,自由地与他人进行思想与心灵等层面的互动与交流,而不需要经过媒体专业人士的审阅和编辑。而那形形色色的各类明星们,一旦有绯闻一类的谣言加身,就可以凭着博客这一平台在第一时间站出来为自己澄清、辟谣,而无须担心八卦记者们的笔会在有意无意中扭曲自己的本意……

再比如说,博客在客观上也为某些社会问题

的探讨与辩论提供了开放的舆论平台,从而促成了问题的解决乃至推动了社会的进步——有的比较尖锐的社会问题,比如演艺圈(或许还包括文学艺术圈)潜规则,比如性交易是否严重的问题,比如房价是否过高当中的腐败现象是否很普遍的问题,比如社会各阶层财富与利益分配公平与否的问题……在这些关乎大家生存与发展之重大课题的具体问题上,博客为观点相异乃至完全对立的各方自由发言乃至展开公开的辩论提供了舞台——无论探讨的过程与结果怎样,博客平台的出现确实为社会的人文关怀以及传播这一崇高理念提供了空间,甚至于,博客平台的这一功能还为推动公平、正义的实现与社会的和谐发展做出了一定的贡献。

但我们也毋庸讳言,也许是因为还处在发展的初级阶段,所以我们眼里的博客也还存在一些需要正视或改进的问题。比如说,博客上的脏话泛滥问题、博客点击率的生成问题、博客平台的商业化前景及其利益分配问题以及强势博客平台对众多传统媒体多元化话语权的挑战问题等,所有这些,似乎都是我们无法回避乃至迫切需要研究、解决的问题。

博客作者随手写几句脏话,来几句国骂,或是博主一时冲动所致,或是其日常用语的习惯性流露,又或者是作者以此来标榜自己的个性与血气,不管怎样,脏话的使用毕竟不是什么文明的行为,对汉语也可谓是一种亵渎,自然绝不是什么值得传播与提倡的行为。如此,哪怕实际上对此无法做到强行禁止,但作为博客平台的各类管理者,我以为多少还是应该承担起一点净化语言环境的社会责任才好。比如说,一些浏览量较高的博客平台是否可以规定一下,凡是带脏话脏字的文章,不论写得多好,都一律不予公开推荐,哪怕暂时牺牲一些点击率也在所不惜。我相信,如果各博客平台都长期坚持这一原则,脏话自然也就没有市场了。

　　说到博客的点击率,我相信在各个具有较大影响力的博客平台(知名网站特别是商业门户网站的博客频道或大型的博客网站)开过博客或经常浏览当中博客的人对此都会有自己的体会。以我个人的体会和观察,我以为博客平台既是科技的产物,也是商业化的产物。正如电子信箱、BBS留言板、在线聊天之类的新事物刚刚出现时的情形一样,博客这种新东西刚一诞生,就被目光敏锐的商家们看到了商机,于是他们投入巨资打造出他们心目中的博客平台,并期待由此衍生出新的巨额利润。应该说,他们的运营还是很有一套的,几十万、数百万甚至上千万的"草根"在他们的博客平台上安营扎寨开设了自己的博客,有的还延请了各行各业的许多名人、明星和大腕,如此,这些博客平台果然在很短的时间内创造出了超旺的人气。不过,让人感到遗憾的是,几乎所有的博客平台到目前为止还只有投入而没有产出。这景象跟前些年遍地开花大把烧钱却只有少数融资成功、上市成功的网站存活下来而大多数血本无归的情形有些相似。不同的是,如今的博客平台即使"钱"途暂时未卜,似乎大多也不必为生存而担忧什么,因为它们中的强者大多搭建在利润早就丰厚而持续的网站内。

　　对投资方而言,博客平台目前的任务似乎只是也只能是为网站积攒人气。在解决好博客平台与众多无稿费博客作者的广告收入分配问题之前,投资方的意图在于,以博客平台的巨大人气为幌子尽可能地招揽网站的广告客户,尽管没有在博客平台内登出这些客户的商业广告,但客户们的广告费总归是收入了自己的囊中。于是问题这时候出现了——博客本身当然是很好的东西,但一旦被商业化,或被商家的逐利之手操纵,那就难免要出现新的问题——写博客当然是出于作者的自愿,是否阅读博客也完全取决于网民自己的意愿,但商家总有他的办法。为了提高点击率,为了点击率背后的值得期待的可能出现的商业利润,商家尽可能制造热门话题,尽可能不遗余力地推出一些博客舞台上的新人、红人,甚至还要搬弄些是非、炮制些垃圾,只要认为有助于提升人气,就没有什么是不能做的。尽管其中有些行为显得很刻意很无聊,但他就是要想方设法让大家围绕这些话题而争吵不休,以博得看客的关注和人气的飙升。

一旦这博客平台的人气超旺、关注的人海量,这个无形中被"权威化"了的平台也就俨然成了掌握话语权的超级阵地,从许多现象上看,甚至很多传统媒体也有些唯其马首是瞻了。对一些需要通过舆论放大以促进解决的社会问题来说,这样的人气超旺的平台的出现显然是福音,但对于言论的话语权来说,商业力量下的"统一"却不一定是什么好事。如果这个平台在具体的操作上不能做到应有的客观与公正,比如对文坛或演艺圈或其他什么圈的问题或纠葛,如果出发点不是着眼于中立化地展现与协调之、化解之,而是出于吸引眼球之类的目的而有意无意地偏袒之、激化之,那恐怕就有失公允了。

在我看来,博客平台的打造者们只要调整一下自己的出发点就能做得更好——不仅仅要盯着商业利益,而且要把健康、开放、公信的编辑意识与编辑原则贯彻到博客平台每一位编辑的工作当中,如此,才能让博客成为广大博客作者和读者自由书写、舒心游逛、不被忽悠的乐园。

本文刊于2007年5月8日《中国文化报》。

不要迷信博客点击率

近两年,中国博客事业的发展可谓迅猛超常、令人称奇。在这一空前壮观的崛起中,一些有品牌的博客网站特别是某些名声响亮的门户网站的博客频道获得了很大的浏览量和点击率。一些明星博客赢得了无数粉丝的时时关注,一些在博客上展开的热门话题成为广大网民注目的焦点,一些特殊事件的独家披露和某些观点偏激的博文也成为有关人群茶余饭后的谈资。博客热确乎已经成了近一两年社会生活中最重要的文化现象之一。

也许是出于注意力经济时代、眼球经济时代的商业本能,博客平台的打造者们敏锐地意识到了博客的可观浏览量和惊人点击率所潜蓄的商业价值及其对广告客户的强大感召力,于是把这些数字随时公布于众,并满怀喜悦地期待着能借此赚个盆满钵满。但是在博客这样的新空间里,超高的点击率是否就意味着超高的商业价值?如几位名人的博客尽管拥有极为海量的点击率,但把他们的博文结集成书出版以后,其在图书市场上的销售业绩却比较一般。

大家似乎都比较在乎点击率。在一些商业网站的博客频道里,我们看到一些名人和草根的博客拥有相当可观乃至令人瞠目的点击率。他们的博客之所以能人气旺盛若此,一是他们本身的名气很大,粉丝众多;二是他们贴在博客里的文章题材吸引人,或是明星绯闻一类的猛料,或是名家新锐的文章,乃至各类博主或观点尖锐、偏激或论调另类、新奇或以哗众取宠为己任的文字等。

除此之外还有一个原因,即网站是否推荐这些博客文章以及怎样推荐。在博客频道首页的博客目录内留存与否,其博客点击率必然很不相同。一篇文章,可以在次要角落推荐几小时,也可以在页面推荐一两天,或在博客频道显要位置乃至整个网站的首页隆重推荐几天到一周,抑或在文章点击率排行榜之类的位置长期推荐数十日之久……博客编辑应有一种公信的理念,有一种超越高蹈、兼容并包的气度,而不是权衡各种人际关系,更不要为了提高点击率而忽视社会责任感,这样形成的博客点击率总态势,才让人口服心服。

网上忽悠爱好者一向就很多,点击率高自然也有很多原因,而且所有这些点击率中也有部分非良性点击率。所以说,确定作者的内涵与分量,点击率不是唯一的标准。如今,博客作为广大受众参与和商家青睐的平台，其一举一动业已具有一定的公众性和影响力，故以理性精神认识和洞察作为博客平台浮标或指向的博客点击率，也就具有一定的现实意义。

本文刊于2007年6月12日《中国文化报》。

写作的质量与数量

前一段时间有人提出:作家应该多写快写,这是一个作家创作能力的表现,如果创作力干枯,总也不出新东西,那就干脆别在文学上耽搁自己,趁早改行吧。但我认为,平静客观地说,这样振振有词、满怀自负的言论其实是肤浅的。

一方面,这话有意无意会冤枉一些优秀作者。有的作者并非不勤奋,但在文学刊物和文学出版的选稿环节一直没遇到识货或勇于超越文坛矛盾之困扰从而打破文坛壁垒的伯乐,以致虽写了不少好作品,却无从发表与出版。另一方面,对很多非专业作家来说,如果生活如意,不需为生计奔忙,写得很多、很快并非难事,甚至是轻而易举，但这样一来，作品的质量往往就很难保证，不是在低层次上重复自己就是为了数量而牺牲质量。

事实上，文学是一项需要我们精耕细作的脑力劳动，而非机械化的农业大生产。质量高兼产量大当然好，但这种状态毕竟是少的。文学史上确有少数名家大家产量极其惊人，但即使是这样的作家，也只有不多的代表作能真正被大家牢牢记住。对同一个作家而言，我相信写慢一点、写少一点肯定是有助于作品质量的提升的。质量的高低与数量的多少有时是一种反比关系。至于对每个具体作家来说，究竟怎样的速度可以谓之快，怎样的速度又该谓之慢，却没有一个明确和量化的标准，还是由作家自己来掌握的好。

影响写作质量与数量的因素有很多，我觉得需要关注的有两个方面：一是作家的写作理念和写作功力，二是作家所处的文坛环境和外部气候。

就前者而言，我以为首先要解决的是为什么写的问题，之后才是写什么、怎么写的问题。而"怎么写"显然是我们所要面对的核心问题。作家们需要不断地"充电"，以不断地提升写作技术的水平和创新能力，同时也需要更多地关注、思考我们的生存境况和人类的心灵自由，而不是闭门造车、两耳不闻窗外事仅仅停留在"写"上。君不见书店里各类琳琅满目的作品早已堆积如山，现在不是新面世的文学作品太少了，而是有创新价值和文学含金量的作品太少了。我们的社会和读者，需要的不是匆匆草就的粗制滥造之作，而是那些扎实的、下了真功夫的沉甸甸的精品力作。

就后者而言，我认为当今作家在具备了较高的写作水平之外，还要应对"功夫在诗外"的文坛风气和文学作品的市场化问题。无论是发表还是出版,一些好作品一路上都曾被一些文坛把关者"合理"地挑剔过或冷落过,甚至被长期搁置;即使作品出版了,其市场命运也还有可能遭遇各种意想不到的陷阱与伏击,比如被"酷评",被"忽悠"了之类。著名作家王蒙在谈到构建和谐社会的问题时,就曾批评过文坛的一些不良风气,比如门户的偏见、搞小圈子、文人相轻等等。文坛沉积日久的弊病由此也可见一斑。倘若文坛不能建立良好的风气,不能给被压制的作者以更广阔的施展空间,那么作家的努力也会白费,文坛的和谐也就无从谈起。

虽然时代的脚步在不断地向前迈进,但古老的文学依然执著地放射着它耀眼的光辉,这是可贵而令人欣慰的。因此,由衷地希望文坛能广纳百川,建立起和谐自然的良好风气,作家们也能安下心来,踏踏实实地埋首创作,以高质量的创作赢得更可观的回报,同时为读者们奉献出无愧于我们这个时代的好作品。

本文刊于 2007 年 6 月《中国文化报》。

缺乏经典的当代文学

曾经听到许多声音说,中国当代文学缺少经典,满目所见垃圾多多。这个说法显然相当有道理,甚至可谓一针见血。毕竟在无数的文学出版物中,最终能有幸跻身于经典之列的作品总是极少的,而且中国当代作家们的创作也确有若干问题存在,比如虚假、空洞,比如谄媚有余而质感和力度不足,比如脱离人类生活的核心与实质等。

但另一方面,这似乎也有妄自菲薄的问题。古代中国人通常是自信与自豪的,并且这种健康的心态和优越感是建立在本民族真实地领先于别国之上的。但自晚清中国衰弱败落以后,若干时间以来,中国人中平添了许多联手外国佬盘剥欺压自己同胞的良心不好的买办,与之相伴的,是崇洋媚外者的大量涌现。今天的中国当然要提防盲目排外的趋势与可能,但问题是,有时候以为外国月亮比中国月亮圆的论调似乎也稍稍有点过了,包括文学领域也有这样的情形。

第三方面的问题或许出在人性的弱点上。文人间因为嫉妒互相拆台、互相看不上眼乃至出手打压等等,以至发展到某一天竟然都异口同声地认为中国当代文学很糟糕,垃圾多多,没有经典,云云(当然,这在一定意义上来说也是很对的)。

中国当代文学果真如此吗?我的观点是:其实很多人都写出了不错的只属于自己的作品,当中也蕴藏着好些高水平的作品,甚至也有若干作品是有希望跻身于经典之列的。我相信,这些有待由漫长的时间来确认为经典的作品,只要经过一定"流程"的打造和遴选,比如精彩的图书营销、成功的影视改编等,都有助于这些优秀作品走上经典化的旅程。

问题是现在的出版界和影视界似乎都出了点什么问题——这似乎跟文坛的纷争等间接相关。出版界要么回避出版文学作品,要么就只一门心思地争抢畅销书作者的书稿。影视界呢,要么根据导演、策划等人心血来潮的念头或创意来组织剧本编写和剧组班子,要么就重拍四大古典名著之类。

如此这般,自然有一些好的作品得不到出版——它们混在海量的各类文字中,而一些有眼光的编辑家和掌握着出版资金的出版家拒绝承担发现好作品、扶植文学新人的义务。

如此这般,已经面世的一些值得影视化的优秀小说,自然就难以等来改编的机会——影视行业有数的投资一旦宁可拿来重拍四大古典之类(尽管重拍四大古典总有其道理,四大古典也值得反复拍),就总有一些小说,特别是青年作家们的作品要丧失这种机遇。

八十年代前期崛起于文坛的那批老作家多得益于作协的传统体制,比如王蒙、张贤亮、蒋子龙等人就多成为作协系统的领导同志;八十年代后期崛起于文坛的那批作家多得益于影视改编,比如王朔、余华、刘震云、苏童、刘恒等人就因此而功成名就;年轻的"80后"呢,他们得益于新概念作文给他们带来的机会以及文学出版市场化运作的机遇。

当前中国文坛的紊乱与困顿应该只是一时的景象而不会是永恒的情形,我因此以为,事实上业已存在的那些经典虽然暂时或在相当一段时间内无法得到发现与确认,但大抵还是会在莫名的某个时候浮出水面的。

本文刊于2008年9月25日《文学报》,标题为编者所赐,原标题为《中国文坛为什么难出经典》。

小说写作与我的传统文化情结

看到《百家讲坛》的节目预告,大意是文化名人易中天将于国庆长假结束后登坛开讲"先秦诸子百家"。想到自己也曾在本人的长篇小说《校花们》(出版于 2004 年 10 月)当中对"先秦诸子"多有涉及,就想在这里谈谈我与"先秦诸子"的一丁点缘分。

小说的写作艺术也是门学问,很多学者包括一些作家都写有厚厚的专著或若干的散论。不过对小说作者来说,主要还得依靠大量地阅读作品和勤奋地写作来积累经验,提高写作水准,乃至有所创新,写出好作品。任何的一点创新都绝非凭空而来,都肯定有其不断积累、感悟和生成的过程。关于小说写作与传统文化之间的关系,我或许略有心得,下面我就以拙作《校花们》为线索来讲讲相关的体会罢。

二十世纪九十年代前期,我在北大学习听讲时,听到一些老师、学者讲起课来,唾沫横飞的同时,还常常是引经据典,那份学术功底,那份翩翩的神采,总不免让我心生敬佩和羡慕。当然,我也注意到几乎所有的学术著作都长于引经据典,但由此引起的枯燥在小说写作中却是要刻意避免的。而许多当代文学评论,行文中引用的竟然清一色都来自西方——大约那个时期依然是西方文化思潮、文学思潮颇为流行的时期,也难怪先锋评论家们最爱引用的就是福柯、罗兰·巴特、柏格森等人的话语。这样的熏陶多了,我就不免想,是否可以尝试在小说写作中引经据典,乃至以引用中国传统文化典籍中的东西为主,并且还不生硬、不影响小说的可读性?多年以后,我的这一想法和尝试终于在 2003 年创作长篇小说《校花们》的过程中集大成般地实践了一把——并且自我感觉还比较成功。

《校花们》写的是神州大学某宿舍六名男生的学习生活与爱情故事。为了落实这一理念,我在书中虚构的两所大学乃以神州大学和东土大学命名,我不但搜罗出诗经和唐诗宋词中的 16 个七字名句作为全书 16 章的标题,经过苦思冥想,还在当中设计了一个学生社团——先秦诸子研究会。在小说中,第一号男主人公胡凸同学是该社团的创办者和首任会长,另两名同宿舍的男生也是该社团的骨干——这样一来,他们在宿舍的日常生活中拿先秦诸子的言论互相调侃就成为很自然的事。事实上,我确实得以成功地在全书各处插入了不少诸子的言论,而且仿佛颇为贴切。我想这应该要算是我对文学作品怎样做到像学术著作那样引经据典但绝不牵强,而且能为作品平添光彩、倍增文化底蕴的一种努力罢?

关于"先秦诸子"的著作,大约要算是博大丰富的中国传统文化中源流性、核心性的最为精华的部分罢。自2004年秋《校花们》出版以来,我注意到有不少人谈到自己少小时候是怎样饱读诸子著作,深受影响与滋养云云。对此,我无从了解究竟,但我知道自己少小时候还真没有受过这方面的熏陶,即便在中学语文课本中文言文的部分学到过若干篇诸子的文章,比如《论语》、《孟子》、《荀子》等著作的节选(当然也包括有《诗经》节选和若干唐诗宋词之类),甚至被老师要求背诵什么的,我其实也没有真正在意过这些位先秦诸子。

大约在1991年或1992年时,我收到家乡某好友的来信,说是请我为他在北京的书店里代购些古籍,别说,这还真让我颇感意外。这位我儿童时代的邻居和亲密伙伴,1987年初中毕业后进入娄底技校学习三年,毕业后就在工厂当起了车工师傅。我真不知道这位喜欢弹吉他的与周润发有些相像的发小怎么忽然喜欢上了古籍?他在信中开列的请我采购的书竟然是《论语》、《道德经》、《庄子》、《孟子》、《吕氏春秋》、《周易》、《诗经》等近二十种书!他在信中说,下班之余有些无聊,所以想找些书系统地看看,不知怎么的,忽然对这类书产生了兴趣,可他上娄底市的新华书店找了几回也没发现有这些书买,所以只好托我帮忙了。现在想来,那时候大约还没有民营书店的,而小城市的新华书店里品种也很不完备。总之,这一回的事使我似乎对先秦诸子另眼相看了些。但我自己在图书馆里还是只专门找新诗集和各类小说作品看。

大约在1993年下半年或1994年上半年,北大国学热再次蓬勃的时候,北大中文系某老师开了门《先秦诸子名篇选读》的大课,也不知怎么的,我心有所动,就跑去听了一个学期。并且我也在图书馆借阅处大致翻阅过几本诸子的书,可因为我当时的注意力基本都在文学写作方面,所以并没有真正沉下心来阅读。我似乎只是想借此来熏陶一下自己罢。

1995年,在中国人民大学念新闻学专业的我,听说北大南门处开了家民营书店——就是后来在书业界很有名的风入松书店——规模可观,品种繁多,云云,就饶有兴趣地跑去看书。不知怎么的,我就买了若干本先秦诸子的书,什么《论语》《老子》《庄子》《孟子》《墨子》之类都买了回来。大约我那时候忽然觉得心里有些空,需要补充一些养料以充实自己,所以就买了罢。直到这一回,我才在人大男生楼的宿舍里比较认真地读了几本诸子的书。然后我就试着实践了一番,写了几篇多有引用诸子言论的文章,比如1996年8月发表的《境界》这样的文章。

再往后,就是2003年我全力写作《校花们》的事了。

坦率地说,《校花们》的素材主要来自北京大学和中国人民大学两所校园,并且是以北大的人与事为主,以人大的人与事为辅。当然,真实的原版的校园事件是很少的,大多不过是我以这两个校园作为文学空间的想象和发挥,比如男主人公的故事就多系无中生有的虚构。又比如当中我写学生社团的种种,固然与当年我在人民大学念书时曾创办过一个名为"话题沙龙"的学生社团有点关系,但"先秦诸子研究会"这样的社团,据我所知,在整个二十世纪九十年代,包括北大、人大在内,首都任何一所高校都并没有成立过。应该说,我之所以在小说中虚构这样一个社团,完全是为了便于在当中安插传统文化元素。就像大学里的那些登山协会的会员聚在一起只研究登山的事,那些诗社的社员聚在一起最爱谈诗歌的话题一样,先秦诸子研究会的会员必然爱读诸子爱以诸子的言论武装自己。如此,在这个有三名先秦诸子协会会员的男生宿舍里,诸子的言论势必会时常出现在他们的日常生活里,这就为我在小说中注入传统文化元素提供了方便。比如书中的人物胡凸对张有志劝其与他搭档竞选学生会主席时,在大学期间从未担任过班干部的胡凸借庄子的话"水之积也不厚,则其负大舟也无力""风之积也不厚,则其负大翼也无力"说自己根基浅以婉辞邀请时,就显得合情合理且非常生动——大学里的许多学生,不就是这样带些书呆子气的吗?不就是这样爱吊书袋显摆自己的学问吗?

《校花们》与先秦诸子的这种"纠葛",我以为其实是小说写作与传统文化互相促进的关系的体现。一方面,这或许是中国符号和本土文化意识在汉语文学创作中明确觉醒的一种努力;另一方面,传统的经典与文化或许也可借文学作品得到又一种激活、发扬乃至新生。当然,这里所谈及的,只是拙作《校花们》在创作上的多种努力之一。

诗歌与青春同在

血或水：从诗歌写作中拧出的体液

诗歌是这样一位情人，你对她付出很多，她却不能让你得到什么。

诗歌，对世俗和物质来说，也许意味着直面苦难、贫困和孤寂，诗歌是现代大都市里的一条偏僻老巷，最冷静最幽深最黑暗而又永无尽头的一条死胡同。对极少数登山家一样的赤子来说，诗歌却是绝壁上垂下的那条登山索，诗歌这条绳索使他们得以向崖顶攀缘而上，向顶峰做无限的接近。诗歌是超越万物的赤子的生命重心和最大幸福。

诗歌是诗人的冲动和痛苦，子弹上膛一样的冲动和爱情一样的痛苦。

诗歌是诗人箭在弦上的武器和血,随时准备出击或抒情。

诗歌是一种很锐利的东西,有时候它表现为青锋凛冽的刀,诗人借此刀切开自己放血。体内要宣泄要表现的火太旺盛太嚣张,包含在血里的火从诗歌的切口倾泻出来,体内有事物被染红或被焚烧,分担了内部的压力,诗人因此达到平静如水。

诗人借诗歌抽象地剖开自己,与此同时,诗人避免了具体地剖开自己,也就避免了陈述细节的残忍。诗歌这种形式之所以被诗人看好,其重要的一点是因为诗歌整体上的抽象性、内向性、自我防护性。诗人不愿袒露太过太具体,他心灵上的伤痕已经太多,他不能再承受任何形式的伤害,人心莫测的这个世界使诗人学会了保护自己,同时,他又无法放弃自己在大气里奔流的声音,于是,作为折中的诗歌便时轻时重地出了门上路。

诗人最忌讳一语道破天机。诗人的任务是设置与建造,隐没在空白中的天机留给读者去悟。

读者在曲径通幽的道路上向诗歌的腹地挺进,很多时候,读者的确是成功了。但有时候,读者在腹地又迷失了方向,因为诗人在此设置了无情的迷宫,他不愿与你直接照面,他有一种保持神秘的欲望。

诗歌是诗人与读者的距离。这个距离可长可短,既可相距遥遥十万光年,又可手拉手血脉相连,但诗歌常常与读者不远不近,诗歌与人与事保持一定的距离,这使它的自尊在这个时代的喧嚣中得以保持,诗歌的尊严也就显露出来。

诗情奔涌过来的时候,像瀑布一样狂泻而下,瀑下水激浪飞,蔚为壮观,但我们收获到的诗歌只是那山涧回响的声音。

如果你看到了一千片树叶、一万片树叶,乃至一片森林的绿冠,你把此刻的感受递给诗歌,那么,你看到的诗歌只是一片树叶,这片树叶应该是所有这些树叶选举出来的,最具代表性的实质。

诗歌是一块磨刀石,而语言是一把剑。写诗的过程也就是剑在石上来回磨动时发出的声响,剑是锋利还是粗钝全在于语言操作者是否勤奋,是否有舞剑的天赋。十年磨一剑,当你从磨刀石上取下青锋逼人的剑,你就拥有了语言的辉煌;你挥剑而舞,光影洗练流淌,你豪情顿生,有大侠的快感,诗者所创造的境界充满了语言的亮光,诗歌为你装备了作为左膀右臂的语言。

作为文学金字塔结构中的顶端部分的诗歌无疑具备它的空中优势。我们知道,一个物体从高处跑下来时,其势能不断地转化为动能,当这个物体撞上别的物体时,部分动能就转移到了被撞物体上。这一状态我们可以形象地用于诗歌:诗歌写作的实践使人在语言操作及其他一些能力上具有较高的素质。当作者转写小说、散文等其他体裁的文学作品时,实际上他是从诗歌的高度向下俯冲,受到冲撞的小说、散文等等无偿接收了一部分动能,运动起来。也就是说,诗歌写作的经历能使其他体裁的文学样式在你掌心里更为自如地舞蹈起来。

诗歌把最大体积的内容表现为最小面积的形式,诗歌是最有纵深的文学样式。或者说,诗歌体积最大,但展示在读者眼里的面积却最小。

诗歌的结构既是最严谨最精致的,又是最灵活最舒展的。有时候它首尾相接,像一列火车,一句一句,一节一节,均匀有致,整齐而又庄严。有时候大步跨越，空灵飘逸，在不拘一格的形式下，展示出极富创造性但绝对耐看的结构。

诗歌拒绝具体的情节和琐碎的日常生活，即使出现了这种情况，那也只是以此伪装自己。在迷彩服的掩护下，诗歌手持冲锋枪闯进了莽林深处，作为森林之王的野兽才是它的正餐。

它辐射出去的所有半径都指向诗歌自己的圆心，只是你往往看不见所有花瓣向心生长这样明显的景象，被你阅读的诗歌常常需要你透过它们千姿百态的表现找到其圆心其地核。

诗歌把自己收缩到最简洁的程度，它所有的材料都具有关键性的作用，每一个汉字、每一个空位，都不能移动，不能增减。它的这种近乎苛刻的严格是因为它只保留了最低限度的生存资料，而这些生存资料却奇迹般地使它过上了最丰裕的物质生活。

诗歌用雕塑般的冷静和最大限度的精省直扑火焰的中心，用沉稳的下盘和刺目的光亮表达出自身的素质，优秀的诗人应该都具有与此对应的业务能力。

本文分两次连载于团中央主管的《农村青年》杂志1995年第5期、第6期，该杂志现名为《中国农村青年》。

海子:来自乡村的歌手

海子,生于安徽农村,15岁考入北大法律系,10年后的1989年3月26日在山海关卧轨自杀,年仅25岁。死后留下大量遗作,已出版有诗集《土地》、《海子的诗》等,大部分作品有待出版。海子本名查海生,一位不朽的天才诗人。

我要做远方的忠诚的儿子

和物质的短暂情人

和所有以梦为马的诗人一样

我不得不和烈士和小丑走在同一道路上

万人都要将火熄灭

> 我一人独将此火高高举起
> ……
>
> ——海子诗《祖国（或以梦为马）》

我在报刊上见到这么一条文化新闻：海子被称为20世纪中国的一位诗歌大师。我由衷地为海子感到高兴，海子已如骆一禾所说："当他炸裂时他的诗作已成为一派朝霞。"

当然，这种说法只是一家之言，但至少可以说，又有一群欣赏海子、敬佩海子的人说话了。这里一群人，那里一群人，都在谈论海子、感叹海子、怀念海子，灵魂在天堂里高高飘扬的海子永远不会孤寂了，以梦为马以土地为母亲以火以血为生命为思想的海子，一定不会衰朽，而会在极高处坐看苍茫千年岁月，吐血为火，焚烧那从大地上升起的黑夜，直到没有遮拦的天空血红血红。

我在北京的几年里，深受海子影响。海子，是使我受到最大震动的当代诗人之一，他在我心灵深处策动了一次起义，从此我便在生活里旌旗烈烈，壮怀激越，内心永远失去了平静。

我知道，海子无时无刻不在燕园的立体空间里飞翔，我知道，这位赤子在北大的校园诗人间已挺拔为一面火红的旗帜。海子在1989年3月26日以身殉诗，于是，3月26日成了北大的诗歌日，每年的这一天，未名湖诗歌朗诵会就盛开在海子的胸膛上。3月26日成了在京青年诗人磨砺诗歌、缅怀海子的一个仪式。先后参加过诗会的著名青年诗人有西川、王家新、西渡、陈东东等。

记得1993年春天的诗会上，许多人朗诵海子的诗歌，一个个悲壮而慷慨,一副副和平年代里少有的风采。一位北大同学朗诵得特别出色,海子的名作《祖国(或以梦为马)》被他展示到了近于极限的淋漓尽致,他的声音里坐着那位诗人,电教楼报告厅里人们情绪激荡,诗歌盘旋,无数个海子起落穿空。我坐不住了,但我竭力把自己按在座位上,只听得泪水盈眶,血液沸腾,我想站起来大声叫好!但我不能让人看见我的泪水,故我只是伏案故作休息,好让心里的风暴渐渐平息。

我记得西川等人最初怀念海子作演讲时震撼人心的场面,我记得"五四文学社"在三角地张贴出的大幅醒目的直刺精神的海子的诗行。我还记得,有一次在北大图书馆过刊室里查找《十月》杂志,我发现1989年第一、二期上载有海子诗剧《太阳·弑》的纸张完全被撕去,不知给谁收藏了。在我的印象中,海子诗集的印数不多,成了抢手货,爱诗者们到处寻觅海子的诗作乃至作品集,近乎狂热。

海子本名查海生,生于安徽安庆农村,在贫困中长大,1979年15岁时考入北大,大学期间开始诗歌创作,1983年毕业后一直过着清苦的生活。他把全副精力投入到诗歌创作之中,表现出一种冲刺的状态。海子在创作中从窘迫与苦难里超拔而出,超越了生存的物质环境,在精神的太空里如火焰飞翔,直扑向生命、人类、宇宙的本质,在熊熊的火焰里涅槃而逝。

海子把身心祭献于诗歌,他是一位真正的赤子。当他"在激情的猛进所加剧,成百倍加剧的内在压力下"进行残忍的诗歌创作,在"赤道"上放声歌唱,完成了"《太阳》七部书"时,当他以生命的炸裂来溅红人们无边的视野时,作为诗歌烈士的海子就已经走进了不朽的行列。"一个大诗人是一种巨大的精神现象。他既置身于历史、文化之中,又通过创造把自己显示为某种新的源头",尽管对海子诗歌价值之研究还有待进一步深入,对海子也没有最后定论,但我坚信,多年以后,海子将汇入传统之中,成为一种新的源头。

一个相对其同龄人来说大大超前的灵魂,注定是孤独的,海子的这种孤独可以说是悲壮而惨烈的,他内心的世界非常人可以进入,而这一切包括:目击的沉重和苦难的生活经历、超常的敏锐和深刻的思考、万物碎裂的内心体验等等。海子又似乎是一个没有被世俗染色的人。海子生前好友苇岸说:"平日的海子,既有着农家子弟的温和纯朴的本色,又表露着因心远而对世事的不谙与笨拙。""海子不是一个刻意做诗人的人,他是一个一心一意写诗而绝少其他念头的人。""无论在文化视野,还是诗学修养上,他都是一个先行者和远行者。他对诗歌更为专注和深入,他是一个洋溢着献身精神的纯粹的诗人。"海子不屑于在生活里奔波钻营,他只是高举了生命的火,不计代价地向他的诗歌理想奋勇冲刺。其实,海子并不是不谙世事,深知海子的骆一禾说:"海子是个生命力很强、热爱生活的人。"海子全力投注于他的事业,分不出精力注意别的什么,正如许多自然科学家对生活表现出来的游离态一样。海子生活在远处,他是一位真正的赤子。

在我看来,某些贬低海子的人或言论,其实只是暴露了自己的浅陋,甚至使人产生一种与之无法交谈不可沟通的烦躁,因为有一些东西他们永远不能理解。我要说,贬低海子,就是贬低诗歌。在战场上,在许多行业和岗位上,涌现了众多的英雄、榜样、烈士,在诗歌这一行业或事业中难道就没有了吗?试想,若有大批人用海子这种勤奋乃至冲刺的劲头来做事情,人类将会涌现多少奇迹呢?!我们当然不能要求众人以生命为代价进行冲刺,但倘有这样的人出现,那就是最值得敬仰的!所以我要说,贬低海子,有可能就是贬低高尚而无私的奉献精神,而这,正是现代社会中最缺少的需要大力培植的人类精神。海子血沃诗歌,使人警醒。一个民族对于自己的杰出诗人不珍惜、不爱护,就一定是什么地方出了问题,就有必要修正。

好在海子受到了人们的重视。海子年仅25岁,他凭着辉煌的天才、奇迹般的创造力,创作了大量文学作品,这包括他的大诗《太阳》七部书,还有五百多首优秀的抒情诗及一些诗论、小说等等。天才无疑是有的,但更重要的是后天的努力。海子15岁考进北大法律系,广读博览,看书速度极快,吸收力极强,给其好友苇岸的感觉是"仿佛人类的全部文化都已装进这个二十几岁青年的头脑中"。海子是天才性的诗人,但他的成就更得益于他超常的勤奋。海子在冲刺的几年里,除了工作之外,大致是上午睡觉,下午看书,晚上彻夜写作,他把生命撑大到了极限。面对这样一个精力充沛之至,却过早地熄灭了生命之火的可敬的人,面对他才华横溢、数量惊人的辉煌遗作,这一整个奇迹和神话,我们怎么能无动于衷,怎么能不被深深震撼呢?

海子绝无仅有的倾听者——已故的骆一禾说:"海子是我们祖国贡献给世界文学的一位极有眼光的诗人,他的诗歌质量之高,是不下于许多世界性诗人的,他的价值会随着时间而得到证明。""他绝不是以死提高自己的诗的人",海子的死只是为他的诗歌提供了深层次的广大的阅读背景。似乎是死亡,使人们更容易关注于他,从而尽力去达到理解。"他再生于祖国的河岸必会看到他的诗歌被人念诵","海子是不朽的"。

几年来,许多诗人、诗评家比如西川、朱大可、陈东东、唐晓渡等纷纷为海子写诗撰文,或怀念或评价或研究,整个诗坛洋溢着莫名的疼痛感。许多人给海子以很高的评价,他们是有眼光的。诗界泰斗级诗评家谢冕在1994年卷的《中国诗选》上发表了《中国循环——结束或开始》一文,文章一落笔就从海子说起,他引用了海子的绝笔《春天,十个海子》中最能传神表现出诗人自己的诗行:

在春天,野蛮而悲伤的海子
就剩下这一个,最后一个
这是一个黑夜的孩子:沉浸于冬天,倾心死亡
不能自拔,热爱着空虚而寒冷的乡村

谢冕明确地肯定了海子:海子是新时期诗歌发展的一个重要标志和象征,有着不言而喻的重要地位。

海子的诗歌,比如《亚洲铜》、《祖国(或以梦为马)》、《春天,十个海子》等等,都是极其优秀的作品,至于他的"打开了一种罕见的可能"的大诗,更值得诗爱者们去品味,去深入地研究。这里,我只想说:海子的诗,力量已经足够大了,比之其他诗人,他的诗已经在情感的温度上超过沸点,在色彩上盖过火焰,在声音上高出呐喊,在深度上,亦已到达了一切事物的横断面。阅读海子,能听到远自天边的爆炸声重重叠叠,呼啸而来,那沉闷而巨大的碎裂突破了一切包围,来到我们深处,又灿烂又辉煌又壮烈。海子的诗使人们仿佛看到火焰

在大地上奔跑,火焰在天空中飞翔,大地和天空撞击所迸射出的意象都带着血红的本质,他们无所不在地叫喊,却没有声音。这时,我们感到心脏里冲奔出的火顺着血管燃烧起来,所有的方向都有太阳的血在歌唱,这歌声无比光明又无比黑暗。

海子去世6年多了,可许多人一直在怀念着他,海子活在人们的心里。人民文学出版社刚推出不久的诗集《海子的诗》便是这样一份怀念。这部出版于1995年4月的诗集朴素亲切,一上市就被诗爱者们盯上了,许多人购买一册在怀,细品其诗,遥想海子千年后的神采,又不禁情动于衷。我在这样的日子里写下此文,献给我所仰慕的诗人海子,以表达我深挚的敬意。

本文刊于团中央主管的《农村青年》杂志1995年第10期,该杂志现名为《中国农村青年》。

诗人的道路

诗人除对付语言、孤独和夜晚之外,还要对付生存、流浪和爱情。诗人在现实中窘迫不堪,可还要举着自己的火把冲锋。诗人也许注定了是悲剧中的主角,注定了要倒下,可他的献身精神却把旗儿插在物质之上。

诗人,把青春献给祭坛,把声音献给旷野;诗人,把贫困留给自己,把自己留给来世;诗人,以燃烧辉映苍穹,以灰烬肥美土地;诗人,他血沃诗歌。

诗人生活在远处,诗人是一个游离者。可他比谁都热爱生活,比谁都热爱阳光、温暖和人群。他是那样赤诚,甘愿把自己流放在荒凉的山岗,他含着热泪歌唱,直到双目失明。

在人群中,诗人觉得自己很孤独,当众语喧响于耳畔,诗人惜言如金。独处时,诗人觉得自己很快活,四周寂静无声也无人时,诗人废话连篇说给自己听,然后从中精选出一行又一行。

我们的诗人注定是孤独的,他和常人隔着一万重山,他的灵魂相对于同龄人来说走得太远,他在人们面前常常是沉默无言,他的头脑里满满的全是生僻的东西。在今天,诗人已不再甘于沉默了,他一方面稳健地和人们交往,一开口就是日常生活;另一方面,他坚守着夜晚和明亮的灯光。诗人,在诗歌的黑夜里,旗帜鲜明地护卫着自己内心的光亮。诗人在灯下自得其乐,在太阳下与人们谈笑风生,但绝不透露自己的身份。

诗人,当你在某个时候重翻那些旧作,你是多么感动,你会想起无数个夜晚运笔挥毫的动人情境,许多时候,它们像精灵一样从你心头或笔尖上涌现,又像白鸽或黄鹂,一只一只展翅飞起,你抬起头,却见鸟群满天,它们的叫声密集而清脆,诗人因此而欣慰。

一个真正的诗人,应该拒绝晦涩,拒绝游戏。诗到晦涩是故弄玄虚,诗到游戏是自暴自弃。

最优秀的诗作应该是震撼人心的,指向深切痛彻的情感,指向普遍而独特、幽深的体验,指向一个时代最本质的欢乐与痛苦。它把深刻的意蕴化于清澈无淤的诗行,让读者在最短的距离内看见最有价值的东西,既使被认为披了晦涩的外衣,也会让你在望第二眼时透视到骨骼、经脉和内脏。即使是做出游戏的姿态,也会让你掂量到其背后的沉重,让你闭上眼想见其含泪的微笑。

诗人应该从苦难与窘迫里超拔而出,应该在精神的太空里自在无拘地飞翔,这样才能如愿以偿地扑向生命、人类、宇宙的本质之火,并在熊熊的火焰里涅槃,获得永生。

不论是向内转,还是向外望,诗人都不会尴尬。打开手掌,沿着那细密的掌纹仔细搜索,你会发现网一样的路径,它们深入到了人的各部分肌体,深入到了人的各种结构乃至黑暗里。而身外的这个世界又有多么纷繁,看吧,那巨大的车轮在大地上滚滚奔腾,听吧,那喧嚣的声音里有无数的飞行物在呈现,这些实体或幻象在表达什么,诗人,你一定能猜中。

诗歌是诗人的儿子,虽然没有户口,没有口粮,却能集你全心的宠爱于一身,你不必为之花钱,却必会把自己的内在积蓄为之耗尽。诗歌又是诗人的父亲,只有诗歌能把你养育成人,虽然他不会给你生活费,可你能感觉到他脸上千年的皱纹,你能在成长中时刻听到他悠远而亲切的教导。

诗歌理所当然地是诗人肉体和精神的组成部分,诗人应该像血管里不能没有鲜血奔流一样不能没有诗歌。无论怎样贫困、落魄,体内的诗歌也不能枯萎,无论怎样富足、腾达,诗歌也不应散淡、汽化。诗人,请记住:诗歌是你今生今世的铁哥们,是你白头偕老的初恋情人。

诗歌是一株神奇的植物,当瞬间的诗意奇迹般地从诗人的头脑里冒出来时,这植物的生长就会像止不住的喷泉一样,只一会儿,它就是蓬蓬勃勃的一大丛了,旺盛得像心花怒放一样。

一首诗,就是一颗珍珠,它是在贝壳的体内修炼而成的。作为贝壳的诗人，无疑为这些珍珠支付了一生的营养和代价。

诗歌是一架天梯，诗人借此神梯提升海拔，不断登高，臻于奇境，以至云为书桌，日月为灯，其他天体是想象力，而诗人，还是那个沉思者。

诗歌是铺在诗人脚下的路，诗人必须在路上撒下赤道般漫长的足迹，才有望收获到那顶放射着赤焰般金光的环形桂冠。

本文刊于团中央主管的《农村青年》杂志1998年第11期，该杂志现名为《中国农村青年》。

点击《北大情诗》

——选编者感言

北大人历年来所作的情诗,实在是极令人欣慰的,一方面是数量的可观,另一方面是质量的可喜。摆在读者眼前的这一册容量克制的《北大情诗》,自然是编者读了又读、选了又选的结果。我想,在一个大的基数上进行的精心挑选,也许是可以赢得读者朋友的信赖的——这是一本佳作云集、精品荟萃的爱情诗选集。

综而观之,可以发现,北大诗人们的创作风貌其实是比较多元的。正是这些诗人和诗作丰富了北大的诗歌宝库,《北大情诗》因此得以尽显其青春与浪漫、优雅与亲切。应该说,这一本情诗集是凝聚了北大众多青年学子的爱心和才情的,他们涌动的青春、他们对美的渴望和对幸福的追求,尽在这一卷之间淋漓尽致地呈现出来了。从艺术水准上看,这些情诗也是能拿到高分的,无论是学院式的沉思、低语与优雅,还是口语化的俏皮、幽默与俚俗,都是沉潜到水体之下了的,都是最大限度地喷涌出体内的慧泉了的。对读者而言,这一卷情诗显然是一批又一批风华正茂、才情横溢的北大人情爱历程的诗化再现;这些诗篇或含蓄婉约,或热烈奔放,或欢欣喜悦,或忧伤愁郁,不一而足,谁能说人世间还有何种的风情在其中寻而不见呢?

北大人之所以能为我们的青年奉献出这样一部精彩的情诗集,自然是有原因的。首先,是因为有北大这样一个文化资源极为丰厚的校园;其次,是因为有一批又一批资质可人、孜孜以求的青年。显然,北大的文化资源包括古今中外的诗学资源和北大自身的诗学传统,而北大的青年当中,又包括一批优秀的对诗歌写作满怀虔敬的校园诗人,两方面汇合交融,自然会有大量的诗作问世。爱情是诗歌永恒的主题之一,爱情是青年注定要遭遇的人生课题,如此这般,一代又一代的北大诗人焉能写不出一批又一批笑傲江湖的情诗呢?

事实上,在历代北大诗人的努力下,北大的情诗已经形成了自己的传统,这个传统既有以海子、骆一禾、西川、臧棣、戈麦、西渡为代表的诗人的新贡献,更有二十世纪上半叶诸多北大诗坛前辈们的心血。

百年北大,情诗何其多!究其源头,乃在白话文兴起之初。想当年,新文化运动风起云涌,一大批北大先贤立于时代之巅,叱咤风云,何其快哉!就是在那个年代,北大青年教授胡适挥笔写了一首《蝴蝶》,其诗云:"两个黄蝴蝶/双双飞上天/不知为什么/一个忽飞还//

剩下那一个/孤单怪可怜/也无心上天/天上太孤单"这首诗表达了情人忽然离去，情事戛然而止的失意与落寞的心绪，应该说，在白话诗诞生之初的那个时代，实在是堪称为杰作的。另一位北大青年教授刘半农更是身手不凡，一出手就写了一名篇，这就是后来被谱曲为歌并传唱一时的那首《叫我如何不想她》。其时，一同写诗的北大学生还有不少，如康白情、朱自清、俞平伯、傅斯年、罗家伦等，虽然他们留下的情诗并不多。

在二十世纪二三十年代的中国诗坛，以写情诗著称的人，当以曾先后求学、任教于北大的徐志摩为最。徐在二三十年代创作了大量脍炙人口的情诗，如《两地相思》《我等候你》《在山道那边》《云游》《最是那一低头的温柔》等。徐志摩的情诗恐怕大多是为陆小曼而写的，或热烈，或烦忧，或甜蜜，或焦灼，也真是写尽了两人世界的阴晴圆缺。公正地说，徐堪称为二十世纪上半叶中国诗坛的情诗王子。

再往后，三四十年代中国诗坛的重要诗人如冯至、李广田、卞之琳、何其芳、穆旦等也都先后毕业于北大，他们都写出了若干为人称道的情诗杰作。如冯至的《我是一条小河》、李广田的《窗》、卞之琳的《断章》、何其芳的《预言》、穆旦的《诗八首》等，无疑是那个年代青年人心目中的抒情经典，今天我们读来，仍然能被其间的真情与诗艺所深深打动。

"文革"时期大概是不适合有情诗的，所以这个时期的情诗我们很难看到，这是令人倍感遗憾的。好在"文革"之后我们迎来的是一个思想解放、人性觉醒的年代，而情诗的黄金时代也就随之开启了。

七十年代末八十年代初的一批北大情诗，如沈群的《船》、白玄的《变》、阿吾的《苦难十四行》、陶宁的《酋长的女儿》等，基本上是与时代同步的，字里行间都是舒婷的痕迹，无论是诗的风格，还是作者的心理结构，乃至情爱双方的关系模式，都是标准的朦胧诗的路数，这说明，北大的诗人们是与时代血脉相连、呼吸与共的。客观地说，这些诗写的是很好的，否则今天我们读这些篇章，怎么会仍然为其中人物的命运及其情感的归宿而担忧呢？

尤其令人惊喜的是这个阶段里北大有两位大诗人横空出世——这就是1979级的海子和骆一禾，再加上1985级的戈麦，这三位早逝的天才诗人被编者收在全书的第一辑当中为主打，应该说，编者的这一举动是彰显了诗歌的光荣与诗人的光荣的。海子与骆一禾是当代中国诗歌的奇迹，他们在诗歌道路上的探险与求索早已得到诗歌界的肯定，并且，他们的创作使他们赢得了普遍的推崇与敬仰，他们也因此得以永生，这实在是北大诗歌的光荣。而他们留给我们的情诗无疑也是精品中的精品，是可以传之久远的，如海子的《幸福》、《日记》、《四姐妹》、《海子小夜曲》等许多情诗均是深婉、真挚而热烈的绝好之作。骆一禾的情诗自然也是极可读的，只是较之似乎要多一份明丽和愉悦。戈麦的情诗则有了明显的风格上的变化，感觉似乎更为内敛和隐晦了。

在这篇书评的结尾，我要特别提到全书的开篇之作，就是海子那首朗朗上口、许多人都能背诵的《面朝大海，春暖花开》。显然，这首诗已经跳出了作者个人的情感世界，它是诗人对天下有情人的祝愿，我想，海子这一美好的祝愿其实也正是《北大情诗》一书对天下所有有情人的衷心祝福。

本文刊于 2002 年 11 月 17 日《北京日报·文艺周刊》。

北大与中国新诗

上个月在北大校园里见到一则公告,内容是关于北大诗歌中心成立大会的事,可惜错过了时间,我没能到现场亲身感受一番,好不遗憾。幸运的是,稍后《中华读书报》以一个整版的篇幅对此进行了报道和介绍,那一组由袁行霈、谢冕、孙玉石、温儒敏等人执笔撰写的文章说的是关于北大诗歌中心成立的意义、宗旨之类,我想,这大约是在该名家诗歌"论坛"性质的成立大会上的发言稿罢,果如此,也算弥补了许多如我一般未能与会的人们心中那份莫名的失意了。

据了解,担任北大诗歌中心主任一职的人是林庚先生,一位早年以新诗创作著称的著名诗人,同时又是一位在古代文学研究尤其在古典诗歌研究上建树卓著的学者。该中心旗下的古典诗歌研究所则由在古典文学研究尤其在唐诗研究方面成就卓著的学术大家袁行霈先生担任,至于新诗研究所所长一职,自然非谢冕先生莫属。这样的超强组合,再加上历届北大中文系师生在诗歌方面一贯的修养与创造力,势必会给我们的诗坛以有利的冲击与积极的影响。

北大原先只有一个新诗研究所,是中文系的一个下属单位,其所长乃诗歌界泰斗谢冕先生。眼下新成立的北大诗歌中心下辖新诗研究所和古典诗歌研究所,似乎已是独立于中文系之外的级别更高的系级单位了。果如此,那就说明北大对诗歌的重视更甚于先前了。在当今诗歌界表面祥和实则局势复杂的眼下,北大高举诗歌大旗的行动无疑是一件大好事,除了对抑制诗坛偏颇起到相当作用之外,我以为此举很可能还为诗人们指明了当代新诗的发展方向和创作前景。

正如谢冕先生在他的文章中所指出的,北大与中国新诗有着无比深切的渊源。事实上,中国新诗就诞生于北大,北大就是中国新诗的滥觞地和摇篮。想当年,中国新诗最早的创作者和倡导者胡适、刘半农等北大教授是何等意气风发,一首《蝴蝶》、一首《叫我如何不想她》,八十多年来一直都传诵在诗爱者们的心灵深处。之后,又有朱自清、俞平伯、废名、徐志摩、冯至、卞之琳、何其芳、李广田、穆旦、林庚、袁可嘉等一批北大师生相继关注中国新诗并创作出了一大批业已载入诗史的优秀诗作,且其中颇有一些大家耳熟能详的名篇力作。五六十年代,北大除了奉献出了李瑛等诗人外,更培养出了谢冕、孙绍振、孙玉石、洪子诚等一批杰出的诗歌理论家。新时期以来，北大的诗人则涌现出了海子、骆一禾、西川、戈麦、西渡、臧棣等杰出诗人和一批名声响亮的优秀诗人。

纵观新诗八十多年的光辉历程，北大在新诗发展的每一个阶段基本上发挥了巨大的引领和推动作用，无论是新诗的创生、现代派诗歌的繁荣，还是朦胧诗主流地位的建立等，北大在当中都可谓是贡献莫大焉。一句话，正是北大对推动中国新诗发展所起到的无与伦比的作用，才使北大成为当之无愧的中国诗歌的旗帜。

这一回北大诗歌中心的成立，我以为最值得注意的是北大对中国古典诗歌传统的重视和强调。中国古典诗歌自古雅简朴的《诗三百》始，承以雄浑而瑰丽的楚辞、汉赋，又发展于魏晋风流的文人诗及苍茫的南北朝民歌，而臻于唐诗之巅峰，达于宋词之美而伤……差不多有了三千年的历史。只要沿着时间之河上溯，我们就能深切地感受到这是一笔多么巨大、多么宝贵的财富！正是这至为丰美的创造和积累，构建出了一个伟大民族无比灿烂、无比深厚的诗歌传统！然而，自现代诗从西方跨越地域的界限进入中国文化大陆以来，中国古典诗歌这一宝贵的资源和传统几度遭到了轻视和冷遇。外面的好东西自然是要拿来的，但拿来以后就把自己的东西通通扔掉肯定也不可取；横的借鉴是重要的，但纵的继承也同样是重要的，唯有博采古今中外、海纳百川，方能成就大气象。

综观当前诗坛，"知识分子写作"也好，"民间写作"也好，不结盟的独立写作的诗人们也好，无论是在具体的诗歌写作中，还是在就诗歌问题进行理论阐述时，大抵都存在着忽视本民族传统文化和文化传统的问题,这是值得警惕的。言必称西方,奉西方的一切为圭臬,这样的亲西方的姿态是可悲的,因为他迷失了自己,就像一个人出门闯世界,眼界开阔了,本事似乎也大了些,却把故乡扔到了九霄云外,丢了自己的根。二十世纪五六十年代,台湾曾经涌现过一批资质很好的诗人,他们无不有"弑父"之后长期沉浸、濡染于西方现代派诗歌的丰富经历,最终却还是走上了认祖归宗的重返传统之路。当他们终于既重视借鉴西方诗歌的油画、麦当劳和葡萄酒,又重视本民族的青铜器、粽子和米酒的时候,也就成功地为中国新诗奉献出了如洛夫、余光中甚至包括席慕容等在内的一批成就不凡的杰出诗人。

大陆诗歌界在创作上暴露出来的这方面的问题,实在是时日已久。现如今,北大这样的诗歌高地终于举起了旗帜,公开了立场,他们提倡打通中国新诗与古典诗歌在研究和创作两个方面的藩篱,以融会贯通、兼收并蓄的胸襟和气度,奋力提升新诗的品质并改善其格局。这实在是诗歌界的一大幸事,值得我们为之鼓与呼。

本文刊于 2004 年 7 月 21 日《中国文化报》。

"梨花体"事件：问题在于新诗本身

去年发生于网络间的"梨花体"诗歌事件表明，中国的新诗很可能出了问题，至少是中国新诗在近些年来陷入了某种困局之中——准确地说，也许只是我们的诗坛陷入了暂时性的"紊乱"与"失衡"而已。一方面，尽管诗人群体和诗歌刊物表现出了比较明显乃至比较突出的帮派意识、小圈子意识、自我封闭意识，但当代诗歌仍然在总体上呈现出了百花齐放、各展风采的繁荣态势；另一方面，在有关诗歌发展与前进的大方向问题上，尽管业已为此展开了多次的探讨乃至爆发过多次激烈的嘴仗，但其中的矛盾与迷乱却始终没有得到疏通、化解和清理。长此以往，新世纪中国新诗前进的步伐恐怕难免会在喧闹中显得艰难困苦,而当代诗歌在社会生活中的凄凉处境也势必会在读者的冷漠和嘲笑中继续维持,得不到改善。

当前诗歌的困局也许表现为这样两个焦点:一是旗号众多的诗人群体内部的分裂与纷争,比如知识分子写作、民间写作、第三条道路、下半身写作、废话诗写作、乡土诗派、打工诗群等等,彼此间大多是占山为王、自大自狂、互相鄙视乃至大打出手,少有能本着客观、清醒的精神来看待自身与他人的写作的,如此,整个诗人队伍的互相尊重、和谐共处也就无从谈起。二是许多诗人的写作得不到社会和读者的承认,比如这所谓的"梨花体"风格、"下半身"风格的诗歌在网上遭到许多网民的唾骂,比如知识分子写作、学院派写作的部分作品被读者视为晦涩难懂并避而远之,比如一些长期在寂寞中笔耕的诗人长期得不到诗歌刊物、文学刊物的接纳,比如出版界对诗歌的出版因缺乏判断与信心而视之为畏途,凡此种种,都使得当代诗歌在发展上表现出迷乱,遭遇了困顿。

诗歌到底怎么了?当代诗歌究竟应该向哪里去?这无疑需要我们平心静气地用发展的观点、开放的态度、理性的思考来面对,来求索。

在我看来,诗歌的发展和创新是有规律可循的,如果我们能真正把握住这一规律,则所有的问题应当都可以迎刃而解,至少也可以从根子上解决一些关键性的问题。

为什么"梨花体"风格、"下半身"风格的诗歌没能赢得多数读者的欣赏和接受?坦率地说,我不认为这是读者的错,相反,我以为问题出在有关的诗人们这里。类似"梨花体"这样的以简单、直白为特征的写作，类似"下半身"这样的以"身体"、"欲望"以及"性"为旗帜的有粗鄙嫌疑的写作，在有关作者们的初始想象中，大概以为会借此赢得市场和大众的欢迎，可事实证明，不仅他们的预期完全落空了，甚至还遭到了许多网上读者的嘲讽乃至唾骂，即使在诗坛内部，这两种写作也远没有得到半数以上的同行们的认可和赞赏。

要知道，"梨花体"与白居易的写作完全是有着天壤之别的两回事。白居易的诗以通俗易懂著称，例如"野火烧不尽，春风吹又生"就是很好的例子，更有《卖炭翁》等作品中蕴涵的社会批判力量以及《琵琶行》和《长恨歌》等作品里放射出来的出众文采，所有这些，都是"梨花体"的简陋笔法和无聊劲所望尘莫及的。要知道，古代的诗人们虽写有数量不菲的"艳诗"（非是通常所谓的爱情诗），但这些作品在文学史上显然没有什么地位；要知道，西方的"恶之花"、"号叫派"、"垮掉的一代"的力量并非来自粗俗的词汇和表达，而是来自于对资本主义社会发展过程中所暴露出来的种种丑恶现实的批判和怒吼——所谓的"下半身"写作显然不能与之相提并论。

现代诗的发展在根本上应当依赖于对中外两种诗学传统的继承与创新。有关继承与创新的话题，说来话长，这里姑且不论。总之，我从以上的两种写作中，一来没有看到多少"传统"底蕴的张扬，比如诗歌的神性和韵味的氤氲，比如写作技巧和手段的高超运用，诸如此类；二来也没有觉得他们在创新上表现出了多少有说服力的作为，最多是觉得他们对自己有这么一种期望乃至幻想，却在不知不觉间走上了歧路。在海子的《亚洲铜》已入选中学课本的今天，我们切不可过低估计今日读者的鉴赏力与判断力；在黄色文化暗中泛滥的今天，打擦边球的写法并不能真正吸引读者的目光和心灵。当人们在众多的文化消费中选择阅读诗歌的时候，大家显然并不想让自己头痛（因为读不懂），也更不想来寻找什么刺激，他们最多的可能是希望自己能从诗中感受到美，感觉到愉悦和陶冶。所有这些，想必都值得我们在诗歌创作的美学观念和价值观念上多做一些思考。尽管如此，我仍然觉得"下半身"写作也并不全是垃圾，当中或许也可以挑选出若干不错的作品，果真如此，则这些作者也就可以借此在诗坛获得相对奇特的一席之地了，虽然其地位并不重要。

至于以晦涩、玄虚为特征的诗歌写作，即使不是刻意地以此为追求，我仍然觉得还是要退后一步才好。先锋诗歌也好，现代诗的前沿探索也好，如果走到了让人晕头转向、如坠云雾之中的地步，则命运大抵也就会跟"梨花体"差不多，是个人都可以信手排列、组合各样汉字，信手分行断句、随心所欲地胡诌了。而且应该明白，类似这样的写作，要得到市场和广大读者的青睐，在五百年内肯定是没有指望的。问题在于，优秀的诗歌之间比拼的并不是晦涩和玄虚。衡量诗歌好与坏的标准在不同的人那里也许有不同的答案，但在我看来，雅俗共赏、深入浅出的追求并不会降低诗歌的格调与品位，并不会影响诗歌作品的艺术含金量，只是这需要诗人们投入更多的心智与才情。仅仅就这一点的认识而言，闻一多、徐志摩、戴望舒、穆旦、艾青、臧克家、洛夫、余光中、食指、北岛、舒婷、海子、骆一禾、昌耀、席慕容等也大多以他们的诗作做出了精彩的表达。在我看来，诗人们在这一问题上的认识和实践其实是至关重要的，因为，这很可能是新世纪中国新诗健康发展、勇拓前程的核心和关键所在。

至于诗歌界存在的其他问题,似乎眼下表现得还没有那么急迫和尖锐,我相信,经过诗歌界广大同仁一段时间的认真沟通与努力磨合,一切问题都可以不成其为问题。如此,诗歌在读者心目中的地位自然就会重要许多,如此,诗歌真正走向市场的日子也就为期不远了。

本文刊于 2007 年 1 月 22 日《北京日报》。

特殊时期的中国诗歌

（编者按）在巨大的地震灾难面前，在生死考验关头，最需要的是人的精神不倒，而诗歌正是可以唤起人们斗志、振奋人们精神、呼唤人们良心的最好文学样式。再加上诗歌本身就是轻武器，它短小精悍，不需要花很长时间来构思，在突如其来的灾难时刻，它是最适合以最快的速度发出自己声音的。所以，这次很多人都参与了诗歌写作，在网络上、纸质媒体上，都处都有诗歌的足迹，都有诗人的声音。很多写诗的人并不是专业的诗人，但他们真挚的情感倾诉出来，都变成了最动人心弦的作品。

无数诗篇汇聚成"地震诗歌浪潮"

若干年来,中国新诗仿佛从来都拘囿在一个小圈子里自娱自乐,但自"5·12"地震发生以来,长时间被冷落、被边缘化的诗歌似乎迎来了在大众视野中重出江湖再显身手的机会。

在各台电视赈灾晚会的演出现场,在各大主流网站和商业网站的页面上,在各类报纸的副刊版面或地震特辑中,无数真挚深婉的以抗震救灾为主题的诗歌作品蜂拥而出,吸引、打动乃至刺痛了人们的感官与心灵。其中最早传播的要数王久平的《生死不离》,在中央电视台"抗震救灾·众志成城"的直播节目中一经播出,迅速传遍全中国,打动了亿万人的心。类似这样的诗歌,在地震发生后不到一个月的时间,数以万计地涌现出来,出现了一个我们久违的"诗歌浪潮"。

长期被寂寞环绕的诗歌,这一次终于置身在了社会关注的中心,乃至罕见地发扬了一回其以艺术的力量尤其是情感的力量打动人心、凝聚人心、鼓舞人心的社会功能。

那么,为什么会爆发这样的诗歌写作热潮呢?诗歌圈子一向多门户之斗、派系之争,是什么原因使得这些彼此"相轻"的文人们竟然能放下平日里积累的无数纠葛与恩怨,不约而同地袒露出真情,由衷地为地震而叹、为"大写的人"而歌呢?

正所谓"国家不幸诗家幸",突如其来的巨大灾难虽然给了国家和人民以重创,却震动了无数当代诗人与草根群体的心灵,使他们仿佛受到锥刺,猛然间从迷惘、沉埋、寂寞到挣扎、奋发、狂欢到独醒、物化、后现代化等诸多的状态里挺立而起,乃至泼墨挥毫,写就了无数诗篇——无数久违了的突显真情实感、人类大爱的诗篇。

看到这些发自内心的动人诗篇,也许我们就能明白,为什么这么多诗人或草根作者在很短的时间内创作出了这么多的诗篇。很显然,这并非诗人们响应号召所致,也并非作者们集体约定所致——像写诗这样的事,毕竟都是个人行为。答案其实很简单,地震诗歌写作热潮的形成,主要是因为这对整个国家甚至对全人类来说都是悲惨事件——实实在在击痛了诗人们的心与魂,而诗人又总是如此的感情丰富和充沛。

事实上,中国作为诗歌大国,其诗人自古就有爱祖国、重民生的优良传统,从忧国忧民、愤而沉江的大诗人屈原,到一生颠沛流离却仍然悲天悯人的杜甫,还有一心总想收复河山的南宋爱国诗人辛弃疾等,无不如此。而且,不仅古代诗人如此,二十世纪的新诗作者们也是如此,比如以"为什么我的眼里常含泪水/因为我对这片土地爱得深沉"著称的大诗人艾青等。我们的诗人们,通常血管里也都流淌着这样的传统。

中国新诗能否由此走向大众?

其实诗歌这一艺术样式也是有相对大众化的特征和要求的。比如我们的古典诗歌,早在《诗经》的产生时期,风、雅、颂诸篇,就多有口头民间文学和歌唱文本的特征,诗歌在一开始,就处在和广大劳动人民亲密接触的大众化时期。只是诗歌在后来逐渐发生了由民间向社会上层转移的运动,并且越来越文人化了。

在封建社会,特别是在唐代,文人诗日益成为官员阶层文化修养的标志之一、互相酬答与唱和的手段之一。这时候的诗歌地位很高,固然也有日趋封闭、躲进象牙塔的趋势,却也不尽然。比如白居易的诗就以明白晓畅、通俗易懂著称,老幼妇孺皆懂其诗,这或许也可以算作是诗歌大众化运动在历史上留下的伏笔之一。

新世纪以来,诗歌的网络化使得诗歌的发表变得轻而易举,年青一代获得教育的机会普遍增多,无论从作者还是从读者的角度来说,我们的诗歌都可谓面临着一次诗歌大众化的机遇。近些年来,大家也不是没有努力,甚至可谓连蹦带跳、连吼带叫,但诗歌始终没有成功地走向大众,没有真正获得市场的认可,所有的挣扎无不以失败告终。

至于这一次因地震触发的诗歌热潮能否促成新诗由此走向大众或者打开新的局面,我以为仍然是不容乐观的。毕竟诗歌圈子的内耗太多了,许多人都不会潜下心来钻研。中国新诗不能成功地走向大众,或许有外部环境的问题,譬如文艺门类和文化消费的日益多元化一直就是一个很现实的问题,或者也还有诗歌本身的问题,譬如是否真正做到了在保证艺术品质基础上的雅俗共赏——而这似乎正是永远需要诗人们潜心钻研的"怎么写"的高难课题。

尽管这一次突如其来的大地震引发了如此汹涌悲情的抗震救灾诗潮,但有关诗歌"怎样写"的问题在过程中并没有来得及讨论。事实上,几乎所有的作者普遍采取了有感而发、直抒胸臆的方式。地震发生得太突然了,大家受到的心理打击太大,巨大的悲痛使他们忘了

"技巧",使他们"欲辩已忘言",使他们一落笔就是强烈的感情,就是质朴而真切的心声。应该说,这显然不是通常的为了成就而写作,为了写出一首好诗而苦思冥想、反复雕琢,而是生命本身情感表达的内在要求和不可阻遏的喷涌(这当然是可贵的)。比如"梨花体"诗人赵丽华在其发布于博客传播于网络的《哀悼日,让我们13亿人一起痛哭吧》一诗中所写:"让我们跟着这悲号一起痛哭吧/在这一刻放出我们所有的悲声/释放13亿人心中的所有抑郁……"

基于此,我以为类似"地震诗歌浪潮"的写作,诗人们恐怕都重在以自己的诗篇表达对这一灾难和灾难中的人的纪念,通常并不会也来不及专注于艺术根本的提升和创新。所以说,汶川大地震的强烈震动固然震开了许多诗人和无名作者的情感闸门,但随着灾难的消停与灾区生活的正常化进程,诗人们的情感震动势必归复于平静。虽然此次地震带给人们的伤害和悲痛难免将持久下去,作者们的写作也还会延续,但一切终归还是会回复到正常状态。而我可以想见,到那时候,诗人们的内耗恐怕仍将不可避免,诗歌的市场也同样会在各种事物的夹击下难有根本性的奇迹发生,新诗创作的局面多半也会依然如故。我只愿这一次灾难的发生能对诗坛的风气特别是诗人们的生命状态和创作理念或多或少地有所触动乃至改观。

本文刊于2008年6月《中国图书商报》。

漫卷书香的光阴

《红楼梦》怎么就成了中国第一名著

"四大名著"对今天的中国人来说可谓是如雷贯耳。《三国演义》、《水浒传》、《西游记》、《红楼梦》(按成书先后排序)这四本巨著不但是中国老百姓最熟悉的小说,拥有极庞大的阅读人群,而且还代表了中国古典小说的最高成就。但这四部伟大作品是在什么时候被统称为"四大名著"的呢——这仿佛却不是众所周知的。

追根溯源,明代小说家冯梦龙提出的"四大奇书"大约可算作是"四大名著"滥觞所在。被有关学者誉为明代通俗文学第一人的冯梦龙尤以纂辑古典通俗小说集"三言"(《喻世明言》、《警世通言》、《醒世恒言》)著称,就是这位晚明的文学家首先为我们开列了明代的"四大奇书":《三国演义》、《水浒传》、《西游记》以及《金瓶梅》。明末清初的文学家李渔沿用了这一说法,并称《三国演义》为"第一奇书"。尽管与李渔同时代的文学批评家金圣叹似也曾提出过若干部才子书一说,但在明末清初那个时期,相对固定下来并流传开去的就是这"四大奇书"说。后来,曹雪芹在乾隆前期创作出的伟大作品《红楼梦》取代《金瓶梅》,明代"四大奇书"也就演变成了"明清四大奇书"。

至于我们今天常说的"四大名著"之说,毫无疑问应当是在《红楼梦》成书之后才有的。应该说,这个提法还不是在清朝定型的,往早了说,或许是初步形成于民国年间的新文化运动期间,确凿一点说,或许应该是在新中国成立以后,乃至是在上个世纪70年代末改革开放之初才最终确定的。实际上人们通常认为,"四大名著"一说,应该是人们在长期阅读、研究、探讨我国古代文学作品的漫长过程中逐渐达成共识,并最终得以确定和命名的。

四大名著中,《红楼梦》成书时间最晚,却后来居上,被公认为是当中成就最高的一部,是中国古典文学的巅峰之作。但《红楼梦》获得这样的地位显然也经历了一个漫长的过程。在旧派红学家中,最早的红学家脂砚斋以及清代的王希廉、张新之和姚燮等人都可谓是"评点派",著有《红楼梦索隐》的王梦阮、沈瓶庵等则可谓"索隐派"的代表,乾隆时代撰著《红楼梦题词》的叶崇仑等大约要算作是"题咏派"的代表。

"红学"这个词汇最早出现于光绪初年喜读《红楼梦》的京师士大夫们的口中,带有半开玩笑的性质。到民国初年,有个喜读小说的叫朱昌鼎的人对《红楼梦》十分入迷,朋友某日来访时见他正埋头读书,就笑问:"先生现治何经?"朱昌鼎答:"无他,吾所专攻者,盖'红学'也。"这个小故事流传开来后,"红学"一词就逐渐成为了研究《红楼梦》的专有名称。

国学大师王国维在1904年所写的一篇题为《〈红楼梦〉评论》的文章中,从哲学和美学的层面分析了《红楼梦》的艺术成就,以为这个小说是一个"彻头彻尾之悲剧也",是"以解脱为理想"的艺术成就很高的"一大著述"。王国维既不是索隐派、评点派,也不是题咏派、考证派之类,但他给予《红楼梦》的高度评价显然对提升《红楼梦》的文学史地位大有助力。受了清廷之恩的王国维一向以"清遗"自居,但愿他对《红楼梦》的推崇与此无关。

享有"现代圣人"之誉的民主革命家、教育家蔡元培在1917年9月出版的《石头记索隐》一书中提出:《红楼梦》是一部隐喻性很强的政治小说,认为"作者持民族主义甚挚,书中本事在吊明之亡揭清之失,而尤于汉族名士仕清者寓痛惜之意"。《红楼梦》成书时正是以文字狱著称的乾隆年间,所以作者只能以非常隐晦的谜语式写作来建构其心目中的《红楼梦》。蔡元培是资深的革命党(各党多以"反清复明"作为宣传口号),是清朝颠覆者同盟会及国民党元老,他从民族主义的角度来理解和研究《红楼梦》或许是命中注定。蔡元培的观点当时很受欢迎,蔡元培的社会影响又这么巨大,所以客观上为《红楼梦》壮了些声威。其时,《红楼梦》的作者究竟是谁尚无定论。现在我们所了解的曹雪芹——其祖上是汉人,但明末清初时即已纳入满族并得到了乾隆皇帝的认可。曹雪芹家族在其祖父和父亲的时代享尽了荣华富贵,当其年少时,曹雪芹家却被雍正帝下旨抄家,曹家由此坠入困顿中,但因为曹雪芹有旗籍,所以终生都可享受不必劳动也能按月从政府处领取几两银子过活的满人待遇。如果撰写该文时蔡元培就能知晓后来人们普遍认为《红楼梦》的作者的确是曹雪芹,并了解曹雪芹的身份及其家族渊源的话,或许就不会认为《红楼梦》是一部立意于"反清复明"的杰作了。

著名学者兼文化名人胡适是所谓新红学的奠基人。在"整理国故"的背景下,他于1921年写就的《〈红楼梦〉考证》一文提出了一些新观点,比如确定《红楼梦》的作者是曹雪芹,比如认为《红楼梦》是由曹雪芹完成前八十回、由高鹗完成后四十回的,再比如认为《红楼梦》系作者曹雪芹的自传等。胡适的新观点以及他的考证式的研究法是全新甚至革命性的,彻底摆脱了以往红学研究的附会、猜谜式路子。胡适撰写《〈红楼梦〉考证》是应上海亚东图书馆出版新标点本《红楼梦》而作的序言,但其所为并不是纯粹的为学术而学术,而包藏有打破旧传统、助力新文化运动的动机。不过胡适在这篇文章上还真是下了些功夫,并且这篇序言的影响力也挺大,所以,他也由此开创了红学研究的新天地。不过胡适对《红楼梦》的评价并不是很高。为什么胡适对《红楼梦》的评价不算特别高?这固然是胡适个人的文学价值观在起主要作用,但或许也和当时的时代背景有些关系吧——毕竟给北大教授奇高薪水的中华民国是清朝的推翻者,毕竟《红楼梦》是一本由旗人撰写于清朝的著作。

胡适的观点在直接扫荡红楼附会学的同时,也动摇了聘请他到北大任教授、对他有大恩的蔡元培先生关于《红楼梦》的观点。蔡元培没有介意胡适的挑战,他"兼容并包"地肯定了胡适重视考据的研究方法,只是在1927年才在为别人作序时顺便给予了反击,再次阐述了自己的观点并作了一些辩护。蔡元培与胡适的争论在当时引起了很大的社会反响,客观上为《红楼梦》最终迈进"四大古典名著"的行列作了很好的铺垫,也为红学的成型与进一步发展打下了很好的基础。而胡适的"考证派"与蔡元培的"索隐派"也由此得以在红学中长期共存,并一直探讨、争执直到二十一世纪的今天。

新中国的创建者、一代伟人毛泽东也是一位在红学研究上颇有心得的专家,但他既不是考证派红学家,也不是索隐派红学家,从他的涉及《红楼梦》的各种言谈和观点来看,或许可以称其为"阶级斗争派红学家"。毛泽东以为,思想性和文学性都取得了很高成就的《红楼梦》非常细致地书写了封建社会和封建社会的衰败史,对于读者认识、研究什么是封建社会很有帮助,并且主张用阶级分析的观点和方法来解读《红楼梦》。毛泽东早在青年时代于长沙上学时就阅读了《红楼梦》,此后,不论在革命战争年代还是在新中国成立以后日理万机的年代,对该著一直保持着强烈的热忱和关注,不但通读 N 次之多,对《红楼梦》非常熟悉,还经常在和他人的谈话中以及在各种会议上讲话、作报告时引用《红楼梦》中的典故,随即地发表对该著的评论乃至公开推荐阅读该著。像1954年,毛泽东还借李希凡、蓝翎两位青年学者在《文史哲》杂志上发表文章批评俞平伯红学观点一事刮起了一场全国范围内的关于探讨《红楼梦》的旋风,诸如此类。《红楼梦》作品本身的成就以及毛泽东这样一位影响力极为巨大、绝对一言九鼎的政治领袖的空前推崇,无疑使《红楼梦》获得了它所能获得的最大的社会影响，也把《红楼梦》推到了中国古典文学最高峰的位置上。

经过上述的种种人事，当初的明朝"四大奇书"最终也就演变成了今天我们时代人尽皆知的以《红楼梦》为首的中国古代"四大名著"。

二十世纪七十年代末八十年代初，《〈红楼梦〉学刊》杂志创办、中国《红楼梦》学会成立。由此，红学甚至在体制内获得了稳固有力的支持，红学的发展真可谓是风光无限，《红楼梦》所领受的关注和荣耀更是众所周知——尽管一直也有声音质疑：《红楼梦》真有这么牛吗？红学是否真值得这样大张旗鼓地去搞？甚至红学是否真的有存在的必要……不过这些声音并不能起到多大作用，《红楼梦》照例如东方红日般绚烂，红学照例如滚滚长江般壮阔地向前奔腾！

新时期以来，特别是最近六七年来，一些重量级的甚至是大师级的学者、作家、评论家不约而同把目光聚焦在《红楼梦》上，且陆续写下了不少关于《红楼梦》的精彩之作。这些著作和篇章无疑彰显出了这些学者、作家、评论家在《红楼梦》研究等方面的不同凡响的造诣和见解。

我想，包括我在内的尚未对《红楼梦》做过真正认真研读的一些小年轻或老青年，在这样的巨著和诸多的巨著研究著作及研究篇章面前，真的还只能是远观和仰视，毫无冒昧碰触、钻研的勇气。或许二三十年以后，这些小年轻或老青年中的尚健在者，如果届时还有精力、有机缘的话，包括在下在内的这些人，也会踏着诸多前辈先贤们的足迹去研究研究这本伟大的巨著？

史诗气度

——说说我喜欢的三本古代名著

《史记》

司马迁以毕生心血浇灌而成的这部巨著,既是一部空前绝后的史学丰碑,又是我国文学史上堪称"绝唱"的一部独特之书。阅读这本书,我们的认识视野将随之向着神秘、混沌的上古时代做辽阔、苍茫而清晰的上溯和延伸。好一部恢宏博大的民族通史!好一部华夏民族发展和奋斗的史诗!好一部古老文明和民族生活的百科全书!不需要很多,仅仅这一部,我们关于上古时代三千年的贫乏就能借此获得充足的填补和丰富。

想一想古埃及文明的喑哑,我们就应该为《史记》的问世和流传倍感庆幸。对于在全球范围内光荣地跻身到四大文明古国行列中去的一员,《史记》为此留下了丰美而扎实的注脚;作为一笔绝无仅有的巨大财富,《史记》为我们留下的并不是可见的实物化的金银财宝乃至生产于久远年代的石器、陶罐及青铜宝鼎。《史记》为我们留存的是一个民族真实发生的活生生的历史记忆,为我们记录的是从上古的黄帝时代到汉武帝时期约三千年的文明史实——从神话传说般的祖先们的身影,到开创、传承一个又一个朝代的大帝、到文治武功的将相名臣,从思想家、军事家、文学家到刺客游侠、高士异人,从政治、军事、经济到社会、文化、风俗、世态人情……而作者穿越时空的巨大抱负、纵横捭阖的豪迈气势、前无古人的雄心和毅力、严谨细密又丰美充沛的文辞,无不为我们留下了须仰视的旷世丰碑。

《三国演义》

中国四大古典名著中,我最喜欢这一部。这是一部写给男人看的气势如虹的书,其间的历史事件纷繁错杂,其间的战争场面恢宏浩大,其间的人物形象鲜明丰满,其间的恩怨纠葛交织起伏,其间的人生际遇令人慨叹。应该说,这是一部再现古代战争的史诗,也是一部集中表现政治智慧、军事智慧的书,还是一部关于特定时代里无数个体人生的命运之书。这部书脱胎于真实的史实,在大的方面基本忠实于历史事实,又能不受其拘泥而超越之、升华之。综观全书、细品全书,整个文本可谓是史家的严谨风范与文学家的浪漫主义情怀齐飞。小说的叙述既博大深沉，又严谨细密，无论是大处的落墨，还是小处的勾勒，作者之匠心均令人惊叹！例如该著之叙述中，其前后勾连因果递进此呼彼应者又何止数十处，然千丝万缕却能编织得无一疏漏，又如在人物形象的塑造和大的战役的描写上，作者是绝不惜浓墨重彩的，而其文字却无比的从容和澹定。

《老子》

中国古代哲学当以先秦时代为最辉煌，而百家中，老子的独特光辉和伟大形象无疑是极其突出的。老子生活的年代比孔子要略早一点点，比之孔子等人来说辈分似乎也要略微高一点点，也难怪《老子》一书比起其他诸典来似乎要略显古奥一些，不过事实上，这更主要的是因为《老子》一书中思想的深邃、幽微和精辟所致。《老子》篇幅不是很大，却值得反复解读反复玩味之，且每读一次都会感觉到有新的收获；《老子》是一本充满了无穷奥妙的神奇之书，其文本蕴蓄着一旦卷入便难以抗拒的强大引力和神秘能量。读《老子》无疑是一种人生的享受，因为其中的章句充满了辩证的逻辑力量，充满了探究宇宙、社会和人生的博大胸襟和从容气度，也因为它的语言中蕴蓄着凝练而美丽的巨大诗意。

本文刊于 2004 年 2 月 20 日《中华新闻报》。

感觉王蒙

——读《王蒙学术文化随笔》

由北京大学青年学者王岳川教授主编的"二十世纪中国百年学术文化随笔大系"拟出五辑，每辑又分两个系列，"系列一"主要选编业已去世的现代思想学术大师的代表性篇章，"系列二"则选编当代著名学者的代表性篇章，大系五辑计一百卷。由王山选编的王蒙一卷收在第一辑的"系列二"中，该书与同辑中其他各卷已于1996年7月由中国青年出版社出版。

《王蒙学术文化随笔》一书分为三编：政论篇、杂论篇、文论篇，其后还附有王蒙年谱简编。

王蒙写政论是必然。1948年年仅14岁，他就入了党，一直与政治有缘，且是官场中人。五十年代做过北京某市区的团委副书记,甚至下放新疆劳动时也做了生产大队的副大队长,八十年代更是官至文化部部长,现在呢,是中国作家协会副主席。这样的人生经历,不写点精彩的政论就很可惜了。"政论篇"中的一些文章确实颇为大气,如《社会主义初级阶段的文化刍议》,王蒙纵横捭阖、高屋建瓴地论述着现阶段整个中国的文化问题,其核心意思大致是既要继承民族传统文化中的优秀部分,又要吸收世界先进文化。文章颇有指导性,写作此文时王蒙尚在文化部长任上。至于答编者问的《我看毛泽东》一文则是有读头的东西,王蒙对毛泽东的看法很真实,很有趣,也很中肯。从某种意义上看,王蒙很像古代仕途得意的那类文人,奉持以进取为本的儒家精神,从文与入仕相得益彰,而绝非一对矛盾。

从"杂论篇"中看王蒙,也是文如其人,王蒙给人的印象是什么都关心,从衣食住行到学问、艺术、观念等等。他可以在《读书》上读到尘元的文章而生感想,顺手写出篇文字来;也可以在电视里看了一个节目而浮想联翩,漫议一下"头朝下";或者还可以在生活的某个场合触景生情,由此写下一篇有很强的时代性和生活气息的文章。王蒙是很注意观察生活的,他总是很快地对一些生活现象和问题作出反应,与时代的心脏一起跳动,平日里读到的各种文章,给人的印象就是这样,内容上不落伍,甚至形式上也是。王蒙文章中的术语或许赶不上最新潮的先锋批评家,但在不长的时间后,王蒙总会跟上来,甚至冲在了前面;并且,王蒙的文章中会不定期出现些英文单词,像留洋的文学博士的理论文章那样,虽然出现的频率低许多,也没那么艰深。王蒙此举显然有幽默的意味,但也不妨说,王蒙就是不落伍。再先锋的理论家王蒙也能与之对话,这在与王蒙同辈的那一代人里是可贵的。王蒙从不漠视别人,他对出现的新事物总保持着热情。

说到底,王蒙是文人,因此"文论篇"中的篇章才更接近于他这一真切的角色的内涵。《文学三元》、《漫话艺术效果》等文章大体是文学理论方面的,《"抄检大观园"评说》、《雨在义山》等文章则近乎于学术论文。王蒙是作家、小说家,他的许多小说都为人熟知,其文论亦显示出了相当的功底,论述严谨,有理有据,颇值一看,只是个别的地方有文论教材的味儿。至于那些学术文章,有研究《红楼梦》的,有研究李商隐诗歌的,有研究苏联文学的……细细读去,便可领略到作家王蒙在学术领域的建树与才能。虽然王蒙的治学是业余的,但其研究成果却相当专业,精深幽微,堪称精彩。

王蒙的胸怀在书中得到了比较完美的体现,这种胸怀一方面体现在他写作的广度上,另一方面则体现在王蒙对各种事物采取的比较宽容、通达、中庸的态度上。王蒙在知识面上尽可能显得渊博,这是一个在文学上有很大抱负且极具实力的作家的追求。王蒙对西方文化、对历史上的人与事、对生活中的种种现象、对许多人说"不懂"的作品、对许多人在抨击的王朔等,都能持一种较为宽容、理解的态度,也许,正是因为这种胸怀和境界,使王蒙在当代中国文坛得以稳稳地长久地矗立。

另外,王蒙随笔中的政治熟语较多,举例子或引用也同样可见他早年生活的那个时代的烙印,这不能说是缺点,但如果王蒙给自己换血的规模更大一些,则我们阅读的感觉也许会更好一些。

与王蒙收在同一系列中的,是张岱年、季羡林、费孝通、钟敬文等学界泰斗,以小说家著称的王蒙竟与他们站在一起?也许,多年前王蒙的那篇谈我国作家的非学者化问题的文章给人的印象太深了。王蒙在文章中举了些例子,并进行了科学的论述,他得出的结论是:大作家都是非常有学问的,作家有相当的常识非常重要……总而言之,王蒙的确能干,小说创作很有成就,治学也很显功力,影响又那么大,因此得了资格位列其中,这恐怕也是情理中事。

倾听成长的声音

——读曹文轩长篇小说《红瓦》

成长的历程对于我们每一个人来说,都是切身难忘的。我想,不论是深重的车辙,还是淡远的足迹,都势必挥之不去、拭之不灭地烙在我们的生命里。

曹文轩先生所著长篇小说《红瓦》叙述的正是一个关于成长的故事。沉浸于曹文轩所营造的大氛围与小环境中,读者的情感很自然地就会与书中人物的情感融为一体,同舟共济,起伏与共,一起经历着特定人生阶段的烟雨风云。是的,《红瓦》使我们重返那些美好的成长的日子。

我个人对于成长的印象是深刻的,以至于20岁那年就冲动地写下了百余行的长诗《成长的岁月》。写得怎样且不说,我的激情实在是成长历程对我的冲击与唤醒的结果。在其中,我试图说出成长的酸甜苦辣,试图摊开那复杂的滋味给人看,但诗歌的局限却也是没有办法的事。而读了《红瓦》,我就敢这样说:《红瓦》的叙述足以使任何遗憾都无法藏身,它充沛的故事情节、鲜明的人物形象、诗意的氛围与丰实的语言,都让读者怦然心动。《红瓦》使我们重温了那个已然远去了的年代。

准确地说,阅读《红瓦》就是谛听来自我们生命内部的成长的声音。那青春年少的记忆中,既有阳光的照耀、春风的吹拂,又有暴雨的袭击、狂沙的扑打;既有温馨的友谊、脉脉的恋情,又有微妙的人际间的隔阂甚至明枪暗箭般的仇恨。这样的记忆是真实的,我们正是在这样的复杂中生长,向高处伸展。在那些日子里,我们清晰地听见了骨骼生长的响声与青春萌动的灵光,我们清晰地感知着视野迅速开阔的惊喜与经验不断丰富的欢欣,我们无法抗拒地承受着真与善的洗礼以及丑与恶的冲刷……我们对生活的认知日益深化,以至于飞掠过我们身边的万物逐渐呈现出了它们的真实与本质。

《红瓦》表述的是一个身体与头脑、情感与心灵都逐渐成熟的历程。《红瓦》对这一历程的表述是具体的、丰富的,也是深情的和理性的,因此《红瓦》好看、精彩、美丽,而且超越。《红瓦》表达了作家曹文轩对成长历程不舍的回忆与深沉的思考,读之令人心旌摇荡。

成长绝不仅仅是一个简单的时间流程,重要的是,成长使人心智成熟,至少是趋向成熟。成长的过程是幸福的,因为丰美的生活在向我们冲涌;这个过程也充满了烦恼和忧伤,因为少年的心绪总不免像湖水一样被雨点敲打;这个过程甚至是痛苦的,因为每向前迈进一步都要付出某种代价。这一切,我们在《红瓦》中都读到了,不同的人物各自有不同的生长状态,但每个人都在向成熟迈进,哪怕结局沉重了一些。

《红瓦》是小说而非自传,但我们不难发现其间依稀有作者自己少年时代的影子,所以说,《红瓦》其实是有一点断代体自传的色彩的。作为小说,《红瓦》自然是虚构的,但它的感染力却是真切的,虽然是关于乡村少年的叙述,却足以打动在城市的喧嚣中奔走不息的成人们的现代心灵。

《红瓦》无疑是一部优秀的小说。它像一部老式汽车,载着我们回到了那光辉、温暖而摇晃的岁月,身体拔节上蹿的声响又回荡在耳畔,这就是《红瓦》的魅力所在。

本文刊于 1999 年 6 月 7 日《北京晚报》及同年 6 月《文化月刊》杂志。

溪岸边的一丛花

——长篇小说《山羊不吃天堂草》读后

曹文轩创作的长篇小说《山羊不吃天堂草》,是中华当代少年文学丛书当中的一本。读罢该作,我的感触就像球状仙人掌的叶刺,纷然地向四面空中伸展。之所以有这种感觉,是作品提供给我们的思考角度很多的缘故。

曹文轩的这部小说的语言风格是:流畅、平易,于朴实中显出风味。

我们在阅读中感到作品的语言很顺利地流过我们,绝没有故意为难的巨岩怪石耸立在我们面前挡住去路,叫我们绕道而行或者费尽心机方获准通过这类事。你尽可一口气顺顺当当读下来,在语言的清丽流畅中做心灵的滑翔,并随着故事的发展、情节的起落做几个俯冲和上仰,这时你的心底是舒坦而明亮的。

踩着语言前进,就像过一条清清的浅溪,光着脚丫子,踩着溪底圆实发亮的鹅卵石,大大小小的鹅卵石向身后退去,你发现自己不知不觉地涉过了一条小溪。在涉水时,偶尔一抬头,你总能看到一些岸边的花,缤纷地开在那里,叫视野鲜亮,叫感觉新颖。

我是说,在小说流畅、平易的语言中,你不时会发现一些漂亮的句子,就像发现岸边的一束花。这些花为这景致平添了不少风韵。

比如写炊烟冒出农舍时的情景,"远远地看,仿佛那房子是冬天里一个人长跑后摘掉了帽子,满头在散发热气",房子、炊烟与长跑的人风马牛不相及,当两种颇有距离的事物嫁接在一起时,往往能产生特殊的效果。山羊倒下去"那情形像石灰墙被雨浸坏了,那石灰一大块一大块地剥落下来",两种事物与现象的拼接是出人意料的,这种陌生化效应带给读者以惊喜,也显示出作者经营句子的独到造诣。这样点缀清溪的岸花实在不少,它们基本匀称地散落在各处,从而使每一片视野都保持鲜亮。比如写山羊额头的毛轻轻打了一个旋,"细看时,觉得那是一朵花",一朵花的印象是以跳跃的姿态扑入你脑海中的,突兀而新鲜。再看,山羊"鼻尖是粉红色的,像是三月里从树枝下走过,一瓣桃花落下来,正好落在了它们的鼻尖上"。桃花,这个意象是美的,绯红的桃花以三月的姿态飘落在这句子里,句子就有了一片绯红的诗味。这样的句子还有不少,它们的新鲜与出奇在一定程度是起衬托作用的,但所有平易流畅的语言在实际上仿佛成了扶持这些岸花的绿叶。在一片朴实的绿丛之中冲出点点红花,谁都知道这种效果的良好。

这其实是一种布局的艺术。你的语言要讲究错落有致,太过藻饰反而不及,太过平常又觉无味,正是这点缀清溪的岸花所体现出来的韵致最令人赏心悦目。

全文4000多字,应嘱作于1992年,原标题为《〈山羊不吃天堂草〉的语言艺术》,投稿后节选以上文字刊于1995年3月30日《北京大学校报》某版头条。标题为编者所加。

学术路上的虔敬之心

——王岳川访谈

王岳川,北京大学中文系教授、博士生导师、著名学者,"百年学术文化随笔"丛书编辑工作委员会主编。

朱:"百年学术文化随笔"丛书自上市以来,虽不事张扬,但还是受到了很多有识之士的关注,受到了读者们的欢迎,能否请您介绍一下丛书的基本情况,现在丛书的编辑工作进展如何?

王:这套丛书计划选编100本,每年出两辑计20本,分5批出齐,总字数为2000万左右。第一批两辑20本应是1995年10月出版的,但进度受了影响,实际上是1996年6月出版的。

第二批是1997年下半年出版,马上就要上市了。其中第一辑是严复、康有为、章太炎、刘师培、陈独秀、马一孚、熊十力、顾颉刚、林语堂、朱光潜的书;第二辑包括邓广铭、周钰良、王铁崖、何兆武、李学勤、裘锡圭、袁行霈等,也是10本。第三批计划1998年出,包括汤用彤、王力、柳诒徵、朱自清、潘光旦、赵元任、傅斯年、陈垣、张东荪等。目前正在约下一批稿,如赵朴初、张中行、侯仁之、金克木、饶宗颐、成中英、金耀基、张光直、田余庆等。1999年出40本,上半年一批,下半年一批,这样到1999年底,这套丛书就出齐了。

中国青年出版社自五十年代以来出了很多学术类的书,我们的想法可谓与他们一拍即合。不过这套书到时候不一定限于100位,如有可能,下世纪可以接着再出,出版社有这个想法,或者还会出精装收藏本,乃至也可能出版百年学术资料之类的丛书。

开始,这套丛书是自发地搞起来的,可喜的是,现在已被列入国家"九五"出版规划项目,在政策、人力、资金上给予了倾斜。

朱:印象中,您的学术研究工作主要关注的是西方,比如西方的文艺理论、美学、哲学等,您怎么想到要编"百年学术文化随笔"这样一套很中国很本土的书呢?

王:1994年夏天,我完成了三本关于西方文艺美学问题的专著,我个人在学术上有一种转向的要求,想回过头来做一下中国二十世纪文艺美学或思想文化学术的研究。二十世纪是一个学术膨胀的时期,作为学者,应该有一个如何清理本世纪学术文化的意识。至于外因,则是基于九十年代以来休闲层次的读物铺天盖地这样一个现实。当然,这些读物也不能说不重要,也可有一席之地,但不能铺天盖地,青少年浸之既久则不能知道真正的好东西,这种负面影响是不能忽视的。我还有一个意思:为一些老同志做一些事,学术越专精,则圈子越窄,越少为人知,许多老前辈坐了很多年的冷板凳,现在年纪大了,无暇来做此事,我便来做。一方面老人极谦虚,另一方面少数年轻人很狂,当我看到这种现象,更感觉要做些实事,希望这一工作能为一百年的学术筛选一些基本的材料,做一些基本的价值判断。

朱:这套书是从100年中选出100位,那么,选编的标准是怎样的呢?丛书被社会接受的程度怎样?

王:我们聘请了庞大的顾问委员会,以便保证选编的客观性、公正性;为学界所接受。而且我们尽量保持学术的中性色彩,各派兼收并容,保持学术发展的全貌。

至于选编的标准,大致有三条:第一,看他在二十世纪学术思想史上的地位,这是通过他的作品来说话的;第二,看他对知识的增长、对学术思想推进的贡献大小,而不为名人的光圈所眩惑;第三,他应该是用母语写作的,选编范围为整个汉文化圈,以大陆为主,每辑中海外、港台一般不少于20%。

朱:这套丛书规模不小,请问从内容到形式有什么特点?

王:这套丛书最大的特点是强调打通二十世纪,把二十世纪看成一个整体,有些书如民国丛书、晚清学术丛书把本世纪分割成几块,我们不这样做。在具体的编选工作中是贯彻了这个意识的,我们不仅选胡适五四时期的、三四十年代的文章,也选他六十年代在台湾写的文章;既选陈独秀早年叱咤风云的文章,也选他晚年关于小学、语言学的文章。其次,我们编的不是文学随笔,而是学术文化随笔,这就不同于一般的创作谈,而是用比较容易阅读的、比较流畅的笔调来比较精深地谈他的学术领域,并且是其一生有代表性的此类作品。我们要求文章尽量短小精悍,3000字左右,比较好读。再者,我们在每卷中都加进序、跋。像费孝通一卷的跋,是他自己写的《我的第二次生命》,和钟敬文、季羡林、王蒙等卷的跋一样,相当于心灵独白,很动人,不少人是读了跋后决定买的。去世了的,其跋介乎传记与学术研究之间,如冯友兰、宗白华卷的跋。至于王国维、蔡元培,包括陈寅恪、梁启超等卷是文言文,同样也是挑出其具可读性的文章,不过前面还要加上文字浅显而精炼的引言,并在适当的地方加些注释。白话文就不必加引言了,但有的也加了,如钱理群编的鲁迅卷就有。还有,每卷后面附年谱简编,要言不烦,让青年朋友看出他每一岁在干什么,这极为重要。

朱:编这套书花的时间、精力肯定不少,想必其中颇有甘苦,您觉得工作还顺利吗?

王:编这套书真是累不胜累,事情一旦开始,就感觉永远没有结束。但从另一方面看,编这套书我获益匪浅。尽管许多前辈在会议上见过,但因为编书要亲自到他们家中谈学术,聆听他们的讲话,收获确实不小,这是一件很愉快的事。比如拜访季羡林、张岱年,我就切身地体会了他们做人的非常朴素的道理。

工作中遇到过不少麻烦,比如一些书的版权问题、版税问题。这也是一个很朴素的工作,是学术研究和普及相结合的工作,我们愿意花力气做下去,尽量减少工作中的失误,能让学界的前辈和青年读者朋友两边都满意就很好。我们起的是一个桥梁性的作用。

朱：为大师们编书，与大师们接触，使您获益匪浅。比照他们，您以为今天的学者该如何治学？

王：编这套书，使我倍感在治学的道路上最可贵的是要有虔敬之心。现在，有些人把学术看作饭碗，当作人生狂傲的资本，以为前辈学者都不行了，没有那种起码的虔敬之心。当前某些人较为浮躁，不愿坐下来做学问，我对此颇为反感。陈独秀、胡适20多岁已博古通今，而我们呢？我们也要检查自己，要有危机感。取法乎上，仅得其中，取法乎中，仅得其下。学术越做越艰难，而平淡是最重要的，虔敬是最重要的。做学术如履薄冰，要怀有一种学术的庄严感，只怕有不周、不全、不精之处，要尽量按照"学术者，天下之公器"这一条来做。

朱：您以为编辑此套丛书意义何在？

王：在二十世纪的帷幕即将拉上的时候，回首这一个世纪，成千上万的学者像满天的繁星，把在我们看来最明亮的100颗星交给青年朋友，让青年人感受到他们的思想道路。二十世纪确实是五千年来变化最大、转型最剧烈、灾难最深重的一个世纪，编辑、整理在这么一个世纪当中的百位老人对这个世纪的深切的看法，无疑可以总结过去、警示未来，可以让人们从中获得许多文字以外的东西。

朱：这套书确实不错，一见书就让人喜欢上了，请您谈谈丛书在定位上的考虑？丛书在市场上销得怎么样？

王：我们希望这套丛书能受到青年读者朋友的欢迎，如果不是搞专业，就没必要读得很深，但青年人有求知的愿望，有阅读本世纪思想与文化的愿望就很好。二十世纪的思想学术很有厚度、力度，思想学术，特别是随笔这一形式，加上朴素、大方、新颖的装帧设计，以及

32开的长条本,在接受上就亲切多了,读者面就大多了。有不少书,如首都师大版的学者自选集,都是专家研究书,是大部头,这就局限在学者、专家的圈子里了。当然,这些书很重要。而这套学术文化随笔,既有较高的品位,又有相当的可读性,在这样的定位下,丛书就比较好销了。

本文刊于《文化月刊》杂志1997年第11期。

想说忘记不容易

——1999年图书市场热点回眸

1999年的图书市场比之以往,区别是不大的,只是业内人士一如既往地敬业,一如既往地推出一批重点图书到市场上来。年年岁岁花相似,只是那些可圈可点的现象与卷册却是一年不与一年同。那么,1999年到底为读者奉献了什么?就让我们重温那书卷间的辉煌与静美,就让我们回首细品流年中那缕缕沁人心脾的书香吧。

一个焦点：揭示科索沃战争，痛斥北约袭击我驻南使馆事件

1999年，北约发起的科索沃战争成为世界舆论关注的焦点，中国驻南联盟大使馆的被炸更激起我全国人民的震惊与愤怒，由此引发了以批判这场战争之罪恶和怀念遇难新闻工作者为内容的图书出版热。其中最醒目的两本书是：由光明日报出版社出版的以许杏虎为主要作者的《未写完的战地日记》一书和由新华出版社出版的《七彩云环》（以邵云环为主要作者）一书。在中国人民愤怒的抗议浪潮中，两本书都显出了可观的销数，前一本自1999年5月上市，当月印数就达到了15万余册，后一本则印行了5.5万册。

至于围绕科索沃战争和北约袭击我驻南使馆事件而编著的各种书籍，如《中国愤怒了》、《聚焦科索沃》等等，其种类不下十几种，一时间很是热销。之后还有对未来世界格局重新作出分析、判断的时政类书籍，如军事专家张召忠教授新著《下一个目标是谁》等书，在市面上卖得也还俏。这一事件还触发了人们对中美关系的再一次反思，于是翻译过来的费正清所著的《美国与中国》等一类书籍也热销起来。

一个热门：展现电视人的精神风采

围绕电视文化做文章，出版商们认定这是电视时代的一条真理。问题在于上哪儿找品牌去？湖南卫视和凤凰卫视颇受青睐，而"注意力经济"的基本特点就是:被关注得越多,其身价就越高。

海南出版社憋足了劲,一口气推出三本:《走进"快乐大本营"》、《炅炅有神——我是这样长大的》、《李湘写真:快乐如风》。三本书都风靡市场——其印数依次为20万册、50万册、15万册。一个节目竟衍生出三本畅销书,电视的威力真是了得,"快乐大本营"的身价可见一斑。中国广播电视出版社于9月推出的《玫瑰之约——荧屏内外的故事》一书也值得一提,这本首印2万册的书是由湖南卫视《玫瑰之约》这档爱情节目衍生而成,读来也蛮有味道。

至于建台仅三年多形象却已凸显得很的香港凤凰卫视,品牌资源自然有优势,于是我们看到了现代出版社推出的《凤凰丛书》。1999年能见到的是许戈辉主编的《想说忘记不容易》、杨澜主编的《渴望生活》等。这套丛书到1999年底的销数在3万册左右,表现比较平实,远不如"快乐大本营"的书那么火,可是内容丰富、品位不俗,称得上是好的电视书了。对了,1999年初,杨澜还推出过一本《我问故我在》,卖到了6万多册。1999年,电视人为图书业打造了一个热门,诚然!

两个文本:《霜冷长河》与《看上去很美》

1999年的文学书,有两个文本是大家谈得最多的,一本是余秋雨的《霜冷长河》,一本是王朔的《看上去很美》。

余秋雨的品牌已经出来了,在市场上是叫得响的。作家出版社看准了这一点,于1999年初夏推出了余秋雨的一本新著:《霜冷长河》。这本散文集当年的印数是32万册,让一般的文人望尘莫及。余秋雨成功的法宝在于他把文化的东西和市场的东西结合得比较好,其读者除了文人之外,许多都是一般的市民百姓。《霜冷长河》当之无愧地成了1999年中国文坛的一道重要景观,连电视台的文化类节目也聚焦于此,作专访等。

王朔停笔多年之后终于耐不住寂寞又拿起笔,于是有了长篇小说新作《看上去很美》。华艺出版社不遗余力地为此进行了一番发行前的宣传大战、炒作大战,结果是令人满意的,据说卖了35万册。但是这本书引起了不少的争议,有人说这本书其实并不美,读起来没多大意思,跟王朔以前的东西比起来不是一个味了。王朔的小说怎么了?许多人不客气地作了批评,更多的人读了也就搁在一边,什么也没说。重要的是,印出来的这些书都卖出去了。

两个视角:经济类图书的时事色彩和理论色彩

在风入松书店1999年的年度销售榜上,占据第一位的,是三联书店的《经济学原理》。这套包括上、下两册的比较理论些的书居然如此好卖,为什么?据业内人士介绍说:"这套书主要是经济类专业的高年级学生和研究生在购买,因为它实用、丰厚。"排在该榜第二位的是经济学家胡鞍钢所著的《中国发展前景》。据介绍,好卖的原因是该书见解独到且直面现实。再有一本就是中国人民大学出版社推出的《萧条经济学的回归》。该书出版策划人闻洁介绍了该书受欢迎的原因:一是契合了中国当前社会、经济现状,二是作者克鲁格曼是世界著名的新生代经济学家之一,经济学功底很深,可书却写得深入浅出,很生动,适合于任何知识背景的读者。

至于时事类经济书,自然是与社会经济时事紧密偕行的,比如以大企业家著称的南德公司老板牟其中,在1999年以其经济问题彻底翻了船,于是经济出版社出版的《红与黑——牟其中为什么覆灭》一书开机一印就是4万册,并且供不应求,还要加印。大家都有好奇心,想了解牟其中其人呵。再如"财富论坛"在中国上海举行,全球企业500强中的许多巨擘云集上海,轰动一时,出版界为此推出了一批书:《财富中国人》、《财富对话》等。前一本为长征出版社发行,首印5万册,后一本首印1.5万册。

三个人物:吴小莉、郎平、吴士宏

以著书立说而成为书业1999年度风云人物的,应该是哪几位?权衡来权衡去,也许是如下三位:吴小莉、郎平、吴士宏。

吴小莉自1998年春后人气飙升,星光很是灿烂,于是她写了一本《足音》,首印7万册。1999年年初在西单图书大厦签名售书时,购书者排起的长龙令人难忘。据华艺出版社介绍,《足音》一书已加印至17万册,销得非常好。

郎平是中国女排的一个神话,她的扣杀是大家所熟悉的,但她在美国的经历、她的婚姻、她担任中国女排主教练的心路历程却是我们所不熟悉的。于是1999年秋,一本《激情岁月——郎平自传》为我们提供了一把解密郎平的钥匙,郎平的酸甜苦辣、郎平的巾帼风采,都在东方出版中心为读者奉献的这本书中展现出来了。

吴士宏长期服务于微软,又在IBM公司做过,她在外企做到了很高的职位,1999年10月又跳槽到TCL信息产业集团担任总裁。吴士宏以其丰富的经历和成功的个人奋斗而被尊为"打工女皇"。这位传奇色彩浓厚的女企业家在1999年10月出版了自己的专著:《逆风飞扬》。书一出来,吴士宏立马就成了大众化的名人,光明日报出版社在短短的一个多月里就把这本书加印到了14万册:成功者的书还就是好销。

三个现象:文学创作、神秘文化和隐私问题

1999年的图书市场,有三个现象不能忽视,一是文学图书表现不俗,二是神秘文化受到关注,三是隐私问题余波仍在起伏。

文学图书中,女作家池莉的小说《来来往往》、王海鸰的小说《牵手》都卖到了可观的数字。这两本书除了作品本身的原因外,同名电视剧的热播无疑也起了很大的推广作用。在国林风书店的文学图书销售榜上,高居榜首达数周之久的是一部名为《根鸟》的长篇小说。这部由春风文艺出版社推出的作品开机印数为5万册,是学者型作家曹文轩"成长小说三部曲"中的第三部,他不久之前推出的成长小说《草房子》、《红瓦》销势也很喜人。1999年,曹文轩当然是为数不多的引人注目的几位作家之一。

第二个现象是以探究神秘文化为主题和内容的图书在1999年下半年的涌现。这类图书印数一般在5000到2万册之间,印的不是很多，但汇集起来，就是图书市场中一个比较令人注目的现象了。

至于隐私书，源头当然是安顿那本火爆一时的《绝对隐私》。1999年，"安顿热"过去了，可步其后尘者仍然纷至沓来：吉林文史出版社的《绝对初恋》、中国戏剧出版社的《绝对魅力》、内蒙古人民出版社的《感悟婚姻》、四川人民出版社的《好想结个婚》……虽大同小异，可仍是层出不穷，婚恋话题、情人现象……隐私余热仍是烫手。隐私类图书在1999年仍未退潮。不过除了南海出版公司的译作——《一个单身女人的日记》略有新意之外，这类书在1999年没有做得特别成功的，这主要是因为在思路上没有创新，不过尾随安顿而已。

1999年的图书市场热点就是这样，只是我们对它的勾勒显然是粗线条的。1999年已经成为历史，它翻了过去，但也留下了许多不易抹去的记忆。

本文刊于《中国出版》杂志2000年第2期。

"哈佛题材"走俏之谜

位于美国波士顿的哈佛大学是美国最早的私立大学之一,其前身为哈佛学院,成立于1636年,而美国的建国时间是100多年后的1776年——也难怪人们会说"先有哈佛,后有美国"了。许多年来,哈佛大学一直稳居全球综合性大学排行榜的头把交椅。自改革开放以来,随着中国人出国机会的日益增多,特别是当去美国留学日益成为年青一代的梦想的时候,美国的那些名牌大学在中国大陆的名头就日益地响亮起来,而其中,最响亮的莫过于哈佛大学了。

"哈佛题材"的扛鼎之作为什么能走红？

中国出版界的"哈佛题材热"无疑建立在哈佛大学巨大品牌号召力的基础之上。而"哈佛题材热"的发轫之作，当属 2002 年出版的《哈佛女孩刘亦婷——素质培养纪实》一书。这本书一经出版，很快就跨入了优秀畅销书的最前列，乃至在不长的时间内，总销量就达到了 100 多万册！

许多人都感到很奇怪，这本书能畅销起来，原因何在呢？重要的原因大致有这么几点：第一，该书确定的是"素质教育"这个角度。2000 年前后，素质教育正是教育界的一个热门话题，所有的学生、家长都关注这个话题。第二，两位作者即刘亦婷的母亲刘卫华和父亲张欣武采取的"纪实"式叙述具有亲和力和可读性。第三，或许有出版界大环境方面的原因：韩寒这样的另类学生刚在 1999 年出版了他的畅销书《三重门》并引发了教育界和社会各界对应试教育、因材施教、素质教育等问题的反思与思考——正在这时，一个与高中没念完就退了学的韩寒完全相反的优秀高中毕业生刘亦婷冒出来了，这不能不引起社会的普遍关注。

其实，该书畅销最主要的原因乃是因为这个题材——成都女孩刘亦婷，高中毕业时竟然被美国四所名牌大学同时录取！然后她作出自己的选择，成为一名哈佛大学的中国籍留学生——在大多数家长看来，这样的事迹还真有如神话一般。普遍抱着望子成龙心态的中国家长，谁不希望自己的孩子有能力到哈佛这样全球顶级的高校深造呢？为了学习成功家长的先进经验，无数的父母为这本书掏起了腰包，于是《哈佛女孩刘亦婷》得以火爆热销，而媒体对该书的宣传和报道也可谓不遗余力，于是"哈佛题材热"拉开了帷幕。

从这个案例中我们可以了解到，某一个出版现象的形成，往往与某一本或某几本书紧密相关。当某本书成为有口皆碑的畅销书并掀起了高潮之后，我们的出版界往往会有一批所谓的"跟风书"随之而出——这样的情形我们或许可以一分为二地看。一方面，这反映了出版界的惰性和创新精神之匮乏；另一方面，则是大家或者可以由此把某个题材进一步做大、拓宽、掘深。

具体到"哈佛题材热"这一出版现象上来说，我以为《哈佛女孩刘亦婷》理所当然是这一现象的扛鼎之作（滥觞之作或许是1997年由三联书店出版的《哈佛琐记》），而此后出现的许多书名上镶嵌有"哈佛"字眼的图书，虽然未必是跟风之作，但多多少少还是有点借势之嫌的。

"哈佛题材"大致可划分为哪几类？

"哈佛题材热"先后为中国读者带来了数量可观的几百种书，但梳理起来，我以为大致也不过文学、励志、管理这三类而已。

所谓文学类，例如2000年9月由作家出版社出版的《做一回哈佛情人》和由文化艺术出版社于2000年11月推出的王蕤所著之《哈佛情人》，以及2005年底出版的肖巍之《哈佛碎片》、2006年推出的宋一平著《亲历哈佛》和台湾作家刘墉之子刘轩所著之随笔集《从哈佛走向世界》等,甚至还有韩国青年作家所写的由长江文艺出版社推出的《爱在哈佛》这样的青春小说——哈佛云集着世界各国的留学生精英,这就注定了"哈佛题材"不独是中国的,而可能会是世界各国的。总之,所有这些书,大多以散文、随笔、小说等体裁叙述自己在哈佛大学的求学生活或自己与哈佛的某种关系。应该说,对这类书最有购买意愿的应该是那些有机会出国,特别是有机会去美国留学的读者,因为这类书能帮助他们对这所世界第一名校获得一个更加直观和感性的认识与了解。

所谓励志类,除了《哈佛女孩刘亦婷》之外,恐怕就得属春风文艺出版社2007年5月出版的《朱成在哈佛——朱成父母家教手记》一书影响较大,之外还有群言出版社2007年出版的张扬的《我的哈佛日记》……这些由在哈佛求过学或正在求学的人为作者的原创图书,对有志于出国留学的读者显然颇有教益。还有一类编著图书则多以哈佛大学的校长、教授、学生等人的故事、素材、名言、事迹等为主干,并希冀能为更多的青少年朋友提供思想上的助益。比如近三四年来出版的《哈佛精神——百年哈佛教给年轻人的16堂课》、《哈佛教授给学生讲的200个心理健康故事》、《哈佛成长课堂》、《百年哈佛教给学生的人生哲学》、《哈佛学不到:100位世界名人给青少年讲授的人生哲理》等就是。但这类图书中,也有在内容上竟然与哈佛大学毫无瓜葛,只是书名上挂着有"哈佛大学"的字样,颇有些挂羊头、卖狗肉的意思。

而打着"哈佛"旗号的管理类图书之所以一度热销,一个重要的原因就是哈佛大学的商学院在全球所有商学院中排在首位且难以撼动。于是有人发现,似乎所有管理类图书,书名一旦粘上"哈佛"二字,就大抵要好卖一些,至少会起到吸引眼球的作用。比如经济日报出版社1998年6月出版的《哈佛商学院案例全书》就可谓契合了市场的脉搏——哈佛商学院的案例教学一向著名,许多MBA学生从这些案例中学到了不少商场实战技巧,乃至直接用到实践当中且立竿见影取得了较好的收益。类似的书还有人民日报出版社2004年4月出版的《哈佛模式·项目管理》、燕山出版社2007年出版的《哈佛经营管理学》,其他出版社陆续推出的《哈佛经理手册》、《哈佛MBA最新核心课程财务总监》等书。更有一些定价高达数百元的大部头图书,例如中国致公出版社2001年8月推出的《哈佛商学院管理全书》(全十册)等等。这些书之所以能信心十足地出版,似乎都有这样的原因——书本身内容不错,况且有"哈佛"这个金字招牌撑腰,所以认为销售方面应当可以高枕无忧;也难怪打着"哈佛"旗号的图书近些年来会在中国图书市场遍地都是。

尽管"哈佛题材"图书也曾热火朝天过,但正如曾经轰动一时的"北大题材",经过这么些年的开发与挖掘,大家多少都感到有些困乏了,而广大读者,也多少有些审美疲劳了。不过,让人感到可喜的是,人们已经在这些年来的"哈佛题材出版热"中掌握了越来越多的"哈佛经验",并且这种经验看起来似乎还将在今后的出版中得到持续的更新。

本文刊于2008年6月《中国图书商报·阅读周刊》。

张胜友:出版界的一条好汉

话说作家出版社前些年气象低迷,扛着块国家级权威出版社的牌子,名盖九州,在市场上却无什么大的作为,一干人马过着紧巴巴的日子。而出版社诸同志也无多话可说——出版业大多如此,富起来的毕竟是极少数嘛。

不曾想作家社这两年忽然火了起来,富了起来,1996年被业内人士誉为"作家年",1997年更是有过之而无不及,君不见,作家社的图书横扫市场,风行一时,《苏菲的世界》、《英国病人》、《马语者》,销量动辄就是10多万、20多万册,《走过西藏》、《马桥词典》、《钥匙》、《中华人民共和国演义》……本本都好卖。还有倪萍、宋世雄、王铁成几位写的畅销书。作家社的好书一批又一批,像一股劲风卷吹业内外,好不引人注目。于是乎作家社这一干人马昂首挺胸,好不神气,走在大街上步子都迈得高了。你道这是如何?原来幕后有一位名唤张胜友的好汉在鼓捣,搅起了这一天大风。

1998年1月的一天,记者在中国文联大楼作家出版社的办公室里见到了张胜友。身材不魁梧,也不壮实,这就是出版界那条响当当的好汉吗?一点也没有正在播映的《水浒传》里的那些好汉的模样。也许是青少年时代在农村长期被苦难所磨炼的缘故吧,也许是长期在新闻出版的岗位上尽心竭虑的缘故吧,张胜友显得单薄瘦削了些。不过,他清癯的面容却格外精神,一双眼睛透着洞明与通达的混合型光亮。重要的不是他的高矮胖瘦,而是他开创这一番业绩所需要的智慧与魄力。

张胜友系乡村出身,复旦大学毕业后在《光明日报》做了十来年记者。他在新闻岗位上勤奋敬业,写下了大量契合时代的有影响的新闻作品。1993年底,张胜友出任《光明日报》出版社总编,由此转入了出版行业。张胜友在此初露锋芒,只用了一年多的时间,就使出版社的面貌焕然一新,300多万的债务全部还清了,且还有了一些盈余。1995年9月,张胜友调任作家出版社总编辑,不久又兼任了社长一职。奇迹就从这里开始了。当时,作家出版社图书发行总码洋为1200万元,1996年图书总码洋跃升到了3859万元,1997年图书总码洋更达6100万元。这个80多人的文学图书出版社,人均创产值100万元,人均创毛利24万元,人均年收入近6万元。成绩令人注目,各有关领导部门也对作家出版社给予了极大的肯定。

张胜友坦率地说:"我以为作家出版社的改革成功地回答了三个问题:第一,在商品经济大潮的冲击和体制转轨的新形势下,图书出版还能不能有所作为?第二,社会效益第一,力争社会效益与经济效益的最佳结合,能不能真正做到?第三,坚持国家关于图书出版的法规、方针、政策、条例的规范化管理,那么出版社还能不能有所发展?"事实胜于雄辩,作家出版社两年的改革圆满地回答了这三个问题。改革方向是对头的,路子是正确的,两个效益取得了双丰收。

量化管理、岗位招标、聘任制……一系列的改革措施次第出台了,张胜友把按文学类划分的若干编辑室打散,按人员自由组合的原则重新成立了五个编辑室,各室在选题组稿上机会均等、公平竞争。张胜友解决了编辑和出版发行的矛盾,即在利润的计算上重复记账。如某本书获利了,则既记在编辑室的账上,也记在出版发行部的账上。编辑与出版发行非一条龙,但利益一体化,荣损与共,这样,两方合力协作的积极性就不成问题了。说来说去,张胜友的改革措施都是以人为核心来制定的。

张胜友常念叨毛泽东的一句话:"世间一切事物中,人是第一个可宝贵的。"张胜友所做的一切,就是最大限度地调动每一个人的积极性。他以为,改革首先要尊重人的价值、人的劳动,使每一个生产者的劳动与价值挂钩,能者多劳也多得,谁的贡献大,谁的收益就多,这是有一套相应的政策作为保证的。

提起张胜友,大家都知道他是一位著名的报告文学作家。当年,他以满腔的赤诚关注着时代与社会的变迁,倾力写出了《世界大串联》、《历史沉思录》、《中国潮》等一系列产生了极大社会影响的报告文学作品。当作家，他是一条好汉；当社长、总编，他仍是一条好汉！细究起来，两者之间是有内在联系的。写报告文学，选题很重要，要有热点性，为人们普遍关注，又要注意导向，不能出格；策划图书选题，既要坚持正确导向，有品位，又要好卖，有市场效益。张胜友在出版行业的成功，显然得益于他多年的报告文学的创作实践。

作家社的书两年出了多少呵，可社会效益与经济效益都是有口皆碑，读者欢迎，领导还表扬。这大概就是掌舵人张胜友的绝活，从上到下，从里到外，大伙儿全高兴。即便是长篇政治抒情诗《邓小平》一书及获了"五个一"工程奖的张海迪所著《生命的追问》这样的极讲社会效益的书，在作家出版社的操作下，也都获得了很好的经济效益。你说张胜友"执政"的日子好不好？难怪全社职工对他进行的一次年终无记名信任投票时，张胜友的"优秀"票率高达95.58%。张胜友，是条好汉，大伙愿意跟着他干！

要是出版界有一百零八条张胜友一般的好汉那该多好！竞争也许免不了会更激烈，但我们的图书市场会呈现出怎样精彩的气象和怎样辉煌的场面？丰足的优秀的图书将为我们提供更好的精神食粮，而我们所置身的这个商业时代，又会有着更好的文化氛围！

据悉，作家出版社在1998年2月份的北京图书订货会上又一次取得了骄人的战绩，好汉张胜友和他的弟兄们对1998年的前景充满了信心。

两代新锐的崛起

新一代作家群的命名问题

前几年文坛上谈论得最多的显然是70年代出生的那一批人,但关于这一批年轻作家的命名似乎一直都比较混乱,有提"70年代"的,有提"70年代生"或"70年代出生"的,也有提"70年代以后"的,还有提"70后"的。其实,作为描述文学史上一个作者群体或写作现象的专业术语,最终还是统一了的好。尽管也有一些专家指出,以年代来划分和命名并不一定科学、合理,但存在就是存在,在众多媒体的热烈关注乃至炒作中,这样的命名似乎已是我们所不得不面对的了。

假如大家最终还是采用了这样的命名办法,那么,在所有的这些命名中,究竟采用哪一个会比较好呢？

从简洁好记的角度来说，我想还是"70后"比较好一点吧。

首先说说"70年代生"或"70年代出生"这个提法吧。其实，这一提法大体可以算是由我提出来的：2001年4月，海南出版社推出了由我主编的关于这一批人的一本爱情小说选——《玫瑰深处的城市》，这一提法即出现在这本书当中。我之所以这样提，是因为觉得作为一个日常用语来说，这个提法确实是清晰不过、准确不过的，特别是在文学圈以外的人群中也很容易被人们理解，而"70后"却还需要跟圈外的老百姓们做一些解释才好。但现在看来，作为有可能载入文学史的一个专业术语来说，"70年代生"或"70年代出生"这个提法，在字数上似乎还是稍显多了点，不够简洁。

至于"70年代"这个提法呢，恐怕和我也是有一点关系的。2003年1月，北京出版社推出了一套由我主编的小说选，"70年代"的命名就是在这套书中比较正式地提出来的，但这个命名其实不是我的意思，大约是出版社的编辑修改我个人的提法"70年代生"的结果。关于"70年代"的提法我本来是不太同意的，因为我觉得作为一个文学术语来说，这一说法是容易引起混淆的。因为在现代文学史里，30年代的作家、40年代的作家，一直以来都是比较普遍的提法。而且在日常生活中，当人们说到70年代的时候，自然是指20世纪70年代那10年；同理，当你对一个文学圈之外的人提到"70年代"作家的时候，对方很可能会自然而然地理解成活跃于"文革"后期的一群作家，既如此，又何不趁早修正呢？

最后我再说一说"70后"这个说法。如果仅仅在字面上来理解的话，那么这个提法未必科学，因为，凡是1970年以后出生的人，不管是1980年代还是1990年代出生的人，甚至21世纪出生的人，都可以列入"70后"这个大筐里，"70后"实在太笼统了。可以说，如果没有"80后"甚至"90后"、"00后"这一个系列的命名跟上来，则"70后"或"70年代以后"的提法显然都缺乏一定的合理性，因为它们只有上限而没有下限，那怎么行呢？但是，一旦有了"80后"的出现和命名补上来，则"70后"这个提法就显得既简洁好记又很科学、很确定了。那么，就用这个以为术语罢。如此一来，事情就好办得很了，"70后"就是指出生于1970年到1979年之间的这一代人中的作家们，"80后"就是指出生于1980年到1989年之间的这一代人中的作家们。

本文刊于2004年12月15日《中华读书报》。

"80后"：又一代人崛起了

最近这一两年以来，所谓的"80后"被媒体和书商炒得一塌糊涂、热闹至极，什么"神童"啊、"少年天才"呀、"青春偶像"呀、"五虎上将"啊之类的高帽子，包括一些不着边际的表扬、赞美乃至阿谀，统统如廉价项圈般被一些莫名其妙的人恶作剧似的朝他们青葱的头颈间扔将去。扔项圈的人似乎很多，他们竞赛般的行动也就很容易地取得了成功，于是那些"80后"的小年轻俨然成了同龄人中名利双收的新贵。

面对此情此景，可能不少的老同志会觉得感受是稍稍有点复杂的。尽管如此，我希望老同志们还是要比较客观、理性地面对这一切。

首先，我们当然是照例为文坛这又一茬的新人们感到由衷的高兴。前几年，70年代出生的那一批人也曾经风光一时，那阵子我是写过一篇题为《一代人的崛起》的长文来发过一番议论和评说的，记得自己当时是为这一群文坛新人大力鼓与呼的。转眼几年过去，文坛上很快地又出现了一批更年轻的新人，这些从十多岁到二十出头、有着小小年纪的年轻人，这么早就搂住了梦想、拥住了成功、抱住了名利双收的快乐，可真是让人羡慕得紧啦！也许他们是赶上了好时代，也许他们是撞了大运，总而言之呢，这些人都可谓是万中选一的幸运儿了，即便是抽奖抽中的，那也是命好福大啊！不以为然也罢，心平气和也罢，吃不到葡萄就说葡萄酸也罢，不管老同志们究竟是怎样一种心情，我想，只要冷静下来了，则大抵还是可以做到以一种爱护年轻人的高姿态向这些晚辈后生表示一下热烈的祝贺罢。

其次呢，我觉得我们还应该给他们一个相对客观的描述，比如不妨这样描述他们——又一代人崛起了——这就是老同志们的风度所在嘛。虽然我们并没想到新一代的接班人会这么快就成长起来乃至出现了"篡位"于前辈们的迹象。虽然这些年轻人大有阅历太浅、笔头尚嫩、作品分量还颇为不够等诸多问题，但他们的成绩显然还是不能够随随便便就抹杀的。虽然N年之后他们中的某些仲永似的角色会被大家忘得干干净净，虽然他们中的一些人不过是客串性质的玩票，但眼下的他们的确是新人，确实需要扶持，需要搞文学的那些老同志接纳他们并为他们的良好起步而倍感欣慰。

情形若此，难道我们连欣慰一下都做不到吗？不会吧？

起码我个人是很欣慰的，但在欣慰之余，我却忍不住要寻思：为什么会出现这样的景象呢？为什么这些少年的书比许多名家的书要销售得好很多呢？为什么这些文学含量并不是特别高的书能被成功地捧上天呢？在我看来，其原因不外乎有这么几条：一是"70后"已成气候，其阵营蔚为可观，再想继续"妖魔化"这批人势必难以得逞乃至要碰壁。二是出版商们仅脑瓜子一转，就想到了用反衬的手段来继续嘲弄"70后"这么一个馊主意——比如大力吹捧更年轻的作者以"老化""70后"，比如把这些更年轻的作者塑造得无比青春、无比健康以说明"70后"有多么"美女"、多么"身体"。第三呢，出版商们由此可获得一种龌龊的心理满足感——我多有能耐啊，文坛这些事，我想怎么搅和就怎么搅和。至于第四点，当然是票子的魔力使然，出版商们忙乎来忙乎去的，最主要的恐怕还是想多弄点钱、多赚几把票子。如果把一个能写字的英俊少年或乖巧少女炒爆了就能狠狠地搂一堆货币回来，那就放手干吧，还管那作品的含金量有多少干吗！

于是乎，"80后"的"天才"神话硬是给造出来了。应该说，这些出版商的炒作能力的确是很强的——毕竟在业内混了这么多年不是？在业内业外，他们的能量大到了简直可谓一呼百应的程度。我估计他们每次都向各大媒体和众多御用写手派发了不少红包的，因为之后，众多媒体的版面上就一齐开始狂轰滥炸，一篇又一篇经过事先精心策划的文章此起彼伏地粉墨登场，铆着劲地赛着看谁吹得更有水准，捧得更能叫读者相信。如此这般，我们就见到了"80后"冉冉升起的热闹景象，仿佛"80后"和演艺圈当中那些年龄相仿的娱乐明星们也有得一拼呢。

没错，出版商为了赚钱，是不惜把"80后"的小年轻们包装成明星的。他们选择出版对象的条件不外乎是年龄要小,相貌要帅,要敢于口吐狂言,气质上要能够吸引同龄人的目光,再加上能写出些比同龄人也许要多一点、高一点的文字,如此而已。我想说的是,写作和娱乐圈终归是有区别的。事实上,作为一个写作者,最重要的不会是别的任何东西,其根本的衡量标准只能是作品本身。

在可疑的炒作中,"80后"固然出了名,出版商们固然挣着了钱,但老同志们无须感到惭愧,仿佛小年轻们一上来就超过了大家——没有,绝对没有,小年轻们的分量还远远不够,也就是他们阴差阳错交上了好运、赶上了好时机而已,最多也不过证明了"一代不如一代"这句话很有些激将法的功能。我想,"80后"是有必要把已经得到的一切看淡,并继续精神焕发地往前走,以便经得起理性的审视和时间的考验。

本文刊于2004年9月1日《中国文化报》。

韩寒的文学史焦虑

近日,缘于文学评论家白烨先生关于"'80后'作者和他们的作品,进入了市场,尚未进入文坛"等一段评论,韩寒在其博客上写了一篇回应文章,由此在网络上形成一个争论的热点。

韩寒的主要观点有两个:一是对文坛和文学期刊不满意,甚至在文章中骂出了"文坛是个屁"、"……什么坛最后也都是祭坛,什么圈最后也都是花圈"之类的话,其情绪之激动与愤怒由此可见一斑。二是对"写手"与"80后"这样的称谓不满意,他希望大家在提到他的名字时,如果用什么定语就应当是"作家"一词而非别的什么。

在我个人看来,韩寒的言说不无道理,有些

意见甚至说得中肯。比如文坛的小圈子意识、一些文学编辑和文学评论家的职业道德问题,比如文学与市场、畅销书与纯文学的关系问题等,应该说这些并不是空穴来风,还是很值得文学界正视的。

韩寒对文坛的各种弊病和不良现象有怒气可以理解,其探讨问题的勇气也是可贵的,只要能够促进事物向着好的方向走,尖锐一点未尝不好。只是在探讨问题时,可以有不同见解,但不应该用粗俗的语言来表达。而且过于随机地把矛头对准某一位具体的评论家也难说妥当,因为这是存在于整个文坛的问题而非某一个人的问题,白烨先生自有权利对"80后"作出属于他自己的描述与评价。

在我看来,成名多年的韩寒业已有一点"文学史焦虑"了,韩寒似乎是有点为自己的文学史地位而着急了,因为作为文学评论家的白烨对他的评价并不高。但任何一段文学史都有一个沉淀的过程,都需要经过相当长时间的累积、验证才能够渐渐成形。韩寒似乎担心"80后"这顶帽子会使自己的写作个性被淹没在这个概念之下而显露不出来。

毫无疑问,每一个作家都是独特的,任何概念都不足以覆盖其自身的个性与特色。虽然按出生年代来划分作家群有它欠科学的地方,但总得有一个相应概念来指代某一特定的群体,以便宏观地探讨当前的写作现象。文学史上的概念有很多,比如"唐宋八大家"、"寻根派"、"迷惘的一代"、"魔幻现实主义"等,每个概念、每面旗帜下都聚集了一大批作家。这些概念使许多作家的名字得以载入文学史,其中的代表作家更是名声响亮,比如柳宗元、海明威、马尔克斯等。只要自己的作品扎实、过硬,又何虑之有?又何愁文学史上没有自己的一席之地？况且"70后"、"80后"这样的概念，最终能否被写进当代文学史，也还是个未知数。

当下的文坛有一些方面令人失望，但只要自己拿出的作品有分量、有影响，终究会得到文学界和文学史的公正对待。韩寒的书如此畅销，展现在他眼前的生活如此美好，脚下的道路又是这么平坦，他实在是犯不着为"文学史"焦虑的。

本文刊于2006年3月22日《中国文化报》。

从张悦然的两本书谈及"80后"写作

对于前几年"80后"在图书市场上的突如其来,我当时的感受是比较复杂的,但总的来说,我是为新生力量的涌现感到高兴的。不过我那时并没有读过他们的文字,为了对"80后"有所了解,2005年的时候我就买了几本"80后"的成名作来翻看。

我的阅读感受是这样的:韩寒的《三重门》流畅、清新、真实、自然,确有可圈可点之处,也确非大多数十六七岁的中学生仅仅以放弃高考为代价就能写出来的;张悦然的《樱桃之远》絮语绵绵,也确系一部笔调明显女性化的作品,且能看得出作者冥想时的那份耐心、哀怨和幽灵般的忧伤;郭敬明的《梦里花落知多少》故事还不错,一个在四川长大的孩子,居然对首都"80后"小孩的成长与生活熟悉至此,而且该作品还洋溢着十足的京味儿,也让人不由得惊讶——可恨竟被法院判决为抄袭之作,否则……唉!

2007年年初的时候我收到一本新书《誓鸟》(作者张悦然),欣赏之后,感到自己的耐性显然在阅读的过程中遭到了久违的某种磨炼——这本书并不具备制造畅销书时通常都要下功夫打磨的良好可读性。我承认:作者确实很有语言才华,在构思和写作这本书的过程中也确实花了不少心思。但我还是要坦率地说,对该书的阅读并没有使我获得确实的舒畅和愉悦,更没有获得真切的感动与提升。具体一点说,我以为张悦然的语言固然是华丽、阴柔而凄美(或凄冷)的,却没有更多的优势可言,比如说:人物形象平面化,人物性格不鲜明;叙述节奏既非张弛有致,也非简洁明快,而是以诗化掩饰其平缓与无力;内涵稀疏造作,闭门造车式的空想玄思……

之所以表现如此,我以为根子在于,她的这类写作缺乏生活宝库的有力支持,也就是说,作者并非有意地要避开与现实的对视,而是因为对社会生活与个人生活的丰富性缺乏足够的体验、观察与把握,并由此导致了书写的无力。这当然是年轻的缘故,但毋庸讳言,也是急功近利的缘故。具体一点说,我觉得张悦然的这类写作明显是为了早出"成果"而奋然透支仅有的语言才华的行为。因为别无所长,所以她就用絮叨的叙述来遮蔽生活积淀的严重匮乏,就用忧伤的情绪来掩盖思想上的贫乏与苍白。发挥想象力当然不必拘泥于现实生活的坛坛罐罐,但也不宜是没有根基的玄想,并且,在凌空翱翔的时候,不说与人间的烟火息息相通吧,那也得明白自己是从大地上起飞的。

记得刚读完《誓鸟》的时候,我在电话中对并不曾见过面的张悦然表明自己的看法——写得有点走火入魔了。在我看来,《誓鸟》虽然主观上并非是一部游戏之作,但就白纸黑字的文本而言,却颇似一场以炫耀文采为主要目的的文字游戏,而且看上去很唬人。张悦然似乎有过表白,说她从来不写青春文学和校园文学,果真如此的话,那言下之意就是,她不大看得上这些个,她要写的是"纯文学",甚至还在作品中添加了《樱桃之远》中两个女孩感觉相通之类的怪异,以及《誓鸟》中可以摸出以往记忆的神奇海贝这样的道具。其实她错了,大家都熟悉的生活要真正写出新意和高度来绝非易事,拉丁美洲的"魔幻现实主义"也非是这类脱离大地的写法。

很显然,《誓鸟》既不是一部现实主义的作品,也不是一部历史小说,当然也不是武侠、悬疑、奇幻这样类型的小说。或者,归之为寓言小说还有那么点意思。怎么说呢,我总觉得寓言小说虽有脱离现实生活场景之嫌,其实却如伊索寓言般对现实生活抱有强烈的关怀。可凌空虚构的《誓鸟》中有这种关怀吗?我想,即使说有,那也是勉强的。在我看来,《誓鸟》讲述的只是一个刻意与现实生活隔膜起来的荒诞故事,并且当中大抵不承担人文、历史之类的责任,要不就是以和稀泥的模糊处理的办法有意无意地来摆脱这些东西,仿佛这才是年青一代写作者的时髦和新潮。陶东风曾经指出"80后"写作中存在的传统价值观虚脱的问题,这些在《誓鸟》中同样表现得非常明显。

再一个感受就是作者在叙述时分外卖力,似乎在竭尽全力地铺陈与渲染，遗憾的是，这个故事比较乏味和无趣。在我看来，作者是在带读者转迷宫，不过在左转几圈，右转几圈之后，除了作者的语言还可领略领略之外，读者就会发现自己并没有别的什么收获，只落得个心里空荡荡的不是滋味，而那所谓的迷宫，也不过是远离大地的海市蜃楼那样玄虚的事物而已。换句话说，为了包装这个小小的故事，作者写得很绕，很缥缈，但其内核远不够丰富和厚实。就好像把一个小月饼放在一个曾经裹有29英寸彩电的空纸箱里，看起来这是个较有价值的彩电，至少其体积还是可以唬一下人的。可你打开一看，里面依旧是一个纸箱，只是小了一些。你就这样开纸箱，开了许多回之后，终于在最后打开的那个小纸盒里见到了那个包装华丽的月饼，仅仅巴掌大的一块月饼。如此，你能不失望吗？

　　文笔繁复不一定是坏事，但如果只是形式主义的繁复，那恐怕就要落入虽洋洋洒洒却空洞无物的窠臼；诗化的叙述如果并不以万物蓬勃的大地为依托，那就起不到锦上添花的效果，甚至会沦落成病态的自恋自怜。在我看来，根本的问题在于，读者所遭遇的，恐怕是一种急切的、虚空的、明显缺乏坚实支撑的透支式写作。

　　早在"70后"美女作家们风风光光的那几年当中，部分年轻作者小说作品的"散文化倾向"就引起了文学界的忧虑：当小说的故事性被渐次削弱以至于情节疲软、冲突无力、人物扁平、行文松散时，这样的文字还能算得上是小说吗？或者说，这还能算得上是精彩的小说吗？而到了安妮宝贝这里，其简短、隽永的小说语言显然与"散文化倾向"保持了相当距离，但似乎在无意识中吸收了散文诗的好些优点。再之后就发展到了张悦然这里，张悦然的小说既不"散文化"，也不"散文诗化",她直接就瞄准了"诗化",仿佛层级更高了些。

尽管如此,我仍然愿意把张悦然既有的这些青涩努力看作是她在文学道路上还算良好的开端。正如近几年涌现的一些"80后",因为年轻时代的冲天干劲,因为诸多可遇不可求的机缘,所以走得比较顺利,甚至很早就拥有了市场上的巨大成功。但我并不认为张悦然和她的同时代作家们在文学上已经取得了超过前辈作家们的成功,相反,从他们类似的这些作品中,我感到他们还没有真切、齐备地体味到文学创作的三昧真火是怎么回事。但我相信,随着时间的推移,"80后"中会有一批人陆陆续续地体会到,并逐渐在他们的作品中或多或少地展现出他们所体会到的精要来。

"80后"的成名及泡沫

打 2003 年 1 月起,"80 后"这帮孩子很是闹腾了几年。起因当然是这当中的少数几位出了书,而且取得了相当可观的销量——几个 20 出头的小孩,刚一出书就挣了这么多钱,就拥有了这么大的名气!实事求是地说,这还真是有点奇怪的事情。想想他们的前辈吧,从"50 后"、"60 后"到"70 后",有哪批人像他们这样,刚一出书就受到众多媒体如此这般的高度关注、大力吹捧和放肆炒作?有哪拨人像他们这么年纪轻轻就"大红大紫"了?没有!

奇怪啊,"80 后"怎么忽然就这样蹿红了呢?其实谁都知道,少数"80 后"之所以能跻身到"先富起来"的群体中去，是因为出版了几本意气风发的少年书。具体地说，他们的幸运无非也就来自这样几个方面罢了——首先是新概念作文大赛运作的成功；二是出版商有时拔苗助长嫌疑的策划与操作；三是媒体的高度关注与大肆炒作；四是"80后"自己的上蹿下跳、东搬西抄。

想想全国的中学生有多少吧，一个亿估计是没有，几千万却怎么着也有。面向这么大基数的一个庞大人群举办一个所谓的新概念作文大赛，除了荣誉和奖金之外，获得一等奖的甚至还有机会被保送到北大、复旦一类的名校——对于以高考为该阶段最大目标的中学生来说，这个大奖的诱惑力之大可想而知！这一赛事的号召力可想而知！于是不计其数的"80后"争先恐后地报名参赛，可真是盛况空前！当这么大数量的中学生经过多次角逐，到最后仅剩下十名左右的同学荣获了一等奖的时候，这些获奖者的名字就不得不在《萌芽》杂志上接受广大未获奖的同学的或瞻仰或质疑了。我相信，许多同学在捧读这些获奖范文的同时牢牢记住了韩寒、郭敬明、张悦然等同龄人的名字——这些人，我以为应该就是这几位同学粉丝军团的主力或第一桶粉丝。我还相信，有许多作文写得同样好的同学一定会不服气，他们的心里一定在念叨：我的作文也写得很棒啊，怎么就没有拿到一等奖呢？他们不过是运气好一点吧——这些人中的若干位，大概就构成了"80后"第二、第三梯队中的部分骨干。

然后，当这几位"80后"被出版社选中率先推出自己的第一本书的时候，曾经与韩寒、张悦然们共同战斗在"新概念"赛场上的无数同龄人们就不免惊讶得张大了嘴巴或感到了好奇。如果没有传媒的大力报道和炒作,可能他们这几本书的销售业绩也就那么回事了,可是精明的出版商对这几人的宣传高度重视,传媒在为这几人造势时也异常卖力。如此,服气的同学也好,不服气的同学也好,在媒体无处不在的轰炸和个人强烈好奇心的驱使之下,就都忍不住要买本《三重门》看看了。那些一直以来梦想自己也能写出好作文的同学买了——结果他们被俘虏,成为粉丝;那些同样能写得一手好作文的不服气的同学也买了——他们想知道这本书到底写得怎么样,比自己的文字究竟好在哪里或差在哪里。总而言之,在各方面因素的合力下,"80后"这一批人就这样畅销起来。

其实在"新概念"之前,类似的中学生作文大赛也举办过的,但是那些赛事并没有"保送名牌大学"这样的奖励。应该说,主持《萌芽》的这帮人还是很能折腾的;还应该说,《萌芽》把这个大赛系列化、品牌化乃至商业化的运作还是高明的,也是很成功的。这就是"新概念"超越以往作文大赛的地方,也是在这一赛事中很幸运地获了奖的"80后"们得以少年得志、名利双收的机遇所在。而目光敏锐、赚钱心切的出版商们也在第一时间出场了,中学生就中学生吧,文笔不老到还嫌稚嫩也罢,只要印的书能创造利润就好,于是他们精心策划、全力运作——没想到还真地赚了一把或几把!伴随着"80后"的热闹喧腾,处境已显尴尬的"70后"真可谓更显尴尬,"70后"甚至能感觉到自己在有意无意间被文坛和市场不由分说地嘲讽了好一段光阴。似乎可以这样说,在"新概念"的推动下,在各种力量的合谋下,"80后"其实是猛然闯入市场,把本应属于"70后"的市场份额提前抢走了。

没错,"80后"在商业上显然已经取得了比"70后"要辉煌得多的成绩。尽管如此,我仍坚定地认为市场的销量和作品的分量是两码事。

时至今日,"80后"少年成名的泡沫到了该破碎的时候了,"80后"由"新概念"作文铺垫的图书销售神话终究只是一个暂时的现象。

新生代写作的优势和局限

闪亮登场的新锐

七十年代出生的作家群随着新世纪在地平线上的破土,已日渐成长起来,不仅仅是长大成人,而且是闪亮登场,他们青春的脸庞和英姿像一支精锐之师跃入战场一样突现在社会生活的各个方面。

杀入文坛的这一团队,锐不可当。这一代人中,已经涌现出了一批给大家留下了或深或浅印象的作家和作品:电视节目主持人姜丰已经出版了多本文学作品集子,她的小说作品主要有《爱情错觉》、《相爱到分手》等,其作品主要发表于九十年代中期。阿美本名赵君瑞,是一位在2000年春才走进文坛的新人,但她马上就引起了人们的注意,她今年在《芙蓉》杂志一口气发表了三篇小说,即《我的春天》、《唯有阳光是免费的》、《爱情是怎么死的》。周洁茹是其中年龄比较小的(1976年生),可她的成果绝对是比较大的,出版了长篇小说《小妖的网》,小说集《我们干点什么吧》、《长袖善舞》、《我知道是你》、《你疼吗》,以及随笔集《天使有了欲望》等。至于赵波、金仁顺、朱文颖、魏微几位,则是九十年代后期起家的。赵波著有小说集《情色物语》、《烟男》两本,朱文颖著有小说集《迷花园》、《两个人的战争》、《风情上海》三本,金仁顺的小说则结集为《爱情冷气流》,魏微的小说集名为《情感一种》。新锐文学期刊《芙蓉》杂志这两年猛推七十年代生作家群,并且也确实推出了一批人,比如写科幻作品出身的文学博士童月,比如北大毕业后又去法国学过电影的尹丽川,比如在军艺攻读文学硕士的侯蓓,比如硕士毕业后任教清华大学的刘瑜等。还有写电影剧本出身、出版过电影小说集《我妈妈的男朋友是谁》的郭小橹,22岁就出版了长篇小说《言情故事》的钟琨,从事现代艺术的冯晓颖等。我们还注意到另外四位作家,比如著有长篇小说《织千千个网》、小说集《听说爱情回来过》、《只爱陌生人》的严虹,以及陶思璇、洛艺嘉等,也算得上是文学的一个市场化现象吧。

至于在文坛比较受冷落的新一代的男同胞们,在奋力的打拼中,也冒出了几位作家,比如1972年出生的陈家桥,已经出版了长篇小说《坍塌》、《别动》等六部,另有中短篇小说40多篇,可谓硕果累累。前期写诗,1996年开始写小说的王艾,经努力,现已出版了小说集《摄氏五十度》。还有比较受呵护的北京男孩丁天,自九十年代中后期走上文坛以来,发表了不少短篇小说,2000年还出版了两部长篇《玩偶青春》《脸》,可谓勤奋。而来自湖南的后起之秀亚虎,则于今年一口气在《青年文学》杂志发表了《有谁比我更爱你》、《像你一样纯洁》、《长城小站》等几篇小说,由此走进文坛。风劲的路相对来说则不是很顺,九十年代前期就写过《持枪逃离靶面》等水平不错的中篇小说,可一忙点别的,就中断了良好的势头,几年之后,又重新拿起笔来,此时,文坛已是群英纷呈。于是赶紧写,他新写的小说有《彷徨青春》等,好在来日方长。值得一提的还有陈卫、李红旗以及出生于1969年的田柯、彭希曦、楚尘等人。就是这些人,以他们的写作为我们构建了中国文坛的新景观。

视野与境界

如果说七十年代生的青年作家群有一位先锋的话,此人当指姜丰。这位成名于1993年新加坡国际大专辩论会的才女,现已是中央电视台一文化节目的著名主持人,其实,她起步最早的行当既非辩论,也非电视,而是写作。姜丰的小说似乎有些自传的色彩,当中的女主角和作者的年龄相当,经历类似,性情也差不多,整个小说都流露着淡淡的对青春流逝的伤感。在作者的叙述间,我们既能读到对纯真爱情的怀念,又能看到女主角在寻找爱情过程中的困惑和焦虑,以及女性在物质诱惑面前心甘情愿举手投降的心态。尽管她偶尔也有感而发地讥刺几句,可锦衣玉食的生活早已是她们内心梦寐以求的理想。也许,这就是七十年代出生的这一代人的真实形象,她们的某些写作是令人遗憾的。而阿美的小说却不是这样,阿美的小说奔放、激情,是好看的,女主角虽然也困惑、迷失,但最终还是能把握好自己,总能扬起脸来重新面对窗外那轮崭新的太阳。至于周洁茹,更多的是关注女性自身在情爱历程中的生理和心理的感受,比如在《你疼吗》一篇中的"我",就总在打破沙锅问到底地探求着那特定的"疼痛"问题。王天翔、严虹等人的爱情小说无疑是好读的,比如《One》,比如《听说爱情回来过》之类,或者是为优裕生活中的情感而迷离,或者是为了选择爱而煞费苦心……

至于赵波、金仁顺、朱文颖、魏微几位,文笔则相对地冷一些、远一些,没有那么投入。也许这和作者的个人生活有关,也许是平静温和的现实生活使她们的文字变得内敛了吧。童月的《他的闹钟》、郭小橹的《精神濒临崩溃的男人》、尹丽川的《仇恨》、钟琨的《头发的故事》则已不是单纯的爱情故事,而更可能是借男女双方的在场构成的环境和背景,表达一些人性的、潜意识的、不可言说的东西。

至于男作家们,出道的还不多,实力却不逊色,比之同代的女作家而言,潜力似乎也更大。作家王艾的小说应该是有特色的,他笔下的人物,大体就是一些画家、行为艺术家、音乐人、诗人……从他的作品如《昆蛋》、《活无住身之地》等中,我们读到了边缘人的追求以及更多的窘迫和迷茫。丁天生于北京,是在部队大院成长起来的,他的小说所提供的也正是这样一个背景,但他善于在其中安排一些戏剧性的东西,并试图给读者造成一些冲击,比如他的短篇《幼儿园》、《你爱穿红马甲吗》之类。陈家桥大学毕业后偏居昆明,他的写作也就注定了在小说题材和背景上的游离性(相对于同代作家而言),这也未尝不是好事,他因此能置身于"染缸"之外,走自己的路。风劲的代表作应该数他1994年创作的中篇小说《持枪逃离靶面》。这部小说从四个人物的角度轮流叙述,故事性不弱,结构上也挺有意思,虽然小说语言上有模仿莫言的迹象,但湖南特色的地理环境和景致又将这种模仿的痕迹冲淡了,而小说的主题也有值得我们玩味的地方。亚虎从南方来到北京的时间不算长,他的写作紧扣着同代人的疼痛——爱情这个主题。在男作家中,他是与女同行们走得最近的一位,比如爱情小说《有谁比我更爱你》一篇,就写出了渴求、尴尬、失落、叹惋等多种心理,从而聚合出了这一代青年人的心灵的疼痛。

遗憾与缺陷

虽然他们笔下的世界是这样绮丽奢华,时时上演着城市生活的声色醉梦;虽然他们笔下的人物都在物质的荤光里泰然自若乃至如鱼得水;虽然他们笔下的世界里有享受,有麻木,有放纵,有幽怨深深、自怜自恋,有游戏青春、自暴自弃,还有花颜萎谢、颓废年华……但细细品咂间,又何尝没有笑脸背后的泪水,何尝没有唇齿间的叹惋,何尝没有永存心间的红枫……他们像李金发一样把生命看作是"死神唇边的笑",也许只有在旋转的夜色中,他们才能真正体会到亮光与火把。

在我看来,他们的成绩是醒目的,但他们存在的缺陷也是显而易见的。这个时代有着太多的社会的、生活的层面,可写的东西实在很多，但七十年代生作家群的视线和注意力都过于集中，他们的题材有明显的局限性。他们的叙述津津乐道于都市的繁华与歌舞，他们用文字尽情地表达着情爱的欢愉，以至对更多事物视而不见、视若无睹。因此我们看不到他们当中的马克·吐温和杰克·伦敦的身形，更没有发现他们当中有马尔克斯和福克纳的气度，卡夫卡、加缪、博尔赫斯所代表的现代性、后现代性也未能被他们在本土化的基础上抽离出现实的罂粟。在他们的作品中，我们看不见路遥、高晓声和刘醒龙的乡村，我们读不到莫言的《红高粱》一般的绚烂文字，也没有沈从文的《边城》一样的清新和淳朴。纷纷下岗的工人同志，热衷于官场斗争的各种干部，被无知人群指为"盲流"的打工农民，被冤案或恶势力压身的弱势人群，在阳光下适龄孩童哭喊着要上学要念书的贫困农家，有志青年在都市钢筋水泥的森林中奋力拼搏的昂扬与乐观、艰难与尴尬，意气风发的老板们在市场的汪洋大海中浪遏飞舟的英姿，老板们不择手段、唯利是图、声色犬马的丑恶面，以及一些社会腐烂层的恶心处等等，这一切在这一群作家的笔下都难得一见，最多也是很偶然地在叙述中让我们见到些模糊的侧影。这不能不让我们感到遗憾。

本文刊于 2000 年 11 月 29 日《北京日报》，标题为编者所赐，原标题为《一代人的崛起》。所刊系该文主体部分，该文全文以类似于序言的方式收在由本书作者主编的《玫瑰深处的城市》（2001 年 4 月由海南出版社推出）一书中。

不幸的"70后"

前两年还风头劲健的那些人——就是出生于20世纪70年代的那个所谓青年作家群,不知怎么的,在陆续发表了许多作品之后,在2001年春海南出版社推出了他们的爱情小说选集之后,在2003年1月北京出版社推出了他们的中篇小说选集之后,最近这一两年来竟然日益地沉默乃至近乎于悄无声息了,真是好生奇怪。

如果现在来回顾一下"70后"这些年来所经历的风风雨雨的话,那么,我想可以用这样一句话来描述他们的命运,即:"70后"是不幸的。

当"70后"准备登上历史舞台的时候,在文坛第一线把关的基本上是60年代人(当然也有出生年代更早一些的人），而当中的许多人，骨子里其实是不适合在文坛做事的，恐怕他们本来也是想到官场或商场去混的，但是很不幸，命运没有给他们安排这样的道路，于是他们感到了失意和落寞——怎么权、钱、色哪一点都没有我们的份啊？但不久他们就觉悟到了一点——发稿也是一种权力啊！其实文坛也是大可以"权"谋私的一块宝地啊！那么这些文坛混混在钻营间究竟在谋些什么私，最终又谋得了些什么私呢？不同的人对此可能会有不同的判断，但我想有一点大概是一样的，即这些误入文坛的人对"70后"正面意义上的崛起恐怕是没有起到多少积极作用的，甚至有意无意地扭曲了"70后"的写作格局，乃至对其写作方向进行了相当的误导——否则怎么会有这么多浪漫、暧昧的情色文字争妍斗艳般奔涌出来？而那些沉潜的真正的写作者却连在文坛上探一下头的机会都没有？综理种种之后，或者我们就可以试着这样说："70后"的此般不幸乃是由上个年代人的彼般不幸变异、转嫁而来。

"70后"不仅进军文坛极为艰难，整个过程还有被人为妖魔化的嫌疑，什么"身体写作"、"美女作家"之类的提法真可谓是漫天飞舞啊。即便是在他们取得了成功之后，当"70后"试图进一步扩大影响、写出更牛的作品、经营出更大的名声的时候，"70后"又被人为地挤兑了一把——就是"80后"被拿出来极力吹捧和疯狂炒作的事。"80后"的崛起自然是迟早的事，但"80后"的崛起如果是被用心叵测的人拿来当枪使，用以瓦解、摧垮"70后"的势头，那就不大好了。

现在看来，"70后"中"身体写作"之类的另类作秀表演很可能已经成了"70后"航海路上的暗礁，这当中的是是非非此间姑且不论也罢。总之，因为有了前车之鉴，作为后继者的"80后"于是吸取教训，很乖巧地避开了这类暗礁，乃至以"阳光少年"、"青春美少女"一类的形象示于众人之前，并且当真借此取得了很大的效果。尽管"80后"的成功主要是商业策划意义上的，可毕竟是成功了，出名的出名，赚钱的赚钱，写手和商家各有所获，都没有白忙乎。如此分析下来，则"70后"确乎是既承担了被妖魔化的苦难，又于无形中被当作了"80后"的前仆者和铺路石。唉，"70后"真是不幸啊！

也许在人们的印象中，不幸的"70后"的确是还没有展开就被结束了——注意，是被结束而不是结束。可在我看来，这恐怕要算是一个阴谋。事实上，"70后"作为同代人的代言人是不可能被结束的，最多也就是"70后"当中的将帅有所调整，阵形有所变化，但要说让这一方阵被人结束，就此完蛋，不过是阴谋家们头脑里的幻象而已。

是的，"70后"似乎暂时是悄无声息了，之所以这样，我想大抵是因为他们都是正在谈婚论嫁的大龄青年或老青年，乃至已经做了哺育可爱小宝宝的很有责任感的父亲或母亲。事实上，就"70后"的年龄而言，他们理所当然应当在工作、生活等诸方面承担起更大的责任来，我想他们大抵是没有闲工夫陪"80后"玩儿，才沉寂下来的罢。

还有，在谈到"70后"的时候，我确实曾经在偶然的时候听到有人说这一批人已经"过时了"——看来还真有好些人被阴谋家们的商业策划给蒙蔽了。作为"70后"的维护者之一，我当然认为这个说法是有问题的。尽管"70后"在年龄上已经有点"老"了，可在文学创作上还真的是方兴未艾，说不定他们真正的创作才刚刚开始，甚至他们的重量级作品忽然在某一天就扔上了文坛也不一定，我想这应当是随时都有可能发生的事。要知道,好的文学作品是永生的,作为经典作品潜在的作者群之一,只要他们没有放弃,只要他们一直在努力着,"70后"又怎么会过时呢?明明是朝阳,却被看成了夕阳,这简直是无稽之谈嘛。

当然,以谋私论来说文学界的人与事大抵是不怎么合适的,以阴谋论来说文坛内外的某些商业策划及其幕后鼓捣者也大抵只是一种性情化的言辞,绝不能当真的,那么,大家也就尽可当作一个玩笑看待之。说不定,所有的这些"谋"都不过是商业社会里的无奈之举而已,也许文学也需要不断地制造出一些噱头来博取看客的目光,也许不以更新换代的手法来提高公众的吸引力,文学新人的书就真的卖不掉几本。或者呢,"70后"也好,"80后"也好,无论谁势必都逃不出"各领风骚三五年"这一"真理"的手掌心,如此而已。

如果这样来想问题,"70后"也就没什么不幸的了。

本文刊于2004年12月10日《中国图书商报》。

关注"70后"

今年的文坛似乎颇不平静,给人印象最深的就是"口水泛滥",文学界各层面的各类纷争可谓层出不穷。"战火"连绵间,广大观众只看得云里雾里、眼花缭乱,而文坛的混乱、无序与多元、自由也似乎更甚了。但是,从媒体关注的焦点来看,韩白之争也好,"兄弟"事件也好,"80后"内战也好……所有这些热闹似乎都与"70后"无关,"70后"仿佛在有意无意地被回避着。

对于一门心思干正事的人来说,置身这些口水事件之外,不搅和进去,当然是一件好事。其实关于"70后"的正面新闻一直都有,比如安妮宝贝的《莲花》大卖、宁财神担任编剧的《武林外传》热播等，但这并不能掩盖"70后"作家群体近几年来一直处于一种总体"沉默"的状态。这一点，仅从该群体近几年出版专著和在文学刊物发表作品的稀少就可看得出来。

谈到"70后"的沉默，就不能不提到"80后"非常突然的爆发。因为有"新概念"作文大赛为"80后"铺垫的市场基础，再加上其间无数媒体对"80后"的广泛关注和大肆炒作，"80后"的崛起和爆发变得不可阻挡，尽管"成名要趁早"这一普遍心理和焦虑使"80后"的写作在扎实和丰厚方面显露出了某些不足。而年轻人特别是新时代的年轻人，似乎天生就是属于舞台的，他们需要表演，需要放射光芒，需要发出自己的声音。此时，新的文化消费需求和新的文化消费群体也向"80后"敞开了怀抱——这大概就是"80后"风起云涌的原因。

应该说，"70后"也有过这样的崛起和爆发。前些年，"70后"虽然在市场上没有获得如"80后"代表人物那样的巨大收益，但也曾红红火火、风光一时。可惜的是，"70后"似乎还没有完全展开，就被"80后"给掩盖甚至淹没了，而且被"身体写作"与"美女作家"指代的"70后"，还颇有被妖魔化的嫌疑。总之，无论是"70后"还是"80后"，被人们高度聚焦的时间已经缩短到了两三年左右，而且地位并不稳固，远不比从前的那些大一两辈乃至三四辈的作家了。其实这对正在寻求更大发展的年轻作家们来说似乎有些不够公正。

尽管"70后"的主体是色彩斑斓、丰富而清新的，可"70后"在文坛的夹缝中还是集体地沉默了——从客观环境方面来说，前有已然成名的"60后"，后有后来居上的"80后"，甚至四周还有各种挑剔和拦阻。虽然在这沉默中有些人还是坚持在写，甚至还有几位大浪淘沙之后显露出来的实力派作家正处在上升期。但"70后"要想打破沉默，仅靠单方面的努力还不够，还需要文学刊物、出版界、媒体的有力支持，比如文学刊物加大推介有实力的"70后"作家，出版界推出"70后"作品的图书系列，媒体加大对处在上升期"70后"作家的报道力度等等。

对文学作品的判断并没有一个数字化、公式化的标准。许多名家、大家在成名前所写的一些作品，投稿时曾屡遭冷落，但随着时光流逝，当他们坚持不懈，同样是这些作品，最终还是遇到了伯乐，不但发表，并且广受好评受到读者的喜爱和欢迎，甚至成为文学史上的名篇，奠定了作家的声誉。正因如此，对于"70后"作家，文学刊物、出版社应多给他们一些机会，让他们的作品浮出水面，接受更多读者的品评以及时间的检验。相信随着他们创作成绩和能力的积淀，"70后"作家一定能够创作出有分量的大部头的力作来。

本文刊于2006年10月11日《中国文化报》。

"70后"能打破沉默吗

"70后"的集体沉默,仅从该群体近几年出版专著和在文学刊物发表作品的稀少就可以看得出来。"70后"为什么集体沉默?这自然是有原因的,比如他们确有创作上准备不足之类的问题,比如他们正处在养家糊口忙于生计的阶段,比如他们在"闭关修炼"以期再度出山时有更迷人的表现,比如具有较好的超脱精神或对前辈与晚辈都非常谦让,比如他们中的一些人已打算退出文坛江湖金盆洗手了或者本来就只是想玩一票而已。但实际上,"70后"很有可能是被文坛晾在一边高高挂起被迫"沉默"了。且不说"70后"处于一种前有"60后"盘踞、后有"80后"追击的窘境之中,光是那文学刊物的冷落、出版界的婉拒、大众传媒的回避就够"70后"心灰意冷的了。

"70后"沉默的社会学原因

20世纪80年代是中国当代文学努力开拓、探索和爆发的一个黄金时期,期间涌现了一大批优秀的作品和一大批很有成就的作家。到了20世纪90年代,由于社会形态向市场化急剧转型,中国当代文学被动地陷入窘迫之境,整个文学界也受到相应冲击,几乎所有的人都在琢磨怎样才能发财,怎样才能多赚钱多获利多消费,包括写东西的人在内,内心的浮躁已使他们无法真正安坐了。

赶上这样一个年代,七十年代出生的人真可谓生不逢时,各方面的压力,包括生存压力,都空前的大。而"70后"当中的一些所谓美女,别无出路,就只能倚靠写作来求生存、求发展了。这些年轻女性把自己看到的或亲身经历的光怪陆离的都市生活写了出来,同时她们有着这个时代社会各层面所需要的消费性,这是她们进入文坛的一个优势,而她们也懂得发挥这个优势。

与此同时,许多刊物和出版社也正在寻找新人群的代言人。双方一拍即合,但一旦生存问题和对安稳的需求借文学获得的回报得以解决,这些女作家就难免会有一部分"沉默"了,因为在她们这里,文学不是目标,而是手段。当然,其中那些有实力且矢志不移的,最终还是有少数人通过各种各样的渠道冒了出来。在我看来,这大概是"70后"阴盛阳衰和后劲不足以致大多"沉默"了的一个社会学原因。

"70后"作家的总体态势

无论怎样,对正当青壮年的"70后"来说,沉默总归不是一件好事;无论怎样,"70后"都应该努力打破这种沉默,就像当初的奋力突围一样。在探讨"70后"该怎样打破这种尴尬的沉默之前,我觉得有必要就"70后"作家们现有的创作谈一谈自己的总体认识。

"70后"作家人数众多,我们在此不妨罗列一个名单(当然只是部分而已),这些名字有:陈家桥、朱家雄、丁天、李师江、宁财神、慕容雪村、邢郁森、王艾、冯唐、徐东、李寻欢以及姜丰、安妮宝贝、棉棉、阿美、魏微、朱文颖、水果、盛可以、尹丽川、金仁顺、郭小橹、童月、钟锟、曾炜、赵赵、庄羽、冯晓颖、周洁茹、陆离、赵波、王丽丽、戴来、洛艺嘉、陈薇、权玲等。这些人中,出道的门路大致有这么几类。一是文学刊物栽培出来的,如丁天、陈家桥、魏微、周洁茹、朱文颖等人;二是借助图书出版出道的,比如朱家雄、郭小橹、水果、盛可以、钟锟、陈薇、王丽丽、庄羽等人;三是从网络上崛起的,比如安妮宝贝、宁财神、慕容雪村、李寻欢、邢郁森等人。在我看来,在这样一个多元化色彩日益浓烈的时代,多一些渠道显然是好事,毕竟,在评价作家的时候,是以其作品为基础而不是以其出身来论长短的。当然,因为渠道多,涌现出来的人也不可避免地要多一些,甚至彼此间的水平也会出现较大的悬殊。没关系,时间自会做出合乎自然的淘汰。

尽管到目前为止,我们所知道的"70后"群体中仍然是女作家远多于男作家，但也绝不能以此作为判断"文学她世纪"到来的依据。女性写作虽然有她的优势，但显然也有其局限，并且这些女性作家中，究竟有多少人能够长期坚持直到永远，我觉得恐怕是并不能太乐观的，到最后，能有几位以其成就留在文学史上就算不错。男作家呢，冒出来的人虽然不是很多，但我相信当中会有几位在将来取得比同代女作家们显然要高的成就，几十年后，从中诞生出可以代表一个时代的文学大师也不是没有可能。

至于说到他们的写作特色，我以为其实是比较多样、驳杂、斑斓的。部分作家非但不是没有特征，相反，倒很可能是个性鲜明的，比如李师江、陈家桥、安妮宝贝、阿美等人的叙述风格就格外有特点，一看作品差不多就能猜出是谁写的；在题材方面也有在同代作家中相对独特的，比如朱家雄的综合了个体经验与集体记忆的非另类的校园小说，比如盛可以的以挣扎在社会底层的打工妹为主人公的社会小说，比如姜丰的表达了热爱美好生活之信念的都市情感小说，等等。基于此，我以为"美女作家"和"身体写作"在"70后"写作的整体格局中其实已经是很边缘的东西了，"70后"写作的多样性完全可以很坦然地展开了。

总之，就目前我所能见到的作品而言，我不敢说"70后"这些人已经取得了多么高的成就，但必须承认，其总体的风貌和创作潜力还是非常喜人的。只是，如果眼前就要排列出一份优秀作品名单来的话，现在恐怕还不是时候。并且，更有分量的作品的诞生确实还需要我们耐心地等待。

本文刊于2006年9月12日《中国图书商报》。

"70后":期待迟到的荣誉和市场

近年来,"70后"的尴尬与窘迫有目共睹——整整一代人努力奋斗了这么多年,却似乎没有谁已然被公认为文坛大腕——既在图书市场上风光无限,又在专业范围内享有盛誉。比起他们的前辈——王朔、余华、苏童等人当年的得志来,"70后"的境遇可谓失落!同时,也与暴发户一般、在很短时间内获得某种巨大成功的"80后"构成了一种鲜明的反衬,甚至是嘲讽。

因为有"新概念"作文大赛铺垫的市场基础,再加上无数媒体对"80后"的广泛关注和大肆炒作,近几年来,"大红大紫"的"80后"简直狂傲到了顶点,而谦让有加的"70后"前辈们则备受冷落,甚至有被罚出了场外的嫌疑——对"70后"来说,这显然是不公正的。"70后"其实也是有过这样的崛起和爆发的,就在之前的那两年,也曾红红火火、风光一时。但"70后"似乎还没有完全展开,就被"80后"掩盖甚至淹没了。

要说我与"70后"的关系,除了自己也是其中一员之外,很重要的就是因为我曾做过选编"70后"小说选这类的事,并因之读过一些"70后"的作品,乃至认识他们中的好些人。我之所以有再次叙述、梳理、评说"70后"的冲动,乃是因为"70后"业已取得了让人欣悦的创作成果——在我看来,几乎被雪藏了好几年的"70后"是该重见天日、再出江湖了!"70后"们也应该放下包袱轻装前进,奋勇地奔上去拥抱本该属于自己却迟到了的荣誉和市场!

在试图对"70后"作出总体描述的时候,按照时间的线索来书写或许能使我们的观察更为清晰。需要说明的是,被文坛承认和接纳的早晚与作家的重要性显然是两回事——每个作家的文学史地位毫无疑问取决于他的创作成绩,取决于他的作品的质地和分量。

在我看来,丁天、姜丰和陈家桥等人,应当是形成了"70后"迈向文坛的第一道冲击波;第二波大约是卫慧、棉棉、周洁茹、赵波、魏微、金仁顺、朱文颖等人吧;之后几年就是更多的人包括一些网络作家在内陆续崛起所形成的整体上的"大爆发"了吧。从人数上来看,是一拨更比一拨多,越往后涌现的人越多;从气势上来看,是后浪推前浪,一波更比一波恢宏、壮阔。

就构成第一道冲击波的几位而言,应该说,丁天在小说上是早慧的,并且他运气很好,20来岁就被文学刊物选中并施以栽培,一点弯路也没走。应该说,如果姜丰没有在新加坡因辩论而出名的话,那么,即使她在文学上再有悟性,她的那些作品也不会那么早就得以面世。应该说,陈家桥如果没有在大学刚毕业的时候就到文学刊物做了编辑,那他发表小说的时间恐怕就难免要往后推了。还应该说,与他们同时代的许多人这个时候也正在勤奋练笔,但因为种种原因,这些人并没有如愿成为最早的幸运者。

再往后,就是被冠以了"美女作家"、"文学靓女组合"之类标签的这一批人。大约在1998年、1999年,她们逐渐为圈内人士所知,并经由媒体的炒作而逐渐在人群中扩大了影响。应该说,20世纪90年代后期的中国社会,其发展、变化和转型的力度比起前期来都显然要大,酒吧、迪厅等新兴的休闲场所迅速在城市中蔓延,高档写字楼里年轻靓丽的女性神情优美而匆忙,而新的生活方式和消费趣味也在年青一代中攻城夺寨,成为引领潮流的时髦旗帜。应该说,构成第二道冲击波的这部分"70后",她们笔下的重心在于"写什么",她们的好些作品可谓凸现了新潮人群或另类或时尚的生活状态。而她们提供的都市新景观,显然吸引了文坛的目光。但与此同时,她们的崛起也在无形中遮蔽了大多数同代人的常规生活,因此也就具有某种说不太清楚的爆破力甚至破坏性。

再往后,我们要面对的则是一些文学刊物陆续推出的阿美、尹丽川、童月、戴来、陆离、李师江等人和于网络间成名的安妮宝贝、王猫猫、邢郁森、李寻欢、宁财神等人,以及由图书出版而出现在人们面前的钟锟、郭小橹、陈薇、庄羽、曾炜、王艾、朱家雄等人了。这一波次延绵数年,人数众多,乃至直到现在也仍在陆陆续续地从各个角落冒将出来……如此，"70后"的阵容就可谓空前庞大了，其面貌、品质也充分多样化了。这一大批人显然成分比较杂，他们来自生活的各个角落，所写的东西也相应的宽泛了许多，这就使得"70后"的质地更为坚实。虽然之中很可能是泥沙俱下，但陪衬终归是陪衬，而"70后"的主将人物也很可能出自这长久的打磨中。

当然，从网络间崛起的若干位也许不是这样——新的科技平台很可能为他们提供了难得一遇的历史机遇。因为整天晃荡在虚拟的网络世界和精彩的现实生活中，于是他们的笔下充满了很明显的网络表情和神态——这似乎是做到了与时代同步。但连他们自己也没有想到，正因如此，他们才受到了广大网友的追捧，从而和所有的"70后"作家一样，可以长久地走在文学的道路上。

本文刊于2007年1月《出版人》杂志。

附录:为同代人留下见证和表述
——朱家雄和他的小说创作

江 力

作为"70后"作家中地位和角色都很独特的一员,朱家雄出版的小说虽然不多,却特色鲜明,自成风格,成绩显著。到目前为止,虽然他只出版了两本书,却都是集中笔墨书写大学校园里的那些人和事——其一是2004年10月出版的长篇小说《校花们》,其二是2009年12月出版的小说集《毕业前后》——且都获得了不少赞誉。在同代作家中,似乎只有他在写大学校园,而且真下了功夫,取得了令人称赞的成功。朱家雄在题材选择上的独辟蹊径与莫名专注自然与他深厚的校园情结有关,但他在艺术创新上所取得的成绩其实更值得关注和研究。

《校花们》虽是朱家雄的第一部长篇小说,却出手不凡,作家陈建功就曾肯定地说:"朱家雄创作一出手便引人注目,风格独特,是一位有实力的新锐作家。"评论家、北大教授谢冕则郑重指出:"朱家雄是七十年代人,他和当代的文学新潮保持着很密切的联系。从他的意识构成和审美指向来看,应当属于当今先锋文学的实践者和维护者一类。他的写作,特别是他的这部小说,为我们的文学展示了新世纪的丰富内涵和宏大气象。"从谢冕先生的这段话里,读者所能感知的应该是《校花们》在内涵上的丰富性以及作品在格局上的一种大气象。

中国人民大学中文系教授马相武在《校花们》出版前为之所撰写的推荐语则评价得比较具体、全面和深入。"校园文学似乎是最容易写的,但在我看来,校园文学其实是最难写的,因为优秀的校园文学虽然也不少,但是能留在文学史上的实在是太少太少了。原因一是真实性不够,二是缺少思想的力量和艺术的才情,三是最重要的,对于校园文学的特殊性和独特的魅力没有切身的独创的理解和表现。读了朱家雄的这部校园题材的长篇小说,觉得它的真实性给了我深刻的印象,那是一种非常鲜活的真实感,谁都难以忘记其中现场感的魅力,惊异于场景、人物和语言的活力,感叹它能够充满激情地在人物情感关系中展开学生主人公的思想、心理和情绪的流程,其中的赤诚、曲折和丰富足以打动无数读者的心。而这一切,也足以让我们承认作者的确具有超越许多校园文学作家的才情天赋。"作为当年师从谢冕先生的文学博士——马相武教授先后在北大、清华、人大三所名校求学、工作,既对大学校园生活熟悉之极,又对当代文学和中国校园文学的状况了如指掌,在此基础上,他对《校花们》的用心把握和所给予的力透纸背的高度评价,不能不说是难得的精彩、贴切和深刻。一个作家是否优秀和重要,往往并不在于高产与否,而在于有没有代表作,有没有沉甸甸的作品。当今从事文学写作的人可以说多如牛毛,强调更加注重创作的质量而非数量恐怕也是必然。

评论家陈晓明在一篇书评中作如是评说:"《校花们》虽然只是朱家雄的第一部长篇小说,但其表现无疑是出色的,它那文采飞扬的文字携带着青春气息扑面而来,让人读后感动不已,久久难以忘怀。它必然开创出当代校园文学的一片新天地。"那么陈晓明又是依据什么来预判《校花们》"必然开创出当代校园文学的一片新天地"? 在我看来,这当然是因为《校花们》在当代校园文学创作上显现出来的崭新风貌,特别是因为作者对校园文学的特殊性和独特魅力有切身的独创的理解和表现。什么叫"独创的理解和表现"? 什么叫"非常鲜活的真实感"? 朱家雄曾在一篇文章中这样谈及他对文学大师的理解,"大师就是那些将生活和艺术结合得最好的人,他的怀抱里有最大的生活,他的手掌间有最好的技巧"。我想朱家雄既然有这样的感悟,那么他在小说创作过程中也必定会以此为目标去郑重实践并努力趋近吧。谁也不能说《校花们》就已把生活和艺术结合到了最好的程度,但我知道作者朱家雄在大学校园生活方面的丰富经验确实可谓"怀抱里有最大的生活",《校花们》所展现出的"非常鲜活的真实感"绝非无本之木、无源之水。

朱家雄先后在北京大学、中国人民大学求学多年,而且对校园主流生活参与度较高,在这两所大学的校报都担任过学生记者,在校报上发表过不少文章,采写过不少校园风云人物。之外还参加过许多学生社团,甚至在后一所大学还创办过学生社团,也曾担任过系学生会干部,毕业之后又独立策划、组稿并成功出版了多本由他担任唯一主编的有关大学生活、大学情感的图书,包括《北大情事》、《北大情书》、《北大情诗》、《北大日记》、《北大文章》等。朱家雄对大学生活和大学经验的积累不说已经达到了"最大"吧,那也是"庶几近之"了。这就使得他在创作满是校园文化节、新生文艺会演、学生会竞选、社团活动、辩论赛、校园歌手大赛、学术讲座、考研、求职等校园主流生活场景的《校花们》时拥有分外充足、扎实的生活基础,而他在此基础上对大学生活所进行的得心应手的"独创的理解和表现",我以为未必就已臻于"最好的技巧",但我认为这种"独创"在所谓的"技巧"中当属较高层次和境界。小说创作的技巧除了传统的文学语言的技巧、文本结构安排的技巧、人物形象塑造的技巧以及恰当借鉴西方各种文学流派各种艺术表现手法的技巧等之外,也还有在融汇了前述这些技巧的基础上的"独创的理解和表现"这一较高层面和境界。

《校花们》出版之际,尚在北大某博士后流动站做学术研究的青年学者李风华也评价说:"小说是轻松而严厉的。大众感受到纯情,而思想者体察到批判。一部小说能够做到大众与思想者两个层次上的接受殊不容易,就此而言,《校花们》是一部相当成功的作品。"我对此论深有同感。对比之下,也难怪马相武会感叹许多校园文学作品"缺少思想的力量"。我也曾在2005年春于《中华读书报》发表的那篇关于《校花们》的书评《青春燃烧的岁月》中说,"在我看来,这本书奠定了朱家雄在'70后'作家群中的重量级地位",并也曾谈及《校花们》隐性的类似于"严厉"和"批判"的色彩。

2006年春,《校花们》因其特别的价值被一家公司买下了电视剧改编权。遗憾的是,因为公司方面的原因,《校花们》一直没有投拍。所幸的是,几年后朱家雄又出版了小说集《毕业前后》。评论家张颐武在为该书所作的序言中指出:"朱家雄的小说,对于他和他的同代人有许多非常真切的观察,他总是尝试深入他们的内心世界之中,从外在的行动探究他们的内在世界的丰富和复杂。这本小说的特色和价值就在于此。朱家雄可以说是'70后'写作的一个实践者,也是'70后'人生的观察者。他似乎既希望'代表'这一代人表达他们的希望和要求,又期望能够思考他们的生活状态和境遇。他既是他们中间的一员,又是他们之中的一个能够对于自己的世代提出反思的人。这种状态构成了朱家雄小说的难以模仿和替代的位置。我以为他最为生动地写出了他们这一代的一种独特的'过渡'和'夹缝'状态。"张颐武关于朱家雄在"70后"作家群中独特地位的这一判断显然绝非空穴来风,我以为朱家雄在同代作家中之所以能处在"难以模仿和替代的位置",一方面当然是因为他的创作,另一方面或许与他所做的那些事也有些关系。

朱家雄除主编了多本北大题材的图书之外,还独立策划、主编并出版了多本"70后"作家群的小说选。具体地说,就是以下这四本书——2001年4月由海南出版社推出的"70后"青年作家爱情小说选《玫瑰深处的城市》以及2003年1月由北京出版社推出的"70后"青年作家群中篇小说自荐集《旋转在内心的月亮》、《倾斜在掌心的城市》、《凋谢在梦中的玫瑰》。朱家雄做这些事的意义,或许也正如张颐武所说:"他这些年一直在写作和编书,以自己的勤奋做出了一些难得的实绩。他的工作范围是集中在对'70后'的思考上,这些工作都有自己的独特的不可替代的价值。他的工作既是对于他的同代人的肯定,也是对于他自己和同代人的命运和生活的反思。"

20年来,朱家雄一直在为自己的文学梦想而努力。虽然他自20世纪90年代前期以来也陆续发表过不少文字,但他真正走进文坛和文学公共视线,还是在北大百年校庆之后。他连续主编、推出多本北大题材的畅销书,为出版界继《北大往事》、《47楼207》之后又刮起一股强劲的"校园风"、"北大热"。朱家雄主编的书,我基本上都看过,尤其喜欢他主编的出版于2000年1月的第一本书——《北大情事》。这本书从一个独特的精神层面纵横捭阖地展示了20世纪北大师生的爱情生活,可谓新鲜,可谓美丽,还催生了诸如孔庆东之《北大情事知多少》等多篇足以传世的美文佳作。在我看来,《北大情事》是继北大九十年校庆期间出版的《精神的魅力》之后,以及北大百年校庆前后问世的《北大往事》、《火与冰》、《47楼207》之后所做出的对北大的又一人文贡献。《北大情事》之后,朱家雄又主编了《北大情书》、《北大情诗》,号称"北大情爱三部曲",我却在私下里谓之"三言",他后来主编的《北大日记》、《北大文章》,我则称之为"两拍"。

其实在《校花们》问世之前,朱家雄在小说写作上是早就有所尝试的。比如《北大情事》中就收有他写得挺好的一篇《艳遇》,又比如他主编的"'70后'小说选"中也收入有一篇他写的《在水一方》。《校花们》出版之后的这些年来,他所创作的煤矿题材、蜗居题材、职场题材小说也曾被《人民文学》、《中国作家》、《北京文学》、《芙蓉》等刊物所采用……而他于2000年所写的关于"70后"作家群的评论《一代人的崛起》也颇有分量,当年,该文的主体部分在《北京日报》刚一发表,立刻就引起了文学界的格外注目。之后,他一直坚持以各种的文字表达关注着与他同代的"70后"作家们的发展与命运。

凭青年作家朱家雄以几乎全部的才华、精力长时间锁定校园与青春的这种专注,凭他坚韧地巡行于高校与社会之间的紧贴又超迈的风采,凭他许多年来所承领的滋养与培育,凭着他的这些作为,朱家雄即使就此中断他的文学道路,可能也已经为我们留下些什么了。

《毕业前后》的出版,再次引起人们的广泛关注。评论家解玺璋也评价这本小说集说:"这部作品给我的感觉,是写了近30年来社会风尚的流转对这一代人的影响,这种影响涉及了人的生活态度、价值判断,以及更趋向于务实的行为方式。作家属于这一代人,他是这一代人人生百态或万象的观察者、叙述者,同时他也生活在他们之中,是这种人生的实践者。他的写作是对这种人生的重新发现,是将它的真实面相揭示出来,其中也隐含着他的观察和体验。"从这本书,我们看得出朱家雄建立在大学校园题材书写与大学生人物群像塑造基础上的再次创新与试图转型,从文本和题材的现实意义与社会价值上,看得出作家的努力与实践。

"21世纪最宝贵的是什么?人才!"幽默大师葛优在电影《天下无贼》中的一句道白,揭示了我们这个时代的现实价值取向,直接切入当下中国的热点现场。中国大学生作为新世纪的建设主力,作为青春激情岁月的主角,在风云变幻的年代,亲身体会了怎样的困惑与挣扎?作为人才象征的中国新时代大学生,他们的爱情,他们的喜怒哀乐,他们的生活、学业与理想,他们的出路、困境与突围……《毕业前后》这一全新之作,为我们提供了新世纪大学生从校园到社会,从"蚁族"到"蜗居",这样一个广阔的全新的社会画面。

小说集《毕业前后》,仿若长篇,又是短制,文间既有分制,又有联系。全书既有对爱情的咏叹,如《不能没有你》,也有表现网络上很火的"蚁族"生活的作品,如《房客纪事》;既有青春特有的美丽萌动,如《花开的时候》,又有直面理想与未来的迷茫,如《彷徨青春》;既有对于青春情爱的心理解读,如《身体越近心越远》,又有对当下职场的现实描述,如《职场争端》,也有对跨世纪情爱话题"处女"情结的深入探讨及其纠结与困惑……以种种实绩为人所知的"70后"写作重量级人物朱家雄,向我们展开了一幅崭新的发生在高校内外的社会画卷。

在《毕业前后》当中,作家匠心独具,置放了许多鲜活而生动的七零后、八零后人物形象,如高校已毕业和未毕业的学生马驰、孙小杰、东方海,自由职业者张文东,文学编辑黎清晨,艺术家江流等,以及相应的一系列女生形象。我们完全有理由把《毕业前后》看做中国七零后、八零后眼中的"校园经典场景"和"社会残酷画面"。《毕业前后》借助对青年男女"食色性也"激情人生的书写,毫不留情地展现出"迷茫中的青春,夹缝中的生存"这一广泛、真实的社会横截面。

小说以新世纪作为大体的年代背景,以中国高校内外作为人物活动的社会场景,以"毕业前后"作为小说展开叙述的切入点,目标明确地瞄准了作家所关注的青春。当中一系列的即将或刚刚离开学校进入社会的"都市小人物",则如同中国现代文学史中的"零余者"与"漂泊者",他们的成长与情感,都面对"美丽而困难的震痛",事业与爱情,也面对大时代的无奈与无助、动荡与不安、尴尬与辛酸、无助与彷徨。《毕业前后》集中表现出一代中国青年承受的种种不确定与撕裂式阵痛，散发着强烈的当代感和浓郁的人间烟火味，具有勇于直面人生的地气和底气，显系当今新写实主义与浪漫主义情怀相融合的倾情之作。

除了最近几年间我们已耳熟能详的文学形象"蚁族"、"蜗居"人群外，作家还塑造了二十年来备受关注的"北漂"形象。客观来看，北漂一族在以"打工"状态生存外，还是文学与艺术成长的潜在力量，文案编辑、自由写作等生存方式同时寄托了他们的爱情与友谊、浪漫与梦想，也支撑着在流离的岁月里，最难堪的记忆里的最后一份尊严。有论者称《校花们》、《毕业前后》可视为青春浪漫小说、青春迷茫小说，只是与村上春树和塞林格的小说在风格上多有区别。不过我倒觉得两著确有村上春树和塞林格"青春小说"的底蕴，之外也还有充沛自如的本土化、成功的自我探索与创新值得我们关注。我想，朱家雄应该是给我们提供了一种新的文本或者可能。

北大教授张颐武认为，朱家雄是青年作家中一个"坚持为自己的同时代的历史留下记忆和表述"的优秀代表，他用生命写作，为激情的青春岁月和时代提供了"见证与参照"，他用追问生命的叙述方式，鲜活生动地写出了大时代的"过渡与夹缝"。站在七零、八零后的历史间隙和立交桥头，我以为，朱家雄几乎独创式地为我们留下了独特的历史文本和独特贡献。

江力，文化学者，中国文化书院院长助理，并供职于北京大学中文系跨文化研究中心。

后记：回顾与感谢

朱家雄

忙了好久好久，我的第三本个人文学作品《未名湖畔的青春》总算要出版了，很希望我这份长久的期待也能在各位读者的法眼与明眸里折射出太阳和月亮。

本书所收录的，既包括我的一些近作，也包括我二十来岁时最早发表的若干文章。整理这些文字的时候，就不禁有所回顾，有所反思。有人说，"70后"与"80后"这两批作家的发展道路很是不同，我也颇有同感。"70后"所走的，大致是在纸媒报刊努力发表各类文章的传统道路，步伐相对来说比较稳健、扎实，积累和沉淀也相对比较清晰。"80后"则主要是通过作文大赛和随后市场化的畅销书运作以及通过在网上不断发表作品这类渠道快速崛起,这样的崛起使得他们的青春比"70后"更为酣畅,脚下的道路也明显要顺畅和平坦得多。如果说"80后"的经验是不可复制的,则"70后"的艰难就是值得缅怀、记录甚至深入研究的。但"70后"作家和"80后"作家的共同之处应该也很明显,那就是他们都在很年轻的时候就比较充分地展露了自己的才气甚至才华。

新著出版总是令人高兴的,欣然之余,我又觉察到自己的内心还有更多的感慨在涌动,更有满怀的感激如满地的根茎在破土,如满天的星光在闪烁。我所感慨的,是自己这些年出书过程的曲折和缓慢;我所感谢的,是人生旅途上相遇的那许多给我帮助、给我感动、令我铭记的许多人、许多名字,尽管我在此无法逐一提到。

在此,我首先要感谢的是安徽教育出版社年轻有为的综合编辑室副主任张利先生——是他为拙作的出版创造了机会!再就是要感谢著名作家何建明、曹文轩、孔庆东三位老师,他们在百忙中撰写的精彩的推荐语实在为本书增色不少!还要感谢我的好友江力先生,感谢他为我的小说创作所撰写的对我多有褒赞和勉励的评论力作——《为同代人留下见证和表述》。还想说明的是,这套丛书的创意是由张利先生首先提出的,我虽挂名"主编",实则只是丛书的版权总代理,仅仅起到书稿的组织和出版过程中的一些沟通作用,其余的工作则都是由出版社和作者自己完成的。当然,我也要向本书系的其他五位作者谢有顺、李少君、谭旭东等致谢,例如谢有顺先生就对书系的封面设计提出了不少宝贵的建议。特别要感谢的两位作者是著名文学评论家张颐武和解玺璋,例如张颐武老师曾为我的第二本个人专著《毕业前后》作序——这本书于2009年有幸入选了"出版原创推新工程",解玺璋老师则为该小说集亲撰书评并给予刊出了,之前还多次在他担任主编的报纸上刊发我的文章。

总觉得还有许多人需要感谢,比如《中华读书报》当年的总编辑梁刚建老师,比如《农村青年》杂志当年的主编李军老师,又比如联名推荐我加入中国作协的著名作家陈建功、张胜友两位领导,以及曾对我的图书出版工作给予了大力支持的出版家陈子寒先生和北京出版集团原社科中心主任杨钢老师等。还有在文学刊物选发过我的小说、诗歌等作品的程绍武、杨晓升、骆爽、方文、张颐雯、赵宏兴等领导和老师,并且我还应该感谢多年来陆陆续续编发我所撰各类文章及各次新书出版有关资讯或书评的编辑、记者、老师和领导,例如本书所收录的文章基本上就是经他们之手才得以刊登出来。篇幅所限,我就不在这里逐一提到这无数在我心里熠熠生辉的名字了吧。

这本书收录的是20年来我所发表的各类文章的一个汇总和精选,这篇后记写到这里,则似乎成了20年来积存在我内心的无数感激和感恩的一个汇总和精选。从这两个方面来说,《未名湖畔的青春》大约算得上是我"有关青春的总结陈词"吧。

2013年5月定稿